1990 독산동 세 여자들

# 독산동 세 여자들

이혜숙 산문집

도서출판 북인

## 차례

## 2 | 보고 싶지만 찾지 않기로 했다

**프롤로그**

# 우리는 그때 젊었다

1995년에 금천구로 개명하기 전, 독산동은 구로구에 속해 있었다.

신림동 사거리에서 독산동 사거리까지는 몇 정거장 안 되는 거리지만, 내가 그곳에 갈 일은 없을 줄 알았다. 막연하지만 구로구라는 지명에 거부감이 있었던 것 같다. 신림동이 속한 관악구는 대한민국 최고 명문대가 자리잡은 곳. 그에 비교해 구로구는 공단 밀집지역이라는 선입관 때문이었을까. 결혼 전 내 놀이터는 서울대 사거리나 신림 사거리를 벗어나지 않았다. 젊었으니 젊음의 거리가 내 마당인 것이 당연했다. 다분히 낭만적인 대학가 분위기에 편승하고 싶은 허영도 한몫했다.

그런데 1989년 3월 첫째 주 토요일 오후 두세 시쯤, 나는 구로구 독산3동 골목을 뒤지고 있었다. 결혼한 지 꼭 1년이 되었을 때였고, 장사할 생각에 마땅한 가게를 알아보는 중이었다. 관악구와 구로구는 거리상의 경계가 아니었다. 이상과 현실의 차이, 결혼이 알려준 첫 실체였다.

어쩌다 그곳에서 버스를 내렸는지, 길을 건너 그 골목으로 들어섰는지 기억이 분명하지 않다. 차를 타고 가다가 낯선 곳에서 작정 없이 내리는 버릇이 여전했다고나 할까. 버스가 고개를 넘어 시흥 쪽으로 가면 친정집에서 너무 멀어질 것 같아서였을까. 서둘러 내리고 보니 길 건너에 극장을 중심으로 제법 큰 상가가 펼쳐 있었다. 그리로 가면 뭔가 있을 것만 같았다. 나는 중요한 일일수록 신중하지 못한 편이다. 무작정이 작정이고, 그 배경은 거의 이유 없이 꽂힌다는 것에 있다. 독산3동과의 인연도 그렇게 시작되었다.

큰길에서 꺾어든 골목으로 들어서자 가까운 복덕방부터 찾았다. 자동차 두 대가 겨우 빗겨갈 정도의 도로 양쪽으로 점포가 늘어선 골목상가는 꽤 활기차 보였다. 다니는 행인도 제법 많아 보였다. 그 시각에 하교하는 여자 중학생들 때문에 일으킨 착시 현상이었는지도 모르겠다.

오전에 봉천 사거리 관악프라자에서 아동복 가게를 소개받았을 때와는 사뭇 다른 느낌이었다. 잘 꾸며놓은 아동복 가게가 인수 조건은 맞았지만, 돌이 안 된 딸아이를 친정엄마에게 맡겨야 한다는 것이 마음에 걸렸다. 게다가 주말인데도 쇼핑센

터가 한산한 것도 고려해볼 일이었다.

독산동 골목에서 복덕방 아저씨가 소개해준 곳은 '선물의 집'이었다. 아저씨는 큰길에서 조금 들어오긴 해도 여학교 앞이라 괜찮은 집이라고 했다. 그러나 선물가게라는 신선한 이미지와는 영 딴판. 대낮인데도 침침하고 우중충하다는 느낌이 먼저 들었다. 가게를 내놓은 아주머니도 시들한 표정이었다.

그런데도 눈길을 끈 것은 따로 있었다. 칸막이해놓은 가게 안쪽의 살림방이었다. 연탄보일러가 있었고 작지만 싱크대도 있었다. 가게 주인은 그 방을 창고 겸 쉬는 용도로 쓴다고 했다. 방이 있다는 것이 바로 내가 찾던 조건이었다. 주저 없이 그곳을 찍었다. 가게가 우중충해 보인 것은 주인의 인상 때문이라고 생각했다. 마음만 먹으면 얼마든지 밝고 화사하게 바꿀 자신이 있었다. 장사는 처음이었고, 생각도 못해본 일이었다. 그러나 이미 마음을 먹었으니 무조건 부딪혀볼 생각이었다. '꽂힘'의 다음 수순은 '선 행동, 후 수습'. 늘 통했던 방법이고, 일말의 책임감은 있다는 뜻이기도 하다.

계산보다는 감感에 의지하는 데는 이유가 있다. 나는 매사 그럭저럭 잘 풀리는 편이다. 그 이유를 엄마는 내가 받을 복을 타고났기 때문이라고 했다. 내 생일이 음력 정월 열이렛날이라서 그렇다고도 했다. '일어, 일어' 하는 날이라는 것이다. 쌀을 씻을 때 조리질을 하면서 무심코 "일어, 일어" 하는 습관이 생긴 것도 그 때문이다. 혹은 풀무질 같은 것이라고 믿었다. 엄마는 내 복으로 살림이 일어날 거라고 말했다. 결혼 전, 내게 감당하지 못할 길을 가려한다고 반대하다가 결국 손을 들었을 때부터 그런 말을 더 자주 했다. 엄마는 어떻게든 내게 희망을 주고 싶었을 것이고, 그것은 당신에게 더 절실했기 때문인지도 모른다. 엄마가 말해온 받을 복만 믿고 나는 꽂히는 대로 살았다. 인생의 중대사인 결혼을 결정할 때도….

장사하겠다고 마음먹은 사람이라면 먼저 결정할 것이 업종과 장소다. 더구나 처음이라면 더욱 신중해야 할 일이다. 그런데도 나는 하는 일이 안 풀린다는 이유로 섣불리 농사나 짓겠다고 뛰어든 무모하고 어설픈 귀농인이나 다름없었다. '장사나 해볼까'로 시작해서 업종을 선물의 집으로, 장소를 독산동 골목으로 결정하기까지는 한 달도 걸리지 않았다. 이제까지 먹혀왔던 '선 행동, 후 수습'의 앞날이 얼마나 고달프고 힘들지 심사숙고를 거치지 않고 내린 결정이었다. 누가 채갈 것도 아닌 선물의 집을 서둘러 계약한 것부터 그랬다.

이삿날을 잡고서야 골목이 눈에 들어왔다. 신림 사거리, 난곡 사거리를 거쳐 시흥으로 가기 전 사거리가 독산 사거리다. 버스에서 내려 길을 건넜던 거리에는 4, 5층 되는 빌딩에 극장, 병원, 레스토랑, 노래방 같은 상가들이 즐비했다. 큰길에서 동네로 들어서는 골목 오른쪽엔 제과점, 왼쪽엔 남부약국이 자리잡고 있었다.

골목으로 들어서면 제과점을 시작으로 수입상품을 주로 파는 잡화점 '이레'를 비롯해 화장품가게와 스포츠용품집, 과일가게, 채소가게가 나란히 줄 서 있었다. 맞은편으로는 골목에서 가장 큰 현대슈퍼, 선물의 집, 문방구, 수정목욕탕, 진영슈퍼, 미장원으로 점포가 이어졌다.

지금도 수입품가게 이레를 기억하는 이유는 유독 나를 경계했던 여자 때문이다. 선물의 집에서 파는 품목과 겹치는 게 있어서 그런지, 내가 도매시장에 다녀올 때면 가게 앞 의자에 앉아 위아래로 훑어보았다. 내 가게는 여학생들이 주로 왔고, 그쪽 단골은 어른들이었는데도 손님을 뺏겼다는 표정이었다. 나는 이레 앞을 지날 때마다 어깨가 움츠러들곤 했다. 마치 막다른 골목에서 일진을 만난 기분이었다. 험악한 표정도, 소리나게 껌을 씹는 것도 아닌데 영락없는 일진이었다. 그 여자는 눈빛이 말보다 강하게 상대를 찍어누른다는 것을 알고 있었다. 그때까지 나는 일진에 대한 거부감 같은 것은 없었다. 선물의 집에 드나드는 일진이라야 귀여운 악동이었고, 내가 학생 때는 덩치 큰 일진들이 보호해주어서 오히려 보디가드처럼 든든하기까지 했다. 그런데 말 한마디 없이 쏘아보기만 하는 나이든 일진은 어떤 식으로 상대해야 할지 알 수가 없었다. 그저 빠른 걸음으로 지나치는 수밖에는….

골목 도로를 중심으로 자리잡은 점포는 스무 개나 될까. 거리로는 70~80m. 다해야 1㎞도 되지 않는 상가 길이었다. 점포들도 고만고만해서 10평 안팎이 대부분이었다.

첫눈에는 번잡한 시장처럼 보인 걸 보면 내가 그 골목을 찾아낸 것인지, 골목이 나를 불러들인 것인지 알 수 없는 일이다. 그곳은 생애 처음으로 스스로 결정한 삶의 터전이었고, 내가 중심이 되어 이끌어갈 인생의 시발점이었다.

'선물의 집'을 오픈한 것은 4월 초였다. 새벽에 도매시장에 다녀와서 물건을 진열하고 손님을 상대하는 일, 어느 것 하나 어설프지 않은 게 없었다. 하도 정신없이 사느라 사람들과 사귈 시간도 없었다. 그런 나를 이웃들이 먼저 챙겨주었다. 앞집 채소가게 부부는 첫날부터 살갑게 대해준 분들이었다. 이사하기 전에 가게를 꾸미느라 채소가게 앞에 앵글을 내놓아도 싫은 소리를 하지 않았다. 나이가 지긋한 부부는 8개월 된 딸아이를 손녀처럼 돌봐주기도 했다. 아저씨는 조용한 성품에 말수가 적었다. 아주머니가 장사하고 아저씨는 잔일을 도맡아 했다. 물건 나르기, 청소 같은 일은 별 거 아닌 것 같아도 아저씨가 부지런히 움직인 덕분에 채소가게는 항상 윤이 났다.

학교 앞 진영슈퍼도 부부가 운영했다. 낮에는 아주머니가, 저녁에는 아저씨가 가게를 봤다. 나보다 열 살쯤 많은 진영슈퍼 아주머니도 나를 동생처럼 대했다. 수정목욕탕 아주머니도 진영슈퍼 아주머니 또래였다. 아주머니는 목욕탕 카운터를 보느라 밖에 자주 나오진 못해도 어쩌다 말을 나눠 보면 배운 티가 났다. 건물 주인이라 그런지 여유가 있어 보였다.

채소가게, 분식점, 과일가게는 50대 중반의 부부가 장사했다. 현대슈퍼, 목욕탕과 진영슈퍼 주인은 40대였다. 문방구 주인은 노총각인데, 상가 주인들이 대부분 여자라서 그런지 밖에 나온 적이 거의 없었다. 내가 그 중 가장 젊었다. 마치 초등학교 신입생 같았다. 골목상가 선배들은 갓 입학한 코찔찔이를 돌보듯, 반겨주었고 마음 써주었다.

시작이 좋았다. 역시나 '받을 복' 덕분이었다. 얼마 지나서 채소가게 2층에 사는 다희 엄마를 알게 되었고, 노총각이 떠나고 문방구에 내 또래 영희가 정훈이를 데리고 이사 왔다. 화장품가게를 인수한 지수는 우리보다 두 살 적었다. 골목에는 어느새 신입생 숫자가 늘었다.

부지런하고 명랑한 영희, 까칠하고 직선적인 지수, 그리고 즉흥적이고 기분파인 나. 세 사람은 금방 의기투합했다. 서른 안팎의 여자 셋은 살아온 날도, 장사를 시작한 이유도 제각각인 데다 성격도 달랐지만, 처음 장사를 시작했다는 공통점 하나로 뭉치기에 충분했다. 어느 날 지수가 불쑥 이런 말을 했다.

"초년 팔자는 제 몫이 아니래. 진짜 팔자는 결혼하고 난 다음부터라더라."

그 말에 영희가 맞장구쳤다.

"좋은 환경에서 자라고 학벌까지 좋다고 해서 결혼 후에도 보장되는 게 아니란 말이지?"

내 생각은 좀 달랐다.

"그래도 대부분 큰 변화 없이 이어지는 인생도 많잖아. 의사 집안에서 의사 나오고, 아버지가 회장이면 아들은 사장이고."

그러자 지수가 키득거리면서 말했다.

"드라마도 안 봤어? 아쉬울 것 없는 회장 아들이 가난한 여자 만나는 거. 아들 엄마가 쫓아가서 돈봉투를 내놓으면서 이거나 먹고 떨어지라고 하잖아."

"그때 넙죽 받는 경우는 한번도 없지. 다음엔 물잔을 여자 얼굴에 끼얹는 게 순서지."

영희가 지수 얼굴에 물을 끼얹는 시늉까지 하면서 말을 이었다.

"어떤 방해를 해도 두 사람은 이어지잖아. 그런 걸 보면 그 여자의 초년 팔자는 제 것이 아니란 말이 맞잖아."

"그건 드라마지. 현실에선 있을 수 없는 일이야."

내가 여전히 공감하지 않자 지수가 한마디 했다.

"그래, 신데렐라는 동화책이나 드라마에나 나온다고 치자. 그러면 우리 자신을 돌아봐. 이 남자를 만났기 때문에 방향이 달라진 건 사실이잖아. 우리가 장사하겠다고 뛰어든 것, 결혼 전엔 생각도 못한 일 아니었어?"

영희가 한숨을 쉬었다.

"지수 말이 맞아. 내가 딱 그렇지. 하지만 난 내 팔자대로 살지 않으려고 여기 온 거야."

"나도 편히 살 팔자는 아닌가봐. 날 구해줄 왕자인 줄 알고 덥석 손을 잡았더니 아니올시다지 뭐야."

지수조차 영희의 한숨에 제 한숨을 얹는 것을 보고 내가 말했다.

"왜들 이래? 명랑 빼면 시체인 영희나 카리스마 지수가 팔자타령하고 있으니 웃긴다. 센 언니들답지 않게 말이야."

"카리스마 쩌는 지수는 센 언니, 맞고말고."

영희가 거들자 지수도 받아쳤다.

"우리 중 팔뚝 젤 굵은 정훈 엄마도 만만찮지."

그러고 보니 예전에 나를 보호해주던 일진 친구들이 생각났다. 두 친구가 있으니 이레 앞을 지나면서 쫄지 않아도 될 것 같았다.

"앞으론 센 언니들 덕 좀 보고 살겠네."

내 말에 한바탕 웃고 나서 영희의 표정이 다시 밝아졌다.

"처음 시작한 것치곤 잘 풀릴 것 같은데? 이웃 사람들도 좋고, 친구들도 생기고. 그러니까 자기 운명은 자기가 풀어가는 거라고."

"그래, 모를 게 인생 아니냐? 우리가 앞으로 어떻게 살지 누가 알겠어. 늘그막에 만나서 옛이야기 하며 살는지. 노년에 팔자 좋다는 소릴 하려면 지금 잘살아야지."

결론에 이르러서는 같은 마음이었다.

무서울 게 없는 나이. 젊은 한때였다. 우리가 들어가고 난 다음부턴 골목도 젊어진 것 같았다. 아니, 우리도 젊었고 골목도 젊었다. 늘 새로운 이야깃거리가 쏟아져 나온다는 게 그 증거였다.

# 1

# 비밀수첩

# 비밀수첩

1989년 12월 31일 23시 50분. 10분 후면 제야의 타종이 시작될 그때.

나와 남편은 벽에 기대앉아 있었고 어린 딸은 곁에서 새근거리며 자고 있었다. 곧 있으면 보신각에서 종을 칠 것이고, 새해가 열릴 참이었다. 그날 맞이하는 새해는 좀 각별했다. 내가, 아니 동갑인 우리가 20대를 보내고 30대가 되는 해이기 때문이다. 1980년대가 지나고 1990년대가 온다는 것도 설렜다.

지나온 10년이 '나'를 중심으로 흐른 시간이었다면, 다가올 90년대는 '우리'가 살아가야 할 미래였다.

어깨를 기대고 있는 남자와 곤히 잠든 상아를 한번 보고, 우리가 함께 있는 공간을 둘러보았다. 셋이 누우면 딱 맞는 아주 작은 방. 화장대 위에 놓인 14인치 금성 텔레비전은 리모컨이 필요 없을 만큼 가까운 거리에 있었다. 드디어 보신각에서 타종하는 장면이 나왔다.

"열, 아홉, 여덟…, 셋, 둘, 땡!"

우리는 손을 잡고 숫자를 세었다.

"땡!"과 동시에 서른 살이 되었고, 드디어 1990년이 시작되었다.

'안녕, 1989년아. 한 해 동안 고마웠다. 새해 첫날 일기에 썼던 소원을 이룬 해였어. 우리 세 식구에게 방 한 칸이 생겼으니….'

'안녕? 1990년아. 잘 부탁한다. 지난 봄에 시작한 '선물의 집'이 잘될 수 있도록 도와줘.'

독산3동 골목상가에 자리잡은 것은 20대를 마감하는 해였다. 그 해 3월에 내 손에는 계약금 500만 원에 월세 10만 원의 계약서가 들려 있었다. 한 달 후엔 가게 앞에 이삿짐 트럭을 세웠다. 장롱 한 짝은 친정집 거실에 두고 한 짝만 방으로 들인 이사였다.

시작이 '선물의 집'이라는 게 마음에 들었다. 예쁘고 아기자기한 소품들을 진열하다보면 꾸미지 못하는 작은 방의 아쉬움을 해소할 수 있었다. 여학생들을 상대하는 것도 재미있을 것 같았다. 전 주인이 가게를 내놓은 이유가 장사가 안 되어서라는 건 알지도 못했지만, 알려고도 하지 않았다. 상품가치가 없는 것까지 인수하라고 했을 때도 군말 없이 오케이 했다. 침침한 실내부터 철제 앵글로 된 진열대며 구석에 처박혀 있던 철

지난 물건들까지 손댈 게 한둘이 아니었다. 오히려 그게 더 신명을 부추겼다.

'자, 이제 내 실력을 보여줄 때다.'

나는 조명을 바꾸고 앵글을 밖으로 꺼내어 빨간 색으로 페인트칠을 했다. 가게를 꾸미는 동안 빨간 옷을 입었다. 하루는 빨간 바지를, 다음날은 빨간 티셔츠를, 운동화까지 색깔맞춤을 하고 일을 하니 기분이 상승하고 펄펄 날 듯했다. 속으로 '일어라, 일어라. 불길처럼 일어라…' 하는 주문을 외었다. 빨간 색의 기운과 열정을 믿었다.

때는 봄. 아침에 문을 열면 등교하는 학생들로 들썩이는 골목은 환하고 눈부셨다. 재잘거리는 아이들 목소리로 공기마저 통통 튀는 것 같았다. 나는 그 아이들로 가게가 북적거릴 상상에, 물오른 나무가 된 것 같았다. 저 참새들이 날아와 앉도록 가지를 한껏 뻗으리라.

며칠 후 간판을 달았다. 퇴근한 남편과 친정엄마, 동생들과 점등식을 했다. 스위치를 올리는 순간, 흰 바탕에 빨간 네 음절의 글자가 번쩍 들어왔다.

'비밀수첩'.

나의 첫 사업을 빛내줄 상호였다.

다음날부터 여학생들이 몰려와서 꼭 한번씩은 물었다.

"비밀수첩이 뭐예요?"

"여기서 비밀수첩을 파나요?"

사실 비밀수첩 같은 것은 없었다. 도매상에서도 비밀수첩은 팔지 않았다. 페인트칠하다가 중학교 때부터 쓰던 일기장이 빨간 색이었던 것이 떠올랐고, 연상작용으로 상호를 그렇게 정했다. 그러나 실망할 게 뻔한 대답을 할 수는 없었다.

"글쎄…."

"그건 비밀."

한동안 얼렁뚱땅 넘기다 보니 어느 날 아이디어가 떠올랐다. 상호대로 비밀수첩을 팔면 되는 것이었다. 내가 표지가 마음에 안 드는 노트의 겉장을 바꾸고 그림을 그리든지 예쁜 엽서를 끼워놓았듯이 아이들이 원하는 대로 만들어주면 될 일이었다.

예상은 적중했다. 비밀 많은 여학생의 주문이 밀려들기 시작했다. 아이들은 저마다 다른 디자인의 비밀수첩이나 비밀 일기장을 하나씩 갖게 되었다. '비밀수첩'은 우리 가게에서만 파는 것이었고, 내겐 효자상품이었다. 그러면서 단골이 생기고 아이들하고도 꽤 친해졌다. 수업이 끝나면 참새들이 떼지어 몰려왔다. 우리 가게가 참새 방앗간, 아니 그 자체로 비밀수첩이 되어버렸다.

선생님을 짝사랑하는 아이, 선생님께 혼난 아이, 친구와 다툰 아이, 혼자 오는 아이, 여럿이 몰려오는 아이…. 참새들이 한꺼번에 지저귀기 시작하면 몇 시간 동안 귀가 먹먹해질 정도였다. 어른보다 아이하고 노는 게 좋은 나도 저들보다 조금 더 나이 많은 참새였다. 맞장구를 치기도 하고 상담을 해주기도 하면서, 차츰 장사에 익숙해지기 시작했다.

아이들에게 젊은 언니로 보이려고 노력하기도 했지만, 대학생인 여동생과 막냇동생이 물건을 고르는 안목이 나보다 나아서 많은 도움이 되었다. 오픈한 지 한 달이 지나지 않아 5월이 되었다. 가정의 달답게 선물의 집이 가장 바쁠 때였다. 스승의 날엔 동생들이 새벽부터 와서 포장을 도와주어도 손이 모자랄 지경이었다. 팔릴 것 같지도 않은 묵은 물건까지 다 나가고 진열대가 텅 비었다. 여학생들이다 보니 선물의 집에 꽃미남 대학생 오빠가 있다는 말에 우르르 몰려와서 싹 쓸어갔다. 나도 몰랐던 장사꾼 기질이 있었나 싶었다.

그래도 어설픈 초짜라는 게 드러날 때가 있었다. 출입문에 달아놓은 인형이 하루에도 몇 개씩 없어졌다. 아이들 표현으로 '뽀리'라고 했다. 여럿이 몰려와 이것저것 가격을 물어보거나 내 앞을 가로막고 있는 사이에 뒤에서 슬쩍 해가는 수법이 제법 조직적인 일당들도 있었다. 아이들은 재미로 몰래 가져가지만 뒤늦게 알고 나면 속도 상하고, 아이들을 의심할 수밖에 없었다. 그런데 어이없게도 가장 붙임성 있게 굴던 아이가 전문 뽀리꾼이라는 것을 알게 되었다. 내가 속상해할 때마다 뽀리꾼 감별법을 알려주고, 당하지 않는 방법까지 알려준 정희였다.

"아줌마, 애들이 오면 앞에 있는 애보다 맨 뒤에 있는 애를 잘 보세요. 걔가 문 쪽에 붙어 있으면 십중팔구 뽀리꾼이거든요."

"아, 그래?"

"그리고 아줌마를 똑바로 안 보고 괜히 주변만 둘러보는 애도 마찬가지고요. 뽀리꾼을 잡으려면 출입문이 보이는 쪽에 거울을 달아놓으세요."

"그런다고 될까?"

"진열대 위에도 접는 거울 놓고 슬쩍슬쩍 살펴보시고요."

"얘, 그러다 오는 애들이 다 의심스러워서 어떻게 장사를 하니? 너처럼 착한 학생들이 대부분인데."

그랬던 정희가 한동안 오지 않았다. 오랜만에 온 아이는 아무리 봐도 머리 스타일이 부자연스러웠다. 어쩐 일인지 전처럼 떠들지도 않았고 오래 있지도 않았다.

정희가 먼저 가자 다른 아이들이 말했다.

"아줌마, 걔 사실은 뽀리꾼이에요."

"손버릇 고친다고 정희 아빠가 머리를 깎아버렸대요. 그 머리, 가발이에요."

"그건 핑계지, 걔 아빠가 버릇 고치겠다고 그럴 사람이야? 맨날 여기저기 멍들어 오고 입도 터진 적 있잖아."

"맞아. 체육복도 화장실에서 갈아입는 것 같았어."

아이들이 한마디씩 하는 소리는 그동안 비밀수첩에 올라왔던 귀여운 비밀하고는 달랐다. 나는 아이들에게 더 물을 수가 없었다.

정희에겐 아무 내색도 하지 않았다. 그냥 오는 대로 반겼다. 거울을 놓지도 않았다. 졸업할 무렵 머리카락이 자라 가발을 벗은 듯, 그 아이의 단발머리가 유난히 반짝였다. 정희는 예전처럼 가게에 들러 한참 놀다가 갔지만 내가 자리를 비워도 인형이 없어지지 않았다.

지선이도 가게에 자주 오는 아이였다. 지선이가 오는 시간은 아이들이 거의 빠져나간 시간이었다. 같이 다니는 친구도 없었다. 말수가 적고 걸음걸이도 느렸다. 통통한 편인 지선이가 또래처럼 꾸미는 것이나 연예인에게 관심 없어서 잘 어울리지 못하나 싶기도 했다. 지선이는 가게에 오기만 하면 딸아이부터 찾았다. 아이를 보는 솜씨가 보통이 아니었다. 지선이는 숱이 없는 상아의 머리카락을 가지고도 매일 모양을 내주었다. 친구보다 아이랑 노는 게 더 재미있다고 했다. 내가 바쁠 때는 기저귀도 갈아주고 우유를 데워 먹이기도 했다. 언제부턴가 우리 가게가 제 집이라도 되는 듯 하루도 빠지지 않고 와서는 숙제를 하고 나 대신 물건도 팔았다. 그러다가 저녁상을 차릴 때쯤 되면 마지못한 듯 일어났다.

부모가 맞벌이해서 아무도 없는 집에 들어가기 싫다고 했지만 그게 전부인 것 같진 않았다. 나는 밥상에 숟가락 하나 더 놓곤 했다. 어느 땐 가게 문을 닫을 때까지 있으면서도 태평해보이는 지선이는 끝내 비밀수첩에 어떤 내용도 올리지 않았다. 나도 지선이가 적고 싶지 않은 비밀은 묻지 않았다. 그나마 다른 곳에서 시간을 보내지 않고 우리 가게에 있으니 안전하다고 생각했다. 그러나 사실 지선이의 손길이 필요했기 때문에 모른 척했던 게 아닐까.

그런 지선이를 오랫동안 잊고 살았다. 얼마 전 앨범을 보다가 딸의 돌 때 선물을 보낸 사람들 명단을 발견했다.

'문방구-원피스, 채소가게-무명실과 5천 원, 현대슈퍼-분유 한 통, 화장품-베이비로션, 진영슈퍼-내복….'

그리고 맨 끝에 지선이가 있었다.

'오지선-우유병 꼭지 두 개.'

우유병을 통째 선물한 것도 아니고 꼭지 두 개라니. 그동안 얼마나 많이 우유를 먹였으면 아기가 자랄수록 꼭지를 바꿔줘야 한다는 것을 알았을까. 아니, 지선이는 제 용돈을 다 털어도 우유병 하나를 살 수 없었을지도 모른다.

그 아이 이름만 알았는데 '오지선'이라고 제대로 알게 되니 어제 본 듯 얼굴이 선명하게 떠올랐다. 그때 지선이의 도움을 많이 받았으면서도 왜 용돈 한번 줄 생각을 못했을까 하는 후회와 함께.

지선이도 마흔이 넘었을 만큼의 시간이 흘렀다. 말수는 적지만 잘 웃었던 그 아이도 결혼했을 테고, 아이를 낳았다면 그때의 자기 자신만큼 컸을 것이다. 제 아이들을 얼마나 잘 키웠을까. 지선이를 떠올리면 능력 있는 커리어우먼보다는 살림 야무지게 하고 아이를 잘 키운 엄마가 되었을 것만 같다.

그때 나를 허수아비로 만들었던 참새들도 지선이처럼 엄마가 되었을 텐데, 나의 선물가게 '비밀수첩'을 기억할까. 저희가 한바탕 쏟아냈던 웃음과 눈물이 비밀수첩의 갈피에 한 줄 한 줄 적혔다는 것을. 혹시 누군가는 30년이 지난 비밀수첩을 간직하고 있지나 않을까. 거기에 '선물의 집' 얘기가 쓰여 있진 않을까?

지금은 얼굴도 기억나지 않는 어린 친구들에게 뒤늦은 안부를 전한다.

정희야, 지선아. 그리고 귀여운 참새들아. 초보 장사꾼이 너희를 만난 것은 행운이었단다. 장사한 게 아니라 너희들하고 놀면서 신나는 한때를 보낸 것 같아. 순수한 고객을 만난 덕분에 겁 없이 뛰어든 장사를 할 수 있었지. 덕분에 아주 즐거웠고 무척 고마웠다.

# 그 여자의 두 얼굴

골목상가 중간쯤 자리한 '선물의 집'은 이층 양옥이었다. 아래층은 네 가구가 세 들어 있었다. 대문 안쪽은 살림집이 둘 있었고 선물의 집과 문방구는 나란히 도로를 향해 있었다. 상호는 '비밀수첩', '제일문구'였지만 상호대로 부르는 사람은 별로 없었다. 학생들은 '후문 선물', '후문 문방구'라고 했다. 골목에서는 그조차 생략하고 '선물', '문방구'로 통했다.

선물의 집 왼쪽 대문을 통해 마당으로 들어서면 두 살림집 가운데에 이층으로 올라가는 계단이 있었다. 한 집은 낮엔 얼굴을 볼 수 없는 아가씨가 자취했고, 다른 가구에는 민수 할머니가 살았다. 민수 아빠가 일 나가는 것은 몇 번 본 것 같지만 민수 엄마는 본 적이 없었다. 할머니는 돌 지난 지 한참 된 민수를 등에서 내려놓지 않았다. 3대 독자 민수는 할머니의 자랑이고 긍지였다. 할머니가 그걸 뽐내고 싶어할 때마다 친정엄마와 간간이 부딪쳤다.

"외손녀 백날 이뻐하면 뭐하누. 제사상에 물 한 사발 올려줄 것도 아닌데. 차라리 방아깨비를 이뻐하지."

엄마를 자극하는 말이었다. 남아선호사상을 비웃는 엄마였다. 엄마가 민수 할머니 말을 그대로 넘길 리 없었다.

"흥, 죽고 난 다음 물 한 사발이 무슨 대수라고. 요즘은 딸 가진 부모가 먼저 비행기 탄다는 말도 못 들어봤수?"

그러나 서울에서 전세가 가장 싸다는 독산동 골목에서, 그나마도 월세 사는 자식을 둔 어머니들이었다. 그 자식들이 언제 비행기를 태워줄 수 있을지는 까마득한 일이었다.

안채 마당은 제법 넓었다. 마당 가운데엔 백목련과 자목련 두 그루가 있어 봄의 운치를 더했다. 4월에 이사한 나를 반기듯 눈부실 정도로 화사하게 핀 백목련, 그리고 붓끝 같은 봉오리를 들어 일필휘지 날릴 것 같은 자목련은 내게 좋은 예감을 주었다.

"잘 왔어. 넌 잘해낼 거야."

마치 흔들리는 꽃가지가 첫걸음을 응원하는 것 같던 감상도 잠깐. 낮에는 꽃을 볼 시간이 없었다. 꽃을 가꾸고 감상하는 것도 마음에 여유가 있는 사람의 몫이었다. 다른 사람들도 살기에 바빠 꽃 같은 것은 눈에 들어오지 않는 모양이었다. 제법 굵은 두 그루의 나무는 빨랫줄을 매는 기둥 역할밖에 못했다. 세

든 사람들이 번갈아 이불을 너는 바람에 온전한 나무 형태를 보는 건 늦은 밤이나 되어서였다. 나무 주변에 놓인 빨래 건조대를 보면 어느 집 빨래인지 알 수 있었다. 레이스 달린 브래지어와 팬티가 세트로 널려 있으면 보나마나 자취하는 미영 씨 것이었다. 고무줄 치마와 작업복이 널린 건조대는 민수네 것이었다.

마당 구석에는 공동 화장실과 연탄광이 붙어 있었다. 겨울이 되면 네 집이 좁은 광에 보이지 않는 선을 긋고 연탄을 들여놓았다. 별 다툼 없이 연탄을 쌓았던 것은 어느 집이나 많이 쟁여 놓을 만큼의 여유는 없기 때문이었다. 일층의 네 가구는 각각 방 하나에, 부엌이라기엔 옹색한 공간에 수도꼭지 하나가 달린 작은 싱크대를 놓고 살았다.

주인은 이층 전체를 썼다. 시어머니와 남매를 둔 젊은 부부가 주인이었다. 가겟세를 내려고 올라가보니 넓은 거실에 놓인 검은 가죽 소파와 88올림픽에 맞춰 나온 대형 금성 텔레비전이 눈에 들어왔다. 화려한 바로크풍 장식장에는 양주병이 즐비하고, 열대어가 유유히 헤엄치고 있는 수족관도 대형이었다. 큰 주방엔 대리석 싱크대와 화구가 네 개인 가스레인지에 오븐도 갖춰 있었다. 언뜻 보기에도 그릇이며 접시도 수입품 같았다.

값비싼 가구에 갖출 건 다 갖추었어도 고급스럽기보단 과시하려는 느낌이 먼저 들었다. 왠지 단란해 보인다고 말하기엔 주저되는 집이었다.

주인 여자는 30대 초반 같은데 아들이 벌써 중학생이었다. 아무리 생각해도 여자의 나이에 비해 그렇게 큰 아들을 둔 게 조금 이상했다. 여자는 짙은 화장에 보석을 종류별로 바꿔가며 걸쳤다. 어느 날은 금으로, 어느 날은 사파이어나 루비로. 원색이나 화려한 무늬의 원피스 차림으로 자주 외출을 했다. 화장과 보석이 아니었으면 눈에 띄지 않을 여자였다. 광대뼈가 도드라진 것인지, 콧대가 낮은 것인지 강팍한 인상을 주었다. 웃는 얼굴을 본 적이 없어서 예쁘다는 생각이 안 들었는지도 모르겠다.

오히려 주인 남자가 세련되고 잘생긴 얼굴이었다. 부인하고 10년쯤 나이 차이가 나 보였지만, 후리후리한 키에 눈썹이 짙어서 젊은 남자에겐 볼 수 없는 중후한 매력까지 더해 보였다. 노량진수산시장에서 경매사업을 한다는데, 외모를 보면 그 남자가 경매하는 모습이 전혀 그려지지 않았다. 처음엔 배우 빰치게 잘생긴 남자가 대문에 들어설 때마다 저절로 눈이 갔지만, 그 눈길이 경멸과 조소로 바뀐 건 얼마 지나지 않아서였다.

위층에서 여자의 비명과 가구 부수는 소리가 났기 때문이다. 잘생기고 돈 잘 버는 남자지만 주사가 심해서 걸핏하면 부인을 손찌검하는 모양이었다. 잘해야 나보다 서너 살 많아 보이는 여자가 쌀쌀맞은 데다 가겟세를 받을 때마다 상전처럼 구는 게 아니꼬웠던 터라 위층이 아무리 소란스러워도 나는 모른 체할 뿐이었다.

한바탕 소동이 일어난 날이면 뜻밖의 장소에서 여자를 볼 때가 종종 있었다. 밤중에 목련나무 아래 쪼그리고 앉아 담배를 피우며 울고 있는 모습이었다. 무성한 나뭇잎에 가려서 아무도 못 볼 줄 안 걸까. 어둠 속에 웅크린 홈드레스 차림의 여자는 낮에 본 모습과는 영 달랐다. 그런 날 나는 화장실에 가려던 걸음을 돌리곤 했다. 내가 여자를 본 것을 알면 더 비참해질 것 같아서였다.

동네에서 모르는 사람이 없을 정도로 주인 부부가 시끄럽게 싸우고 난 다음엔 기이한 일이 벌어졌다. 새 가구가 들어가고, 여자의 목엔 새 목걸이가 번쩍이곤 했다. 바로크풍 가구가 오크 원목으로, 금목걸이가 진주로…. 싸운 것도 기념할 일인지 두 사람이 한껏 성장하고 외출하기도 했다. 나로선 도무지 풀 수 없는 수수께끼 부부였다.

그렇게 주인 부부가 싸운 날 밤에 숨어 우는 여자를 몇 번 보자, 나는 오랫동안 생각해본 적 없는 어떤 기억이 떠올랐다. 기억의 수면 위로 불쑥 얼굴을 내민 또 다른 여자였다. 아니, 그 여자 남편인 인숙이 아빠의 얼굴이었다.

내가 초등학교에 입학할 무렵 한 집에 살던 옆방 식구였다.

부부를 인숙이 엄마, 아빠로 기억하는 것으로 봐서 세 식구였던 것 같은데, 나보다 한두 살 적었다는 것밖에는 인숙이란 아이는 떠오르지 않는다. 그때 우리 집과 인숙이네, 그리고 돌 지난 정석이네까지 세 가구가 제약회사 사장님 집에서 살았다. 옥수동의 600평 가까운 저택은 별장 삼아 사놓기만 한 것인지, 비워놓은 상태라서 우리가 관리인으로 들어간 집이었다. 축대가 높고 정원에 과수원과 온실까지 있는 큰 집에서 엄마는 자주 가위에 눌렸다. 공동묘지를 허물고 지은 집터란 소문을 들은 후부터였다. 어스름만 되면 집이 무섭다고 밖에 나와 아버지를 기다렸다. 그래서 같은 회사 직원인 인숙이네와 정석이네가 이사를 왔다.

인숙이 아빠는 어린 내 눈에도 잘생긴 남자였다. 사장님 운전사라 늘 말쑥한 양복 차림에 몸에 밴 듯 정중했다. 아저씨는 나에게도 무척 친절했다. 나는 아버지가 다니는 회사 근처 초등학교에 입학했다. 아침마다 아저씨가 운전하는 자가용을 타고 학교에 갔다. 사륜구동 지프가 내가 처음 타본 승용차였다. 번쩍거리는 자가용을 타고 어린이 조선일보를 읽으면서 학교에 가는 동안, 내가 부잣집 딸인 것 같았다. 그러나 신문은 아저씨가 사장님 딸이 구독하는 신문을 모았다가 준 것이라 날짜가 지난 것이었다. 아저씨를 따라나서느라 학교에 제일 먼저 도착했기 때문에 교실은 잠겨 있었다. 자가용에서 내리는 것을 봐

줄 친구들이 없었다. 그래도 반에서 신문을 가진 아이는 나뿐이어서 우쭐했다. 나는 신문을 챙겨주는 아저씨가 고마웠다. 아니, 아버지보다 젊고 잘생긴 아저씨가 아빠였으면 좋겠다고 생각했다.

그렇게 동화처럼 잘 마무리된 기억을 찢고, 20여 년 만에 생각지도 않았던 인숙이 엄마가 산발하고 떠오르다니…. 인숙이 엄마의 얼굴은 온전치 않았다. 눈두덩이 퍼렇게 멍들고 입술은 터져 있었다. 아주머니는 월남치마가 반쯤 벗겨지고 맨발인 채로 정원 한쪽 배나무 과수원으로 달려갔다. 그 뒤를 아저씨가 바짝 따라붙었다. 오른손에 든 절굿공이! 아주머니가 비명을 질렀다. 엄마와 정석이 엄마가 아저씨를 말리려고 달려갔다. 그러나 아저씨가 휘두르는 절굿공이 때문에 아저씨를 잡지 못했다.

"인숙이 아버지, 참아욧!"

"이러다 사람 죽겠어욧!"

두 여인이 앞다퉈 소리를 질렀다. 그러나 이미 절굿공이는 넘어진 아주머니를 향해 내리꽂히는 중이었다.

"잘됐다, 네년. 여기선 너 하나쯤 패죽여도 모를 것이다."

아저씨가 쩌렁쩌렁 소리를 질렀다.

나에게 다감했던 그 아저씨가 아니었다. 눈에 핏발이 서서 금방 빨건 물이 줄줄 흐를 것 같았다. 동화책에서 본 도깨비가 저럴까.

실신한 아주머니를 엄마와 정석이 엄마가 안방으로 데려왔다. 찢어진 입술에 물을 축여주자 얼마 후 정신을 차렸다. 밖에서 한참 동안 분을 삭인 인숙이 아빠가 들어와 안방을 기웃거렸다. 그런데 남편을 본 인숙이 엄마의 표정은 믿을 수 없이 덤덤했다. 아저씨를 처음 본 것처럼 물었다.

"근데, 아저씨 누구세요?"

정말 몰라보는 것 같았다. 그러자 아저씨가 달려와 아내를 끌어안고 소리내어 울기 시작했다.

"여보, 내가 잘못했어. 정신차려, 제발."

아주머니는 옆방 사람들도 몰라봤다.

"여기 어디에요? 아주머니들은 누구세요?"

나는 아저씨가 절굿공이를 휘두를 때보다 멍한 얼굴로 방안을 둘러보는 아주머니가 더 무서웠다. 말로만 들었던 미친 여자가 된 것일까.

아주머니는 며칠 만에 정신이 돌아왔다. 아저씨가 싱글벙글 웃으면서 바나나를 다발로 사왔다. 내게도 생전 처음 본 바나나 한 개가 손에 쥐어졌다. 하지만 곁에 있었을 인숙이는 여전히 떠오르지 않는다.

그런 일은 한번으로 끝나지 않았다. 아버지와 정석이 아빠가 있을 때도 인숙이 아빠는 소동을 피웠다. 그 후로 나는 새벽에 일어나기 힘들다는 핑계로 자가용을 타지 않았다. 만원버스를 타고 학교에 갔고, 어린이신문 때문에 주위를 에워싸던 친구들도 없었다.

그런데 어째서 나는 기억을 왜곡하고 있었을까. 고급 승용차와 어린이 조선일보, 바나나의 이국적인 맛…. 그것들이 맛보게 한 신분상승의 착각. 그 때문에 꽃으로 넘쳐나던 정원에서 숨바꼭질하고 소꿉놀이하며 같이 놀던 인숙이도 지워버렸을까. 피투성이가 된 인숙이 엄마도 지워버리고 내 전용 기사였던 양 운전사 박씨 아저씨만 그럴싸하게 포장해서 남겨놓았을까.

어렸을 때 목격했던 인숙이 아버지의 폭력과 주인 남자의 폭력은 너무도 닮아 있었다. 다음날 폭력의 흔적을 얼굴로 증명하는 여자들도 데자뷰 같았다. 1968년의 바나나가 1989년엔 보석이나 가구로 업그레이드된 차이밖에는….

골목은 마치 광장 같아서 다음날이면 동네 사람들이 그 사실을 다 알았다. 사람들은 아는 것과 들은 것과 짐작한 것을 섞어 극적인 시나리오로 만들어 돌렸다.

사실을 확인할 수는 없지만, 여자가 다방 아가씨였는데 스무 살도 안 된 어린 나이에 주인집 남자를 만나 임신을 했고, 결혼했단다. 중학생 아들의 엄마라기엔 너무 젊어 보였던 여자에 대한 궁금증이 풀렸다. 결혼에 대한 의견도 분분했다. 남자가 '잠깐 데리고 논 것'이고 결혼할 생각은 처음부터 없었다고 했다. 그런데 임신한 여자가 '물고 늘어졌으며', 남자의 어머니가 아들에게 우격다짐해서 자식이 뿌린 씨를 거둔 것이라고 했다. 하지만 여자가 살림은 등한시하고 밖으로 나돌며 카바레 출입을 하거나 노름을 한다는 것이었다. 재산도 시어머니가 일구었지만, 그 덕에 사치스럽게 살면서도 시어머니를 나 몰라라 하니 아주 '근본 없는' 여자라고 했다.

모든 정황은 여자에게 불리했지만, 그저 뜬소문 같지만은 않았다. 주인집 할머니는 비척대는 걸음으로 나와 온종일 우리 가게 앞에 쭈그리고 앉아 시간을 보냈다. 할머니는 그 골목에서 가장 나이가 많았다. 골목 동네 사람들은 거의 30대에서 50대가 많았고, 육십 넘은 사람도 한둘 정도였다. 허옇게 센 머리에 지팡이를 의지하고 나오는 할머니가 동네에서 유일한 노인이었다. 잘생긴 아들을 낳은 어머니답게 귀티나는 흰 피부와 복스럽게 늘어진 귓불로 얼굴이 훤했지만, 나일론 몸뻬를 입은 할머니는 누가 봐도 부잣집 노인으론 보이지 않았다.

내가 신경을 곤두세우는 것은 주인집의 잦은 싸움도 할머니의 입성도 아니었다. 할머니가 종일 우리 가게 앞의 공간을 차지하고 있다는 사실이었다. 추레한 할머니가 유리 진열장을 가리고 앉아 있으니 손님이 오다가도 돌아갈 일이었다.

그런데도 불만을 말할 상대가 없었다. 친정엄마는 할머니만 보면 뭐든 가지고 나와 자리를 폈고, 문방구 영희는 제 집으로 모셔다 밥을 차려드렸기 때문이다. 아무것도 챙기지 않으면서 할머니가 장사를 방해한다는 말을 하면 나만 인정머리 없는 사람으로 몰릴 게 뻔했다. 동네 사람들이 먹을 것을 챙길 때면 할머니는 손사래를 치면서 사양했다.

"나 조금 전에 밥 먹고 나왔어. 집 안에 있으면 갑갑해서 사람 구경하러 나오는 거야."

간밤에 동네 사람이 다 깰 정도로 요란하게 부부싸움을 한 아들네에 대해선 절대 말하는 법이 없었다. 며느리의 잦은 외출을 흉보는 적도 없었다. 할머니에겐 초라하다고만 볼 수 없는 위엄이 있었다.

하루는 영희가 혀를 차며 말했다.

"할머니가 나한테 짜장라면 끓이는 방법을 묻더라."

"할머니 세련되셨네. 우리 엄마는 라면도 안 드시는데 짜장라면을 드신다니. 손주들 끓여주려고 그러나?"

내가 별 생각 없이 말하자 영희가 발끈했다. 영희는 가끔 남의 일도 제 일처럼 발끈하곤 했다.

"모르는 소리 좀 하지 마. 그 집 식구들이 할머니만 두고 피서 떠났어. 근데 먹을 거라곤 짜장라면 하나밖에 없더라는 거야. 짜장 분말을 넣고 볶아야 하는데, 라면 수프처럼 물에 풀었더니 싱겁더래. 그래서 물어보신 거라고."

"주인네 이번 싸움 결말은 여행인 거야?"

"아니, 지들끼리 치고받고 싸우고 나서 화해인지 뭔지 한답시고 여행 갔다 쳐도 그렇지, 며느리가 노인네 드실 것은 해놓고 가야 하는 거 아니니?"

그 말을 하면서 영희는 노골적으로 주인 여자에게 적의를 보였다.

"그러니 남편한테 매를 맞지."

그러나 내 생각은 달랐다. 그게 맞아야 할 이유일 수는 없었다. 만일 주인집 여자가 시어머니를 구박한 게 맞을 짓이라면, 아들인 남자는 왜 제 어머니를 방치하는 것일까. 가족이 외식하러 갈 때도 할머니를 모시고 가는 것을 본 적이 없었다. 부잣집 할머니를 동네 사람들이 십시일반으로 거두는 것을 알기나 할까. 그는 효자여서 아내를 혼내는 것이 아니라 그저 폭력을 일삼는 가장일 뿐이었다. 게다가 어떤 성향이라고 분류조차 할 수 없는 변종이었다.

부부싸움의 의례적 절차인 양 부부가 차려입고 나서는 걸 본 날, 영희와 나는 입을 다물지 못했다. 하얀 모시 한복을 커플룩으로 입었던 것이다. 젊은 여자가 모시 한복을 입어도 눈에 띌 판인데, 중년 남자가 한복을 입은 걸 보니 아무래도 남의 시선을 즐기는 게 아닐까 싶었다. 영희와 나는 눈빛으로 뒷담화를 했다.

‘저 정도면 정상은 아니라고 본다.’

‘그러게, 이젠 어디가 잘생겼나 싶다. 외려 모자란 거 아냐?’

‘지들이 이 골목 스타인 줄 아나 보지. 마치 스포트라이트라도 받는 듯한 저 표정 좀 봐.’

‘정말 인물값 못한다.’

‘대신 꼴값은 하잖아.’

여자가 한복에 어울리지 않는 커다란 선글라스를 쓴 모습은 우스꽝스럽기보단 짠하기만 했다. 저고리 소매 속의 팔뚝은 깁스를 한 상태였다. 비싼 모시 한복이 깁스를 가리기 위한 천 쪼가리로밖엔 보이지 않았다.

그러나 여자는 고개를 쳐들고 눈을 내리깐 채, 입술 끝에 힘을 주고 있었다. 도도하고 거만한 표정을 주문받은 배우처럼. 마치 동네에서 다 아는 폭력을 우리 집 일이 아니라는 듯. 나는 그런 여자를 이해할 수 없었지만 남자는 더 이해할 수 없었다. 세상에 없는 애처가처럼 아내의 허리를 두르고 골목에 나타났으니 말이다. 당연하다는 듯 에스코트를 받는 부인이 호흡을 맞추는 바람에 골목은 일순간 연극무대가 된 것 같았다. 그들이 시내 쪽으로 빠져나가면서 연극의 한 막이 내렸다.

1막이 폭력이었다면 2막은 화해가 전개될 참인가. 그러다 내가 본 것은 다음 막을 기다리는 막간에 잘못 뛰어든 여자 배우였다.

자정 넘은 시간에 가로등 뒤에서 불쑥 튀어나온 여자가 주변을 살피더니 우리 가게에서 대각선에 있는 미장원으로 빨려 들 듯 들어갔다. 간판 조명을 끈 가게 앞에 서 있는 나를 못 본 모양이었다. 소문대로 전문적인 '노름판'에 가는 것인지, 단순히 고스톱 친구를 만나러 가는 것인지는 알 수 없었다. 그러나 경계심으로 떠는 몸짓이 조금 떨어진 거리에서도 고스란히 느껴졌다. 귓속에서 불안을 조성하는 음울한 음악이 들리는 것만 같았다.

짐작하자면 제3막은 좀 더 와일드한 폭력물일 듯싶었다. 미장원 여자와 어울려 카바레에 가거나 화투를 친다는 소문이 맞는 것 같았다. 그 후로도 여자의 밤 외출을 자주 목격했으니까.

동네 사람 누구도 대놓고 비난하진 않았지만 아무도 그 여자의 편이 되어주진 않았다. 오히려 코가 꿰어 결혼한 남자를 두둔하는 것으로, 잘사는 여자에 대한 시샘을 해소하는 분위기였다. 인물도 별로인 여자가 잘생기고 돈 많은 남편하고 사니 복이 많은 여자라고들 했다. 그러면서 앞에다 꼭 붙이는 것이 '매 맞는 것만 빼면'이었다. 시어머니를 홀대하는 것에 분노한 중년층들은 앞다퉈 할머니를 대접하면서 할머니도 안 하는 남의 며느리 흉보기를 은근히 즐기는 것 같았다. 나도 마찬가지였다. 친정엄마가 의자까지 내놓고 할머니와 종일 수다를 떨어도 싫은 내색을 하지 않는 것으로 할머니 편에 선 기분이었다.

그러나 시간이 흐를수록 의혹이 생기기 시작했다. 어째서 사람들은 '매 맞는 것만 빼면'을 전제하고 여자를 말할까. 손에 물 한 방울 묻히지 않는 귀부인이 보석을 휘감고 다닌다고 해서 복이 많다고 할 수 있을까. 그 여자의 삶을 증명하는 것은 실크 원피스가 아니라 멍든 얼굴이 아닌가. '매 맞는 여자'라는 게 그 여자를 설명할 한 줄 요약인데 말이다. 여자가 내 앞에서 짓는 오만한 표정보다 한밤에 쪼그리고 앉아 우는 뒷모습이 더 많이 생각났다.

그럴 때마다 인숙이 엄마가 동시에 떠올랐다. 배나무 아래, 혹은 온실에서 소리 죽여 울고 있을 것 같은 모습이었다. 어렸을 때는 생각지 못했던 폭력의 이유가 궁금했다. 그러고 보면 아저씨는 곧잘 자기를 사장으로 착각하는 사람이 많다는 말을 하곤 했다. 떡 벌어진 어깨에 포마드로 넘긴 머리, 깔끔한 양복 차림인 그가 체구가 작은 사장보다 눈에 띄는 건 당연한 일이었을 것이다. 사장님이라며 깍듯하게 인사하는 사람들 앞에서 허세를 부리던 기분이 집에 오면 무너지고 마는 것에 분노한 것일까. 그도 처음엔 아내 앞에서 거들먹거리기만 했다. 그러다 점점 군림하기 시작했고, 한두 번 뺨을 때리는 것을 시작으로 폭력의 강도가 더해진 것이다.

주인집 남자가 어떤 식으로 변해갔는지는 알 수 없었다. 다만 폭력의 수습으로 아내에게 용서를 비는 것은 비슷했다. 그것은 아내뿐 아니라 이웃의 눈을 속이려는 몸짓이었다. 사람들에겐 남의 집 부부싸움은 건넛마을 불구경이었다. 평소에는 점잖고 예의 바른 사람이 어쩌다 한번 '욱'한 것에 관대했다. 부부가 예전처럼 지내는 것을 보고는 "그러게 뭐랬어, 부부싸움은 칼로 물 베기라니까" 했다.

한동안 동네가 잠잠하다가 뉘 집에서 투덕거리는 소리가 들리면 기다렸다는 듯 소문을 피워내기에 바빴다. 그것도 가랑잎에 붙은 불인 양 이내 꺼지곤 했다.

어느 날 다희 엄마에게 물었다. 한밤중에 동네에서 일어나는 비밀스러운 스토리를 많이 알고 있는 다희 엄마였다.

"우리 집 주인 여자는 친구가 장미미장원 여자밖에 없는 것 같지?"

"그런 모양이야. 다희 아빠가 보니 둘이 새벽에 택시 타고 들어오더래."

"근데 밤에 어딜 그렇게 다니는 걸까? 남편이 껀수 잡았다고 또 때릴 텐데. 그걸 뻔히 알면서도 말이지."

"남의 사정을 누가 알겠어? 그나마 탈출구가 밤마실일지도 모를 일이고. 근데 상아 엄마는 그게 왜 궁금해?"

"궁금하기보다는 걱정도 되고 이해가 안 되니까 하는 말이지."

"그 여자가 언제 상아 엄마한테 이해해달라고 했어? 모른 척 했으면 끝까지 모른 척해. 이 동넨 남의 집 일에 너무 관심이 많아."

그 말에 할 말이 없었다.

나도 동네 사람들의 호기심에서 더한 게 없었다. 걱정이니 이해라는 말도 포장을 벗기고 보면 호기심이 그 알맹이였다.

그 후 내게 달라진 것이 있다면 밤에 여자가 목련나무 아래에서 울면서 담배를 피우고 있어도 돌아서지 않는 것이었다. 굳이 인기척을 조심하지 않고 화장실에 갔다. 여자는 낮에 그랬듯 나를 보지 못한 것처럼 굴었다.

삐끗 벌어진 화장실 문틈 사이로 목련나무 아래에서 반딧불이가 계절도 없이 껌뻑거리는 게 보였다.

## 결혼학교 동창생

생후 8개월부터 장돌뱅이 신세가 된 상아. 돌 지난 지 한 달이 다 되도록 잘 걷지 못했다. 나도 돌 지나고 몇 달 만에야 걸었다고 한다. 보다 못한 아버지가 꽃신을 사다주었더니 그것을 신을 욕심에 걷기 시작하더란다. 게으름이 천성인 과거가 있는지라 아이의 걸음마가 늦다는 걱정은 하지 않았다. 그보다도 가게에 매달리느라 아이 걸음마까지 신경쓸 여력이 없었다.

8월 어느 일요일 무더운 오후였다. 남편은 반바지에 민소매 차림으로 딸을 데리고 골목에 나갔다. 바짝 긴장한 아이를 얼러가며 걸음마를 시키던 남편이 드디어 한 발짝 떼었다고 좋아하며 기념사진을 찍었다. 한번 용기를 낸 딸이 또 몇 발짝 떼었다. 우리는 손뼉을 치며 세계 신기록이라도 세운 것처럼 들떠 있었다.

그런데 바로 옆에서 딸하고 키도 몸집도 비슷한 여자 아기가 그게 무슨 대단한 일이냐는 듯 자박자박 잘도 걷고 있었다. 게다가 상아는 머리카락이 잘 자라지 않아 동그란 머리통이 그대로 드러났는데, 제법 긴 머리카락을 앙증맞게 묶은 모습이라니.

딸에겐 안 됐지만, 우리는 금방 '잘 걷는 여자 아기'의 출현에 관심이 쏠렸다. 아이 옆에는 키 큰 여자가 팔짱을 끼고 빙그레 웃고 있었다. 키도 컸지만 어깨도 넓었다. 베이지색 스커트가 단정한 느낌을 주었다.

아이 때문에 알게 된 여자들은 이름 대신 누구 엄마라고 통성명을 대신한다. 나는 '상아 엄마'라고 소개했고 그 여자는 '다희 엄마'라고 했다. 자연스럽게 아이들 생월 수를 묻다 보니 다희가 일주일 먼저 태어났다. 다희는 돌쟁이 여자아이다운 귀여움은 다 갖추었다. 새털처럼 보드라운 머리카락, 뽀얀 얼굴 그리고 쌍꺼풀진 눈…. 그에 비해 상아는 일단 머리카락 길이로 밀렸다. 피부도 가무잡잡하고 쌍꺼풀도 없었다. 그러나 세상에 둘도 없는 딸을 둔 우리 부부였다. 아이들은 세 번 변한다는 말을 믿어 의심치 않았다. 그런 딸을 보고 장군감이니 용감하게 생겼다고 말하는 사람들을 도대체 이해할 수 없었다. 병원에 가도, 버스를 타도 왜 그렇게 시력 나쁜 사람들이 많은지. 그러나 사람들은 오히려 사내애에게 왜 원피스를 입혔나 하는 표정이었다.

다희는 걸음마뿐 아니라 세발자전거도 먼저 탔다. 다희가 상아의 자전거 선생이었다. 다희 엄마는 통성명한 기념으로 은팔찌를 하나 샀다. 내겐 바닥으로 흘러내리는 은팔찌가 다희 엄마의 손목에는 시곗줄처럼 딱 맞는 바람에 장식을 한 단 더 넣어달라고 주문했다. 팔찌 하나로도 알아봤듯이 나와 다희 엄마의 체격은 초등학교 1학년과 6학년만큼 차이가 났다. 그래서인지 언니처럼 보였는데 알고 보니 생일이 나보다 겨우 열흘 빠른 동갑이었다. 생월이 같아도 다희네 모녀가 기어코 우리를 앞질러 태어났다며 같이 웃었다. 아이들이 또래라는 것, 둘 다 고향이 충청도라는 것, 다희 할머니와 우리 엄마가 같은 본이라는, 별 거 아닌 사실만으로도 우린 금세 가까워졌다.

다희 엄마는 아이가 보챌 때 말고는 좀체 밖으로 나오지 않았다. 차츰 상아가 다희네 집에 놀러가는 시간이 잦아졌다. 선물의 집은 학생들이 하교할 때가 가장 바쁜 시간이었다. 그때마다 다희 엄마가 상아를 데려가곤 했다. 두 아이가 색칠공부를 하고 간식을 먹으며 잘 논다고 했다.

어느 날, 다희네에서 종일 놀고 온 상아가 이제부터 다희랑 놀지 않을 거라고 했다. 입이 쑥 나오고 볼이 불룩했다. 그 말을 알아듣는 것은 엄마인 나뿐. 그것도 설명이 길어지고 흥분을 하면 나도 해석할 수 없었다. 상아는 말도 더딘 데다 단어를 거꾸로 쓰는 버릇이 있었다. 아무리 고쳐주어도 구두와 가방을 두구, 방가라고 했다. 하지만 나는 다그치지 않았다. 걸음마를 배울 때처럼 조금 늦는 것뿐이라고 생각했다.

다음날 아침, 셔터를 올리고 나가자 채소가게 앞에서 아주머니와 다희 엄마가 박장대소하고 있었다. 나보다 먼저 일어난 상아가 옆문 고리를 풀고 나가서 건너편 다희네 창문에 대고 뭐라고 소리를 지르는 중이었다.

"다이, 너! 떼떼데데… 따따다다…!"

급할수록 꼬이는 상아의 언어. 그럼에도 나도 알아듣고 아주머니와 다희 엄마도 알아들었던 내용은, '네가 그럴 수 있냐, 내가 얼마나 아팠는데' 하는 말이었다.

전날 두 아이가 잘 놀다가 무슨 일로 틀어졌는지 다투었단다. 말을 정확히 하는 다희는 몇 단어밖에 못하는 상아를 보고 답답한 김에 팔을 물었단다. 잘 자고 난 상아, 아침에 깨보니 억울하고 분했나 보다. 어쩌면 생애 처음으로 잠을 설치는 경험을 했을지도 모르겠다.

그러니 눈 뜨자마자 나와서 다희를 불러댔다. 다희가 창문에 나타난 것은 잠시 후, 눈을 비비며 무슨 일인지 멀뚱히 쳐다보는 다희에게 상아는 전력을 다해 따졌다. 물린 팔을 뻗어 보이며 다른 팔로 삿대질을 해댔다. 그게 그날로 끝난 게 아니었다. 상아의 항변은 며칠이나 계속되었다.

"다이, 나와! 따다다다…!"

덕분에 상아는 '장군감, 용감하게 생겼다'에 아이에게 어울리지도 않는 '집요하다'는 성격 하나를 더 얹었다. 이어 붙이면 '용감하게 생긴 집요한 장군감'이라는 게 돌쟁이 여자애를 따라다니는 수식어였다.

그 후로도 여전히 다희 엄마는 두 아이가 노는 모습이 어땠는지 말해주었고, 그러다 보니 서로의 어린 시절 이야기를 나누기도 했다.

다희 엄마의 이름을 알게 된 것은 얼마 지나서였다. '한유란'이라고 했다. 유란이는 예산의 과수원집 맏딸이었다. 고등학교 다닐 때 미술부였고, 오토바이를 타고 다녔다고 했다. 그 말에 동질감과 이질감이 동시에 느껴졌다. 내가 시화전에 전시할 그림을 수십 장 그렸다는 것이 동질감이었다면, 자전거도 아닌 오토바이를 탔다는 말은 이질감을 느끼게 했다. 우리는 자라온 환경이 자전거와 오토바이만큼 달랐다.

유란이는 고등학생 때 무슨 일로 심통이 나서 아버지가 아끼는 도자기를 망치를 부숴버린 적이 있다고 했다. 그만큼 화가 났던 이유보다, 그런 딸에게 보인 아버지의 반응이 궁금했다.

"순한 암소 눈을 하고는 속에는 뿔난 황소가 들어 있었나 보네. 아버지가 그런 딸을 그냥 두셨어?"

제 생김대로 태어나려고 해를 넘겨 소띠 해 정초에 태어났나 싶은 인상이었기 때문에 한 말이다. 유란이가 벌인 행동은 우리 집에선 있을 수 없는 일이었다. 나는 아버지 앞에서 불만을 드러내본 적도 없었다. 그 정도 대형사고를 쳤다면 따귀 한 대는 각오하고도 남을 일이었다.

"아니. 아부지는 '저, 저 성질머리하곤…' 하시고 그만이었어. 난 별로 혼나고 큰 적이 없는 거 같아."

그 말에서 나는 유란이의 성정을 단번에 이해했다. 부유함만으로는 획득할 수 없는, 자존감을 바탕에 깔아준 아버지가 계셨다는 것을. 유란이는 어렸을 때 그랬듯 앞으로도 흔들림이 없을 터였다.

언젠가 두 가족이 예산으로 놀러갔을 때 본 유란이 아버지는 내 상상대로였다. 어깨가 단단하고 키가 큰 분이었다. 느긋하고 인자한 인상이었다. 유란이의 체격과 성격은 아버지에게 물려받은 것이었다. 큰 울타리, 너른 품. 내가 그리던 아버지상이었다. 어디서 읽거나 들은 것도 아닌데 아버지에게 사랑을 많이 받고 자란 딸은 자존감이 높다는 게 내 생각이었다. 아버지와 살뜰하게 지내본 적이 없는 허전함에서 비롯된 판단인지 모르지만, 나는 친구 아버지가 그렇게 부러울 수가 없었다.

내가 스물세 살 때 돌아가신 아버지를 떠올려보았지만, 목소리조차 생각나지 않았다. 첫딸을 애지중지했다는 말도 어렸을 때 일이라 기억에 없었다. 초등학교 때 두 살 터울진 남동생과 성적표를 비교당할 때마다 움츠러들던 기억이 먼저였다. 동생처럼 성적을 올리는 조건으로 필요한 것을 사달라고도 못해 보았다. 욕심 없어 보이는 것으로, 착한 딸이라도 되어야 아버지 눈에 들 것 같았다. 나는 어렸을 때부터 아버지에게서 겉돌기만 했다.

아버지에게 닫혀 있던 마음이 차츰 열리기 시작한 것은 아이를 데리고 장사를 하면서부터였다. 아버지도 내 기억처럼 차갑지만은 않은 분이었을 것이다. 충청도 오지에서 맨몸으로 서울에 올라와 자식 넷을 키우느라 정신없이 살았을 아버지. 보듬어주거나 따뜻한 말 한마디 건넬 여유조차 없었을 아버지. 그저 굶기지 않고 가르치기에도 급급했을 그분이 좀 더 사셨더라면, 딸이 시집가는 것도 보고 손녀도 안아볼 수 있었다면…. 내 기억도 수정되고 자존감도 키워졌을까.

상아를 무릎에 앉히고 놀아줄 시간이 없을 때, 새벽에 잠든 아이를 두고 도매시장에 갈 때, 그리고 아이가 말도 제대로 못 하면서 장사꾼이 쓰는 가격이니 유행이니 하는 말은 술술 하는 것을 볼 때 아버지가 걸어가신 길이 보이는 것 같았다. 아버지도 새벽 출근길에서 가슴 복판에 구멍이라도 난 것처럼 시린 바람이 들어오는 것을 느꼈으리라.

그러나 골목 동네에 세 들어 사는 유란이도 말을 아껴서 그렇지 친정부모에겐 아픈 손가락이었는지 모른다. 예산에서 수시로 쌀이며 갖가지 농산물이 올라왔다. 부모는 있어도 없어도 퍼주고 싶어하는 존재다. 그런 부모가 주고 돌아서서 더 줄 게 없나 살피게 하는 자식…. 나나 유란이는 그런 아픈 손가락이었다. 서로 말하지 않아도 그 사실을 알았다. 나는 유란이 덕에 서리태며 참깨, 들기름 같은 것을 수없이 얻어먹었다. 당신 딸의 친구에게도 아낌없이 퍼주는 친정엄마 덕에 나도 예산에 친정이 또 있는 것 같았다.

그만큼 속이야기를 터놓을 만큼 가까워졌는데도 우리는 여전히 이름 대신 누구 엄마라고 불렀다. 내가 유란아, 하는 것도 어색했고 유란이가 혜숙아, 하는 것도 낯설었다. 개인을 증명할 고유명사 이혜숙, 한유란이란 이름은 결혼이라는 선을 넘으면서 그 너머의 것이 되고 말았다. 한 아이의 엄마가 되고 난 다음엔 고유명사조차 상아 엄마, 다희 엄마로 바뀌었다.

말수 적고 통이 큰 유란이도 어쩌다 제 이야기를 할 때가 있었다. 욕심 많고 변덕스러운 시어머니, 계산속 없고 고집센 남편 흉을 더러 보긴 했지만, 흉조차 덤덤하게 봤다. 마치 전날 내가 놓친 드라마 줄거리를 얘기하듯, 객관적이고 무심하기까지 했다. 나하곤 성격이 정반대인데도 늘 내 편이 되어주는 유란이었다. 내가 누구 때문에 속이 상한다고 하면 그 사람은 볼 것도 없이 나쁜 사람이었다. 늘 말끝에 후렴처럼 "오죽하면 상아 엄마가 화났겠어?"라고 했다. 그런 말을 듣다 보면 "나도 잘한 건 없지" 하면서 실컷 흉보던 사람을 두둔하고 있었다.

우리는 약속이라도 한 듯 나는 말하고 유란이는 들어주었다.

티끌도 태산처럼 겨워하는 나와 태산도 티끌처럼 가볍게 만드는 유란, 일부러라도 구기는 나와 구김 없는 유란. 나는 나와 다른 유란이를 알게 된 것이 좋았다.

우리가 만난 게 결혼한 지 일 년 후였으니 학창시절도 사회초년생 시절도 같이 한 적이 없다. 그러나 나는 유란이를 동창생이라고 생각한다. 단지 동갑이기 때문만은 아니다. 결혼이라는 학교에서 만난 동창생. 우리는 신입생이었다. 육아도 살림도 서툰. 어떤 환경에서 성장했느냐보다 앞으로 어떻게 살아갈지, 미래를 가늠할 수 없는 신입생이어서 통하고 의지할 수 있었던 게 아니었나 싶다. 우리는 '결혼학교'에서 만나 해를 더하며 학년 수를 같이했다.

다희네가 신림동으로 이사를 가면 그 곁으로 나도 이사했다. 다희 엄마가 신림 중앙시장에서 아동복가게를 시작한 후 나도 그곳에서 양품점을 했다. 함께 도매시장에 갈 때가 많았다. 남대문시장에 가면 지방에서 올라오는 소매상들도 찾는 멸치국수집이 있었다. 동대문시장은 시래깃국이 유명했다. 각자 장을 보고 만나서 먹던 국수와 시래깃국은 각별한 맛이었다. 오죽하면 그게 먹고 싶어서 새벽시장에 간다는 말을 하기도 했다. 하지만 기억에 남은 이유가 맛 때문이기만 할까. 둘이 다니니 택시비를 절약할 수 있어서 좋기도 했지만, 다희 엄마는 번번이 제 짐에다 내 짐까지 나눠 들어주려고 했다. 괜찮다고 해도 빼앗아들고는 앞서서 성큼성큼 걷는 모습이 영락없는 언니였다.

"상아 엄마 짐이 크면 사람들이 나보고 욕할까봐 그래. 덩칫값 못한다고."

"겨우 열흘 먼저 나왔다고 언니 노릇 하려는 거야?"

"겨우 일흘이라니? 먹은 밥그릇 수가 얼만데? 네가 배냇짓하고 있는 동안 나는 세상을 먼저 본 사람이야, 왜 이래?"

그러는 사이 다희 엄마는 둘째를 임신했다. 다정이를 낳고 입원해 있는 병원에 문안 간 김에 얼결에 진찰받았다가 나도 둘째를 임신 중인 것을 알았다. 나는 입덧이 심하다는 핑계로 장사를 접었지만, 다희 엄마는 두 아이를 키우면서 여전히 아동복가게를 했다. 나의 실패를 만회해주기라도 하려는 듯 다희네 가게는 날개를 단 듯 잘되었다. 다희 엄마가 새벽시장에 가는 날엔 전에 그가 그랬듯 내가 다희와 다정이를 봐주었다. 임신한 여자가 쌍둥이처럼 보이는 두 딸을 양쪽에 거느리고, 갓난쟁이 딸은 안고서 공원에라도 가면 사람들이 흘끔거렸다. 아들 볼 때까지 포기를 모르는 여자 보듯했다. 오해를 듬뿍 담은 눈길을 느끼면서도 그게 싫지 않았다.

그런 날, 친구가 없어도 나는 행복했다. 다희와 상아는 떨어진 꽃잎을 밀짚모자에 담으며 놀았고, 다정이는 내 품에서 옹알이를 하며 우유병을 빨았다. 하늘은 더없이 높고 바람이 한없이 부드러운 날, 아이가 많은 젊은 엄마로 보이는 것이 자랑

스럽기까지 했다. 그 시간에 열심히 아동복을 팔고 있을 다희 엄마를 생각하는 것도 즐거운 일이었다.

생각해보면 다희 엄마는 뭐든지 나보다 한발은 빨랐다. 제 생일, 다희 생일만 우리보다 빠른 줄 알았더니, 늦게 시작한 장사도 벌써 앞질러 달려가고 있었다. 내가 유일하게 한발 앞선 게 있다면 둘째가 아들이라는 것이었다. 그조차 봐줄 수 없다는 듯 얼마 후 셋째로 아들까지 낳았다.

나는 셋째를 낳은 다희 엄마를 골리는 재미가 쏠쏠했다.

“충청도 사람이 뒤로 호박씨 깐다는 소리가 왜 있겠어? 이런 엉큼한 여자 같으니라고.”

독산동 골목은 우리가 처음 만난 교실이었다. 거기서 소중한 친구를 얻었으니 청춘을 발목 잡혔다고 생각했던 그 시절이 사실은 눈부신 한때였으리라.

# 온 동네가 키운 아이

선물의 집을 오픈하고 일 년쯤 되었을 때, 대로변에 아트박스 가맹점이 들어섰다. 규모나 품목, 진열 상태가 골목 안 선물가게와는 비교할 수 없는 대형 매장이었다. '아트'를 '박스'에 담겠다는 발상 자체가 대단한 일이었다. 예술이란 더는 추상적 개념이 아니었다. 손에 쥐고 싶게 하는 아기자기한 물건들로 사물화할 수 있는 것이 되었다. 다양한 선물 종류와 문구류, 잡화가 그 매장(박스)에서는 아트였다.

문구용품을 '팬시'라고 부르게 된 것도 아트박스가 생기면서부터였다. 문구류가 학습용을 넘어 소유하고 싶은 소품이 된 것이다. 나도 아트박스에 가면 바로 나오지 못했다. '바른손'이나 '모닝글로리' 같은 팬시 물품만 따로 진열한 코너가 있었다. 어느새 내 손엔 편지지며 노트 같은 것이 들려 있었다. 선물의 집 주인조차 그러니 학생들의 발걸음이 그곳으로 향하는 것은 자명한 일. 꽃이 좋아야 나비가 모일 텐데, 나의 작은 꽃밭에 심은 꽃들은 빈약하기만 했다. 나를 따르던 나비들도 그쪽 꽃밭으로 날아갔는지, 언제부턴가 감감무소식이었다.

얼마 지나지 않아 가게 매상이 급격히 떨어지기 시작했다. 문방구는 팬시로 대체할 수 없는 일반적인 문구류가 꾸준히 팔려 큰 타격을 받지 않았다. 그러나 선물의 집은 가겟세 내기도 빠듯해졌다. 첫해 같기만 하면 걱정없을 줄 알았는데, 호시절은 잠깐이었던 것일까. 딸의 형편을 옆에서 지켜보던 친정엄마는 손녀를 봐준다는 명목으로 용돈 받는 것을 불편해하셨다. 나도 엄마를 마냥 잡고 있을 수만은 없었다. 엄마마저 새 직장이 생겨 떠났다.

대적할 수 없는 대형 매장의 등장에 속수무책으로 하루하루를 보낼 때였다. 불안과 초조가 병이 되었는지 복통을 일으키는 일이 몇 번 있었다. 입원까지 하고 나자 이대로는 안 되겠다 싶었다. 그때 생각해낸 게 양품점을 겸하자는 것이었다. 새벽에 도매시장에 다녀오느라 늘 바쁘게 뛰어다녀야 했지만 가게는 차츰 안정을 찾기 시작했다.

그날도 새벽에 일어나 조용히 방에서 나왔다. 등 하나만 켠 가게 안은 낮 동안의 분주한 일상을 화장 지우듯 지우고 깊은 잠에 빠져 있었다. 옷들도 팔을 늘어뜨린 채 무장해제. 고요했다. 골목에서는 개 짖는 소리조차 들리지 않았다. 반품할 옷 몇 가지를 개켜 가방에 넣고 손님이 주문한 옷 목록을 적고 있을 때 등 뒤에서 기척이 느껴졌다. 방문에 달린 공책만 한 유리창에 바짝 얼굴을 대고 가만히 내다보는 있는 상아. 언제 깬 걸까. 눈이 마주치자 아이가 벌쭉 웃었다. 바로 나서야 남편 출근 전에 돌아올 수 있는데, 아이를 다시 재우지 않고는 집을 나설 수가 없었다.

방으로 들어와 아이를 토닥이며 귀에다 소곤거렸다.

"상아야, 엄마 시장에 갔다와야 해. 아빠랑 자고 있으면 얼른 갔다올게. 올 때 네 담요 사올게."

"호랑이 비비?"

호랑이 모양의 침낭을 사다주겠다는 말을 잊지 않고 있었다. 그 속에 들어가면 호랑이가 지켜주어서 무서울 게 없다는 말에 호기심을 보이며 비비, 비비를 노래하던 딸. 말이 더딘 아이는 담요가 베개인 줄 알고 비비라고 불렀다.

그 말에 아이의 잠은 더 멀리 달아났다. 그럼 얼른 갔다오라고 했다.

"네가 자야 가지."

"응, 나 코~ 자께. 엄마는 빠리 시장 가."

오히려 성화하는 아이를 두고 못미더운 마음으로 일어섰다.

골목을 비추는 파리한 가로등 불빛. 적막을 깨는 발소리. 걸음마다 밟히는 건, 유리창에 코가 짜부러들도록 붙이고서 엄마를 배웅하는 아이의 눈동자. 그리고 애써 웃으려는 입꼬리.

그러나 그것도 잠시. 시장에 들어서면 새로 진열할 옷가지를 고르느라 정신이 없었다. 늦기 전에 가야지, 하면서도 점점 시장 안으로 들어섰다. 뛰어다니다시피 장을 본 후 택시를 타고 돌아와도 남편은 이미 출근한 후. 그도 나를 기다리다가 지각할 시간이 임박해서 갔으리라.

그런데 방에도 가게에도 아이가 보이지 않았다. 아이의 베개가 토한 흔적으로 얼룩져 있었다. 놀라서 다급히 밖으로 뛰어나왔다. 다행히 아이는 앞집 채소가게에서 놀고 있었다.

"애 아빠가 걱정하기에 여기 두고 출근하라고 했지. 앞으론 장 보러가기 전날 미리 얘기해. 우리가 살필 테니."

아주머니에게 몇 번을 감사하다고 하고는 아이를 안고 돌아와 세수를 시켰다.

"엄마가 시장 가고 나서 바로 안 잤어?"

"무서워쪄. 안 울려고 했는데 짜꾸 눈물이 나쪄."

"네 아빠는 애가 옆에서 토하도록 울어도 그걸 모르고 잤다니?"

"엄마, 화나쪄? 내가 안 자서?"

내 목소리가 퉁명스러웠는지 아이가 겁먹은 소리로 물었다. 한번 잠들면 옆에서 꽹과리를 쳐도 모르는 남편에게 화가 났다.

아니, 그보단 혼자 울었을 아이 생각에 목구멍이 뜨거웠다. 세 살짜리 아이가 견뎌내야 했던 어둠의 공포. 가난한 엄마는 주고 싶은 것을 못 주어서 마음 아픈 게 아니었다. 주고 싶지 않은 것, 주지 말아야 할 것을 줄 수밖에 없다는 게 아플 뿐.

낮엔 아이가 어디서 노는지 확인하지 않아도 걱정이 없었다. 다희와 정훈이가 있어서 잘 놀았다. 다희하고 놀 때는 토라져서 오기도 했지만, 정훈이하고는 다투지 않았다. 상아가 아침에 눈을 뜨면 제일 먼저 하는 일이 정훈이를 불러대는 일이었다.

"정훈아, 두구!"

벽 너머로 들리는 상아의 부름을 듣고는 기다렸다는 듯 달려와 상아 발에 분홍색 에나멜 구두를 신겨주었다.

"내 방가."

상아가 앞뒤 없이 한마디만 해도 플라스틱 가방을 찾아다 손에 쥐어주었다. 아무리 봐도 상아가 심하다 싶을 만큼 정훈이를 머슴 부리듯 했지만, 정훈 엄마는 오히려 더 신속히 대령하라고 채근까지 했다.

"아니, 자기 아들을 옆집 딸 머슴으로 보내는 엄마가 어디 있어?"

내가 미안한 마음에 말리려고 하면 한 수 더 떴다.

"남자는 모름지기 여자를 여왕처럼 모실 줄 알아야지, 저 잘났다고 꽉대기에 앉아서 부리는 놈은 사내도 아녀."

두 아이는 어른들이 무슨 말을 주고받는지 알 바 없다는 듯 잘 어울려 놀았다.

상아를 돌봐주는 사람은 또 있었다. 문방구 옆 수정목욕탕 아주머니들이었다. 세신사 아주머니가 놀이터에서 흙장난하며 놀다 더러워진 아이를 번쩍 안아다 씻겨주곤 했다. 볼이 발개서 요구르트병에 꽂은 빨대를 빨며 들어오는 날은 목욕을 시킨 날이었다.

"아줌마 일도 힘드실 텐데 제 아이까지 신세져서 어째요?"

"아유, 조 쪼고만 게 씻길 게 뭐 있다구. 손바닥으로 두어 번 문지르면 세수 끝나는 걸, 뭐. 애기 엄마, 신경쓰지 마."

목욕탕 주인아주머니도 상아를 귀여워했다.

"우리 딸은 어렸을 때 가위질을 하면 눈을 찡그리면서 가위 따라 입도 벌렸다 다물었다 해서 얼마나 웃었는지 몰라. 근데 상아는 야무지게 가위질을 하네. 눈도 깜빡이지 않고."

아주머니는 상아를 카운터에 앉히고 색종이를 주며 데리고 놀아주곤 했다. 어느 날은 내게 와서 한참 웃었다.

"우리 목욕탕 앞이 몽마르트르 언덕인 줄 몰랐네. 천재 화가가 나타났거든."

나는 아주머니 등뒤에서 나온 상아를 보곤 할 말을 잃고 말았다. 여름이 다 되어서야 겨울옷을 정리할 때였다. 좁은 방에서 정리하다 보니 먼지가 나서 나가서 놀라고 한 참이었다. 그런데 상아가 어느 틈에 상자에 담은 겨울 코트를 꺼내 입고 스케치북을 옆구리에 끼고 나간 모양이었다. 고개를 외로 꼬고 어슬렁거리는 모습이 예술가 같다고 했다.

"어휴, 지 엄마가 게을러서 이제야 겨울옷 들여놓는다는 것을 사방에 알리고 다녔네요."

아주머니는 내가 아이를 야단칠까봐 유쾌한 웃음으로 말을 받았다.

"예쁘고 영리한 딸 둔 거 고맙게 생각하고 잘 키워. 나중에 크게 될 아이니까."

수정 아주머니는 매사 긍정적이고 덕담을 잘했다.

아이 하나를 키우려면 마을 하나가 다 동원된다는 말은 독산동 골목 동네를 두고 하는 말 같았다. 상아가 새벽에 깨서 울던 날 이후로 내가 새벽 장에 가는 날은 문방구나 채소가게에서 몇 번씩 와서 딸이 깼는지 확인하고 보살펴주었다. 낮에도 찻길에서 노는 아이가 위험할까봐 지켜보는 눈이 한둘이 아니었다.

그러나 못 가도 일주일에 두어 번은 장에 가야 하는데 매번 신경쓰게 하는 것도 못할 일이었다.

고민 끝에 아이를 데리고 시장에 가기로 했다. 이민 가방에 태워 장을 돌면 될 것 같았다. 빈 가방일 땐 유모차 삼아 싣고 다니다가 옷이 채워지면 아이도 가방에서 나와 걸어다녀야 했다. 그때마다 인절미를 사주었다. 그러곤 먹는지 마는지 살필 새도 없이 장을 돌았다. 인절미는 잠든 채 업혀 시장에 온 아이의 첫 끼니이거나, 엄마 곁에서 기다리며 베어먹었던 시간이었다.

제 걸음으로 엄마를 따라다니려면 몇 배나 더 걸어야 하는데도 한번도 칭얼거리거나 안아달라고 한 적이 없었다. 복잡한 시장통을 누비려면 어른의 몸으로도 이리저리 부딪치게 마련인데, 아이를 잃어버린 적도 없었다. 아이는 어른들 다리로 빽빽한 정글을 잘도 헤치며 따라다녔다. 한참 옷을 고르다 옆을 보면 가방 옆에 딱 붙어 서서 인절미를 오물거리고 있었다. 다른 가게로 옮길 때면 옷봉투라도 잃을세라 챙기기까지 했다. 그러다 눈이 마주치면 벙긋 웃으면서 말했다.

"엄마. 옷봉뚜 여기 이쪄. 내가 잘 지켜쪄."

그 말에 마음이 아렸다. 행여 집에 혼자 두고 나올까봐 저도 한몫한다는 것을 보여주려고 애쓰는 게 보였다.

"엄마, 남바나 치마도 사야지. 어제 수빼 아줌마가 사러 와따 그냥 가쪄. 내가 내일 오라구 해쪄."

오히려 빠진 품목까지 챙겼다. 심지어 내가 잠깐 가게를 비웠을 때도 손님을 놓치지 않았다.

"요게요, 젤 유행이다요. 이래 이래 입는 거들랑요."

'람바다 치마'라고 해서 겹쳐서 끈으로 묶는 치마를 보여주면서 입는 시늉까지 하는 아이였다.

그 얘기가 골목에 퍼지자 지수가 나를 보면 하는 말이 있었다.

"엄마보다 백 배 낫네. 상아에게 경제권 넘기는 게 어때?"

그 말조차 내 가슴엔 못이 되어 박혔다.

자가용 대신 바퀴 달린 이민용 가방부터 먼저 탔던 아이, 가방을 밀면 주르르 달리는 게 재미있다고 까르르 웃던 아이, 옷을 들고 어떤 게 좋으냐고 물으면 딴엔 심각한 표정으로 골라주고는 그것을 사면 좋아하던 아이….

장보기가 끝나면 가방에 다 넣지 못한 봉투가 몇 개. 한 손엔 가방끈을, 다른 손엔 봉투를 들고 나면 아이를 잡아줄 손이 없었다. 손이 두 개인 게 원망스러웠다. 아이는 엄마 손대신 치맛자락을 꼭 움켜잡았다. 그렇게 짐이 많아도 돌아오는 길엔 버스를 탔다. 버스 첫차보다 일찍 나가는 새벽엔 어쩔 수 없이 택시를 탔지만, 돌아올 땐 택시비가 아까웠기 때문이다.

버스에서 내려 6차선 도로를 건널 때, 한 손엔 커다란 가방을 들고 어깨엔 하나로 묶은 봉투를 둘러메고, 남은 손으론 아이를 안고 신호등이 바뀔세라 뛰었다. 어디서 그런 힘이 나오는지, 슈퍼우먼이 되는 순간이었다.

내 목덜미를 감은 딸아이 팔에서 따뜻한 감촉이 전해졌다. 뛰고 싶은 마음만큼 뛰어지는 건 아니어서 다리가 자꾸 처졌다. 그래도 마음은 한없이 벅찼다. 날 것만 같았다.

6차선 도로 너머에서 분홍빛 아침노을을 걷으며 막 올라온 햇살이 부챗살처럼 펴지는 시간, 아이의 높고 맑은 웃음소리가 고막을 간질이곤 했다. 허벅지에 감겼다가 펄럭이는 치맛자락이 깃발처럼 신나게 나부꼈다. 오늘의 깃발이 막 게양되는 참이었다.

"자, 또 하루를 시작하는 거야!"

저에게인지 나에게인지 구령처럼 외쳤다. 그 말에 아이가 발음도 정확하게 대답했다.

"엄마, 파이팅!"

상아는 세 살, 나는 서른 살이었다.

# 영희의 철수는 꽝이었다

골목상가에는 낮에도 보름달이 떴다. 선명하고 환한 보름달, 며칠이 지나도 이울지 않는 보름달, 바로 영희였다.

문방구 주인이 바뀌고 난 후부터 골목을 밝히는 영희는 생김새도 영락없는 보름달이었다. 희고 동그랗고 푸근한 인상, 초롱초롱한 눈은 어린애처럼 천진해보였다. 영희는 온몸이 모두 동그라미를 모아놓은 것 같았다. 얼굴도 동글고 몸도 동글었다. 외모뿐 아니라 성격도 동글었다.

영희는 일찍 일어나 문을 열고 빗자루로 골목부터 쓸었다. 골목 청소를 도맡아하던 채소가게 부부에게 단박에 점수를 딴 것은 당연한 일. 등교 시간에 문구류를 팔고 난 영희는 이미 한 나절을 보낸 것처럼 한가했다. 그때쯤 채소가게에 채소가 배달될 시간이었다. 부지런한 데다 오지랖 넓은 영희가 그냥 지나칠 리 없었다. 오전에 채소가게에서 부부를 도와 채소를 다듬는 일이 영희의 다음 일과였다.

영희가 오기 전까지 문방구는 영 맥을 못추었다. 활기라곤 눈곱만큼도 보이지 않던 노총각이 운영했기 때문이다. 문방구는 아침 등굣길이 대목인데 그 시간에도 셔터가 내려 있기 일쑤였다. 급한 아이들이 셔터를 요란하게 흔들고 나서야 머리에 새집을 지은 남자가 느릿느릿 나오곤 했다. 말수 적은 총각이어서 나도 선물의 집을 한 지 몇 달이 지나도록 제대로 인사를 나눈 적이 없었다.

존재조차 흐렸던 노총각이 가게를 내놓았는지도 몰랐는데, 어느 날 이삿짐을 실은 트럭이 문방구 앞에 서더니 분주하게 짐을 내리고 있었다.

이사 온 사람은 보이지 않고 못 보던 사내아이가 담 아래 쪼그리고 앉아 있는 것이 눈이 들어왔다. 내 딸 또래였다. 투명한 피부에 눈이 커서 한눈에도 귀공자처럼 보이는 아이답지 않게 침울해보였다. 이상한 일이었다. 두 살밖에 안 된 아이 얼굴에 그늘이라니. 볼에 길이 난 눈물자국 때문이었을까.

"밥 먹었니?"

막대기로 땅바닥을 파고 있던 아이가 고개도 들지 않고 도리질했다.

아이를 안아다 얼굴을 씻기고 딸아이와 셋이서 밥을 먹고 있는데 드디어 아이 엄마가 나타났다. 앞으로 골목의 역사를 함께할, 영희였다.

이삿짐을 들이고 나서야 아들을 찾다가 우리 가게에 온 것이다.

"아이구, 우리 정훈이가 여기 있네. 고마워서 어째요?"

한눈에도 푸근해 보이는 여자였다. 살결이 하도 희어서 일순 입구가 환해지는 느낌이었다. 첫인상이 잘 숙성된 밀반죽 같았다. 금방 수제비를 떠도 좋고 칼국수를 해도 좋을 만큼 둥글게 뭉친 밀반죽. 어쩌면 첫인상이 아니라 나중에 첫인상이라고 믿게 된 것인지 모르지만.

그날 나는 영희에게 후한 점수를 받았다. 우연히 정훈이를 데려다 밥 한술 먹인 것으로 영희의 눈에 든 것은 행운이었다. 음식 고수의 눈에 든 덕에 그토록 버거웠던 부엌에서 해방되었으니 말이다.

나로 말할 것 같으면 음식 만들기가 세상에서 가장 어렵고 하기 싫은 일이었다. 결혼과 동시에 부엌과의 거리가 남편보다 지척이라는 것을 알았다면 좀 더 숙고해봤을 일이다. 그땐 콩깍지 쓰인 눈에 '먹고살' 일이 보이지 않았다. 먹고살기 위해서는 일을 하고 돈을 벌어야 한다는 것 정도만 알았지, 정작 '먹는다'는 것을 해결하기 위해서 내 손이 가야 한다는 것까지는 생각이 미치지 못했다. 연애와 결혼은 함께 밥을 먹는다는 것은 같지만, 연애할 때는 밖에서 먹던 밥을 결혼하면 내가 해야 한다는 것이 다른 점이었다.

고등학교를 졸업하자 엄마는 어떻게든 김치 만드는 것을 가르쳐주려고 일부러 일요일에 배추를 절이곤 했다. 그때마다 요리조리 핑계를 대고 피했다.

"나중에, 좀 더 어른이 되면 배울게."

"네가 아직도 어린앤 줄 알아? 그러다 아무것도 못하고 시집가서 엄마 욕 먹이려고."

그렇게 도망다니다가 배운 바 없이 결혼하자, 엄마 스스로 못 가르친 탓을 하며 반찬을 해다 주어서 근근이 연명하던 중이었다.

하루는 큰맘 먹고 호박고지를 넣고 끓인 김치찌개를 상에 올리자, 오랜만에 받은 아내의 밥상에 감격한 남편이 푼수 없이 엄마에게 내 칭찬을 했다.

엄마가 미심쩍은 눈초리로 물었다.

"그래? 호박고지 불려서 끓인 것 맞지?"

"아니, 봉지에 있는 거 그냥 넣었는데, 그럼 안 돼?"

"뭐? 씻지도 않고?"

옆에서 남편이 말했다.

"어머니, 상아 엄마가 안 해서 그렇지 손맛이 어머니 닮았어요. 너무 잘하면 제가 살쪄서 안 돼요."

그 일을 앞집, 옆집에서 알게 되기까지 시간은 얼마 안 걸렸다. 엄마도 어느새 골목 식구들과 한통속이었다. 엄마는 사위가 복스럽게 잘 먹는 게 신통하고 딸을 편들어주는 게 기특해서 자랑삼아 말했겠지만, 결론은 내 음식솜씨가 형편없다는 것을 동네방네 소문낸 게 되고 말았다.

나도 딴에는 부엌에 정을 붙이려고 도마질을 하면서 노래를 흥얼거리기도 했다.

'싫다, 싫어. 꿈도 사랑도. 싫다, 싫어. 모든 것이….'

현철의 트로트를 부르다 보면 가사 하나하나가 내 심정 같기만 했다. 정말 '세 가닥 거미줄에 묶인 줄도 모르고' 텀벙 뛰어든 것이 후회스러울 지경이었다. 육아, 살림에 장사까지. 날이 갈수록 더 질겨지는 거미줄이 친친 감는 것만 같았다.

'미워, 미워, 미워… 잊으라면 잊지요. 잊으라면 잊지요….'

조용필의 노래처럼 '그까짓 것 못 잊을까봐' 하면서 툭툭 털어버리고도 싶었다.

'콩밭 매는 아낙네야, 베적삼이 흠뻑 젖누나… 무슨 설움 그리 많아….'

매일 출근해서 애를 봐주고 살림까지 대신해주는 엄마를 생각하면 '포기마다 눈물'을 심게 하는 것 같아 마음이 아렸다.

결혼한 지 얼마 되지도 않아서 트로트가 인생 노래라는 걸 알게 되었다.

"실타, 시~ 흡~ 러~ 후룩…."

가사가 끊기고 후루룩 소리가 중간에 들리는 것은 노래를 부르면서 국이나 찌개 간을 맞출 때다.

"참 재주도 좋아. 한 가지 하기도 바쁜데 노래 부르면서 찌개 간 보는 여잔 상아 엄마뿐일겨."

영희가 부엌으로 들어오면서 하는 소리다. 영희는 호박고지 사건 이후 나보고 난이도 높은 음식 재료가 생기면 저에게 가져오라고 했다. 내겐 말린 호박을 불린다는 것 자체가 난이도가 높은 축이라는 것을 알고 하는 말이었다. 재료만 조달하면 영희가 완제품을 만들어 반 나누자고 했다. 나로선 두말이 필요 없는 제안이었다. 내겐 모든 재료가 다 그렇다 보니 채소가게에서 곧바로 영희네로 가는 일이 다반사였다.

영희 집 반찬과 우리 집 반찬이 같을 수밖에 없었다. 저녁때 내가 할 일이란 전기밥솥이 알아서 해준 밥을 푸는 것과 접이식 알루미늄 밥상 다리를 펴는 일뿐이었다. 영희가 배달해준 아욱국, 콩나물무침, 어묵조림, 멸치볶음, 겉절이가 뚝딱 상 위에 올랐다. 고기 한 점 없어도 맛깔스러운 밥상이었다. 내가 음식을 너무 잘하면 살찔 거라던 남편이 옆집 여자 덕에 몇 달 새 바지 치수를 바꾸게 된 것은 생각지 못했던 변수였다.

부엌에서 해방된 나로선 진심으로 영희가 동쪽에서 온 귀인 같았다. 그러나 남편은 그렇지 않았던 모양이다. 나중에야 영희의 노래가 무서웠다는 말을 했다.

옆집 여자의 남편이 퇴근하는 발소리를 어찌 그리 먼저 알아듣는지, 영희는 기다렸다는 듯 반찬 쟁반을 들고 오면서 오래된 라디오 시그널 뮤직부터 날렸다.

"안녕하십니까, 인사를 나눕시다, 명랑하게~ 일 년은 삼백육십오 일~~."

남편은 영희의 노래가 들리면 와이셔츠를 벗다 말고 황급히 단추를 채우곤 했다. 옆집 남자가 엉거주춤한 자세로 인사하는 것이 재미있었던 것일까, 영희의 표정은 짓궂기까지 했다.

'어서 드셔봐, 당신 마누라는 절대 이 맛을 못 내. 먹어보면 깜짝 놀랄걸?'

의기양양해 보이기도 했다. 영희는 제 솜씨에 자부심이 대단했다.

문을 나서면서 영희는 마저 노래를 불렀다.

"가지 많은 나무에 바람 잘 날 없어도 우리 집은 언제나 웃으며 산다."

영희는 제가 부르는 노래처럼 명랑하고 싹싹한 여자였다. 벽을 사이에 두고 각각의 밥상에 같은 반찬을 놓고 먹는 동안 두 집은 '우리 집'으로 한 식구가 되었다.

그런 영희가 어째서 남편 없이 아이 하나만 데리고 문방구를 하는 것인지…. 궁금해할 새도 없이 골목엔 벌써 영희의 속사정이 퍼지기 시작했다. 하루만 지나면 별의별 소문이 나는 동네니 말이다. 아이를 데리고 간다는 조건으로 위자료도 양육비도 받지 않고 이혼한 여자라는 소문이었다. 어쩌면 눈치빠른 영희가 유언비어 확산을 막기 위해 먼저 흘렸을지도 몰랐다.

그즈음 우리 또래의 지수가 화장품가게를 인수하면서 셋이 의기투합하여 만나는 횟수가 잦던 때였다. 가게 문을 닫은 밤이면 문방구나 화장품가게에 셋이 모여 맥주잔을 나누곤 했다. 그날 매상을 많이 올린 사람이 현대슈퍼에서 맥주 두 병을 사오곤 했다. 두 병을 셋이 마시다 보면 한 사람에게 한 병꼴도 돌아가지 않았지만, 하루를 마감하며 마시기에 족한 양이었다. 당연히 맥주보다는 안주가 풍성한 자리였다. 영희는 저녁상에 올리지 않은 안주를 선보임으로써 내게서 또 한번의 찬사를 알뜰히 챙겼다.

하루는 화장품가게에서 모였는데 영희가 맥주를 네 병이나 사왔다. 밤이 되어도 더위가 가시지 않은 8월이어서 맥주가 당기는 날이었는데, 영희가 웬일로 한턱 쏘는가 싶었다.

"오늘 장사 엄청났어? 아님 복권?"

"먹고 죽자는 거야?"

내심 신이 난 지수와 내가 영희를 띄워주었는데, 영희의 반응이 평소와 달리 뚱했다.

"그냥. 생각하기도 싫었는데…. 갑자기 오늘이 그날이라는 게 떠올라서."

"무슨 날인데?"

오징어 다리를 질겅대며 지수가 그다지 궁금하지 않은 얼굴로 물었다.

"정훈이 생긴 날."

아직 애가 없는 지수보다 내가 먼저 물었다.

"태어난 날이 아니고 생긴 날? 별 걸 다 기억한다, 정훈 엄만."

"응, 87년 8월 8일 밤 열 시쯤이었어. 딱 3년 전 오늘 이 시간이네. 그날도 더워서 옷을 풀어헤치고 있었거든."

서른 안팎의 여자 셋이 모인 자리였다. 거기다 술도 한잔했겠다, 눈에서 불을 품어대며 영희에게 바짝 다가갈 수밖에.

"그 뽀얀 속살에 넘어갔구나? 정훈 엄마는 여름인데도 타지도 않잖아. 드러난 팔도 이렇게 흰데 뱃살이야 오죽하겠어?"

지수가 영희의 팔을 쓰다듬는 척하더니 슬쩍 영희의 티셔츠 속으로 손을 넣었다. 그 바람에 피하려던 영희가 벌렁 뒤로 넘어졌다. 지수는 영희의 다리까지 더듬을 기세였다.

"얘가 징그럽게 왜 이래? 얼른 일으켜줘."

나는 양팔을 잡아 일으키면서 궁금해서 또 물었다.

"너네 부부는 거시기한 날도 다 적어놓았니? 그래도 그렇지, 8월이면 8월이지, 8일이라는 것까지 어떻게 알아?"

"팔팔한 놈이라 별 수 없구나 싶었으니 기억하지."

말을 한 영희나 들은 우리나 한꺼번에 웃음이 터졌다. 지수와 나는 더 물고 늘어졌다.

"와, 팔팔한 남자가 8월 8일에 덮치면 애기가 막 생기고 그런 거야?"

"밤이 되어도 끈적거리는데, 끈끈이가 둘이었으니 역사가 생기고도 남을 만하네."

"나도 그런 밤이었으면 얼마나 좋았겠나 싶다. 흥, 잘도 참더니 네 번째 허물어진 날이었지."

영희는 도리질하더니 남은 술을 단숨에 벌컥 들이켰다. 아무래도 우리의 상상이 빗나간 것 같았다.

"참는 건 뭐고 네 번은 또 뭐야?"

"결혼하고 곁에 온 게 네 번인데, 다시는 그런 일이 없었으니까 그날이 바로 정훈이가 생긴 날이란 거지."

영희는 맞선본 남자와 사귄 지 몇 달 만에 결혼했단다.

그런데 신혼여행을 간 첫날밤 처녀성의 흔적이 없었다. 아침에 깨끗한 시트를 본 남편의 첫마디.

"내가 헌 년에게 속아서 결혼했네."

"나, 당신이 처음이야."

당황한 영희는 말을 하면서도 왜 자기가 변명하듯 이런 말을 하나 싶었다. 그러나 눈도 마주치지 않은 채 굳은 표정으로 휙 나가버린 남편.

"부산으로 신혼여행 갔는데 하루 만에 돌아왔지. 오자마자 남편이 뭐부터 한 줄 아니? 벽에 붙여놓은 장롱을 방 가운데로 끌어놓더라."

"왜?"

"단칸방이니까 그렇게라도 해서 각방을 쓰자는 거지. 열 자 장롱 놓고 한쪽이 비어 있었어. 그게 그 사람 통로였어."

"그러곤 정말 각방살이 했어?"

"밥은 같이 먹었고? 말은 나눴어?"

"날마다 심문 당했지. 어떤 놈인지 말해라, 이해할 수 있다, 솔직하게 말하면 다 덮어준다면서. 저도 숫총각은 아니니 퉁칠 수 있다고."

"그래서 뭐라 했어?"

"불 게 있어야 불지. 아니라고 할수록 더러운 년이 거짓말까지 한다고…."

영희의 말이 끝나기도 전에 우리는 쉴 새 없이 질문을 쏟아부었다.

"그럼 계속 따로 잔 거야?"

"그래도 정훈이가 생긴 걸 보면…."

"그러게, 신혼부부가 언제까지 각방을 썼겠어?"

영희는 고개를 떨군 채 맥주잔을 만지작거리면서 말했다.

"장롱 너머에 의자 하나가 있어. 거기서 저 혼자 해결하는 소리가 밤마다 들려. 귀를 막아도 그 소리 때문에 노이로제에 걸릴 지경이었어. 그러다 못 참겠으면 건너오는데 그때마다 강간당하는 기분인 거 알아?"

"어쩌면 그럴 수가 있지?"

"그래서 정훈이 생긴 날을 기억한다고 했구나."

그제야 영희가 처음에 한 말을 이해할 수 있었다.

"애를 낳으면 달라질 줄 알았지만 제 자식인지조차 의심하는 거야. 그때 결심했지. 더는 안 되겠구나 하고."

그러나 영희의 남편은 이혼조차 쉽게 해주지 않았다. 오히려 정신적 피해를 받은 쪽이 자기라고 우겨서 위자료까지 주고서야 헤어질 수 있었다.

듣는 우리가 침울해서 손을 놓고 있자 잔에 맥주를 따라주던 영희가 생각난 듯 갑자기 웃기 시작했다.

"애 아빠가 걸핏하면 갑갑해 못 살겠다고 집을 나가서 며칠 만에 오곤 했어. 어떤 모습으로 나간 줄 알아? 보퉁이를 싸서 작대기 하나 꿎아 어깨에 메고 가는 거 있지? 삿갓만 안 썼다 뿐이지, 방랑 김삿갓 아니니?"

"미친놈."

"또라이."

지수와 나는 동시에 말했다. 그러나 그것 가지곤 속이 시원해지지 않았다.

영희를 따라 웃으면서도 영희의 전 남편이 어떤 사람이었는지 도무지 그려지지 않았다. 저렇게 티 없이 웃는 여자를 의심하는 남자는 어떻게 생겨먹었을까.

초등학교 교과서의 철수와 영희는 늘 사이좋게 놀았는데, 그 남자는 철수가 아니었나 보다. 영희의 철수가 될 깜냥이 안 되는 남자. 처녀성 따지는 놈이 저도 숫총각은 아니란 말이 입에서 나와? 뻔뻔해도 너무 뻔뻔한 거 아냐? 요즘 세상에 보통이 메고 다니는 남자가 정상이야?

지수와 나는 분통이 터져 마구 말했다.

"이제 나에게 궁금한 거 없지? 난 그 사람 다시 생각하기도 싫지만, 정훈이를 내게 준 건 고맙게 생각해."

"그래서 정훈이 하나만 보고 살겠다고?"

동시에 묻는 우리에게 영희가 정색하며 말했다.

"미쳤니? 나 여지껏 남자 몰라. 처녀나 다름없다고. 이제 서른인데 진짜 사랑 한번 해봐야지."

그 말에 셋은 웃음을 터뜨렸다.

"그래, 영희는 영희다. 영희의 진짜 철수는 아직 등장하지 않은 모양이야. 어디선가 헐레벌떡 달려오고 있을 거야."

"우리 초등학교 때 맨날 '철수와 영희'라고 배웠잖아. 앞으론 '영희와 철수'라고 하자. 철수보다 영희가 백 배 잘났으니까."

지수와 나는 교과서까지 들먹이며 남은 잔을 들이켰다.

영희가 졸린 듯 눈을 비비며 말했다.

"그러엄. 영희도 여기 있고, 바둑이도 잘 있고. 철수가 늦는 거지. 우리 바둑이 자다 깨서 나 찾을라. 그만 일어나야겠다."

화장품가게를 나서서 집으로 돌아오는 길. 뒤에서 비추는 가로등 불빛에 영희의 긴 그림자가 앞서서 우쭐우쭐 걷고 있었다. 그날 따라 영희가 아주 커보였다.

# 누군가는 청춘이 지겹다 한다

낮 동안은 각자 생활전선에서 분투하느라 얼굴을 볼 수 없는 화장품가게 지수가 웬일로 선물의 집에 왔다. 물건 정리를 하고 있던 나는 건성으로 맞이했다.

"바쁘지 않으면 커피 한잔 주지."

"참 한결같다, 넌. 죽어도 언니 소리는 안 나온다 이거지?"

지수에게서 언니 소리를 들어본 적이 없었다. 나와 영희를 '누구 엄마'나 '자기야'로 부르면서 얼렁뚱땅 맞먹으려 했다.

"언니 소리가 그렇게 듣고 싶어? 내가 자기, 자기 부르는 게 좋을 건데. 나랑 동갑 먹으면 아직은 20대라고."

"이런, 그렇게 깊은 뜻이. 고마우셔라."

그러는 지수지만 밉지 않은 친구였다. 청바지 차림에 쇼트커트, 가무잡잡한 피부에 화장기 없는 얼굴, 목소리조차 허스키여서 어떤 땐 잘생긴 남동생처럼 보이기도 했다. 키가 큰 편은 아니어도 균형 잡힌 몸매에 이목구비가 뚜렷했고, 특히 오뚝한 코가 도도한 느낌마저 들게 했다. 흔한 말로 깎아놓은 밤톨 같은 인상에 성격도 그랬다. 입에 발린 말이나 돌려서 말할 줄 모르는 직선적인 성격이었다.

커피를 내오자 지수가 입을 열었다.

"내가 장사하면서 이런 손님은 첨 본다."

우리는 까다롭게 굴거나 반품이나 교환을 자주 하는 손님을 '진상'이라고 불렀다. 지수는 웬만해서는 그런 손님에게 휘둘리는 적이 없었다. 안 팔면 그만이라는 식으로 대하니 오는 손님들도 주인 성격을 잘 알았다. 화장품 파는 여자가 색조 화장이나 진한 립스틱을 바르지 않는 것도 손님을 압도하는 여유로 보이기까지 했다.

"왜? 화장품가게에서 속썩을 일이 뭐 있다고."

"작년에 판 속옷을 가지고 와서 교환해달란다."

지수는 화장품보다는 선물용 속옷 세트나 잡화가 남는 게 쏠쏠하다고 했다.

"그런 진상이 다 있냐? 그게 말이 되는 소리야?"

"자기가 봐도 그렇지? 진상 맞지?"

"그럼 진상이고 말고. 소금이라도 뿌리지 그랬어."

그런데 지수는 기분 나쁜 표정이 아니었다. 오히려 웃음을 참고 있었다.

"소그음? 그 말 물리기 없기다. 나 그래서 소금 뿌리러 온 건데."

"뭔 뚱딴지 같은 소리야?"

지수는 기다렸다는 듯 뒷짐에 감추고 있던 것을 내 앞에 펼쳐 보였다. 단박에 알아볼 수밖에 없는 내 속옷이었다.

"아니, 내 빤쓰가 왜 네 손에 있어?"

누가 볼세라 얼른 낚아채려하자 손을 높이 들더니 허공에 대고 팬티를 빙빙 돌리기까지 했다.

"그걸 왜 네가 가지고 있냐고?"

"말했잖아. 진상 손님이 와서 교환해달랬다고. 자기 딸이 이유도 야물딱지게 대더라. 실밥 터졌다고. 우리 엄마는 불량품 가져오면 교환해주던지 환불해준다면서. 바꿔달라는 것도 아니고 교환해달래. 애가 언제부터 그렇게 말을 잘했나 몰라. '이모가 부랑뿜 파라쪄. 이거 교안해조'."

지수는 딸아이의 혀 짧은 소리를 흉내면서 깔깔거렸다.

"작년에 이천 원 받고 판 팬티를 일 년 후에 가져오면 나는 뭐 먹고살라고요?"

한참을 놀려먹다가 내미는 다른 손엔 비닐에 싸인 브래지어가 들려 있었다.

"팬티는 아까 따님이 교환해 가셨고요, 한 세트에서 브라자만 남았으니 팔기도 어렵고 해서, 이건 자기 선물."

나는 무안한 김에 딴소리를 했다.

"선물을 이렇게 성의 없이 주냐?"

"세 살 때부터 엄마 생일에 선물하는 딸 둔 게 부러워 죽겠구먼, 포장까지 해오라고? 애 없는 사람 약 올리는 거야?"

"얘, 나 속상해지려는 참이다. 장사 틈에서 듣는 게 맨 그 소리니…."

"맹자 엄마 흉내내지 마셔. 누가 알아? 학교 앞에 사니까 나중에 커서 경제학 박사가 될지."

지수가 한바탕 수다를 떨고 간 뒤 방에 들어와 보니 잠든 상아 머리맡에 새 팬티가 놓여 있었다.

그날 저녁은 생각지 않은 선물을 받은 내가 맥주를 샀다. 지수의 얘길 들은 영희가 한참 웃더니 말했다.

"상아가 교환, 환불같이 어려운 말을 썼다고? 걔 지금도 가방하고 구두를 거꾸로 말하잖아. 상아 때문에 우리 정훈이도 '방가, 두구'가 맞는 말인 줄 안다니까."

"상아가 아침마다 정훈이 불러서 두구 신겨달라고 한다면서? 정훈 엄마는 속도 좋다. 그런 걸 보고 있으니."

"그게 어때서? 애들 노는 게 귀엽잖아. 정훈이는 지금부터 신사 매너를 배우는 중이다, 너."

나도 한마디 보탰다.

"정훈 엄마 조기교육 덕에 우리 딸이 도도한 숙녀가 됐다니까.”

그날도 늘 그랬듯 낮에 있었던 일을 이야기하고 맥주잔을 부딪치며 밤이 깊어갔다.

영희가 지수에게 물었다.

“지수는 결혼한 지 2년이 넘었는데, 왜 아직 아기 소식 없어? 남의 애도 그렇게 예뻐하니 아기 낳으면 엄청 귀여워할 텐데.”

나도 내심 궁금했지만 하지 못했던 질문이었다.

지수는 얼굴이 굳어지더니 맥주잔을 내려놓으며 말했다.

“사실은 결혼 초부터 피임하고 있어. 인생이 어떻게 될지 몰라서.”

“그게 무슨 말이야?”

“우리 시어머니 어떤 사람인지 알잖아. 바람 같은 남편도 믿을 수 없고.”

그 말을 들으니 얼마 전 보았던 지수의 여동생이 떠올랐다. 가끔 언니의 가게를 봐주러 오는 동생이었다. 내가 무심코 화장품가게 문을 열었을 때, 동생이 울고 있었다.

“언니도 알고 있었어요? 우리 언니가 시어머니에게 어떤 대접받고 사는지?”

대뜸 묻는 말에 얼른 대답을 못하자, 이어 말을 쏟아냈다.

“사돈어른에게 전화가 와서 받으니 대뜸 그년 어디 갔냐는 거예요. ‘정신나간 년’, ‘구정물에 처박아야 할 년’이 우리 언니를 부르는 호칭이더라고요. 하도 어이가 없어서 대답도 못했죠. 그런데 더 소름 끼치는 게 뭔지 알아요? 목소리를 싹 바꾸더니, '사돈처녀는 밥 먹었수?' 하는 거예요. 언니가 그렇게 사는 줄은 정말 몰랐네요."

"지수 시어머니가 말만 거칠지 행동까지 그런 분은 아니래. 평상시 말버릇이 고약하다더라."

나도 내가 건네는 위로가 소용없다는 것을 알고 있었다. 사실 지수에게 들었던 것은 그보다도 수위가 더하면 더했지 못하진 않았다.

"아무리 친정이 못 살아도 그럴 수는 없는 거잖아요."

지수의 여동생은 엉엉 소리내어 울었다. 난 애꿎은 화장품을 만졌다 놓았다 하다가 한참만에 나올 수밖에 없었다. 그러나 동생이 내게 하소연했던 말은 지수에게 할 수가 없었다.

지수도 결혼한 후에 살아보겠다고 골목상가에 들어온 여자였다.

"바람 같다는 네 남편은 어디서 불어온 바람이래?"

나는 좀체 자신의 이야길 하지 않은 지수를 슬쩍 떠보았다.

"나이트클럽에서."

간단명료한 대답에 당황한 것은 나였다. 그렇지만 이야기의 물꼬는 터진 것이었다.

"오, 껌 좀 씹던 시절이었나 보네. 종로? 무교동?"

내가 아는 척하며 말꼬리를 물자 영희가 잽싸게 가세했다.

"너희들 나이트클럽 가봤어? 어때? 진짜 거기 가면 부킹 같은 거 막 들어오고 그래?"

"종로야 고삐리들 오는 데니까 부킹천국이지만 무교동이 그보다 물이 좋다고 할 수 있지."

나도 그 정도는 안다는 식으로 여유를 부리며 대답했다. 평소 언니 소리를 안 하는 지수가 우리를 숙맥으로 보는 것 같아서 이참에 만만히 보지 말라고 쐐기도 박을 겸해서 부풀려가며 말을 이었다.

"나는 재수할 때 남자친구였던 애 아빠가 첨으로 데려가서 부킹은 못해봤어. 종로에 있는 '꽃과 나비', '활주로', '국일관'은 춤보다 부킹이 목적인 애들로 북적였거든. 자주 가는 애들은 단골 웨이터가 있어서 좀 괜찮아 보이는 남자들에게 소개하기도 해. 그 중에는 가발 쓰고 온 고삐리에게 속아서 오빠라고 부르는 여대생도 많았대. 이태원에 있는 '문라이트'는 외국인을 소개받으려는 여자들이 많이 갔지, 아마? 그래도 난 무교동 '코파카바나'가 젤 점잖더라. 미국의 유명한 나이트클럽 이름을 따서 그런지 오는 사람들도 대학생이나 직장인이 많았거든. 나도 직장 다닐 때 회식 후에 몇 번 가봤지."

내 말이 길어지자 영희는 흥미를 잃은 눈치였다. 누가 나이트클럽 소개나 듣자고 했냐는 표정이었다. 그보다는 클럽에서 만난 남자와 결혼까지 한 지수에게 호기심이 더할 터였다.

"너도 상아 엄마가 말하는 데 다 가봤어?"

영희는 나를 등지고 아예 지수 쪽으로 몸을 틀면서 이참에 이실직고하라는 투로 은근히 종용했다.

"학교 다닐 때 내 소원이 뭔지 알아? 졸업하자마자 집을 떠나는 거였어. 아버진 하루가 멀다고 술 마시고 와서 자는 자식들을 깨워서 되지도 않은 훈계를 하지, 엄마는 아파 누워 있는 날이 더 많았지. 동생들하고 방을 같이 쓰는 것도 싫고. 숨통이 막히는 것 같았거든. 친구와 자취하면서 직장 다니다가 알바하다가 그러면서 살았지. 그러다 나이트클럽에 가보니 거긴 신세계인 거야. 나는 '꽃과 나비' 죽순이었어."

"매일 가서 죽치려면 돈도 만만치 않을 텐데?"

"여자들은 돈 없이도 놀 수 있어. 부킹한 남자들에게 덤터기 씌우면 되니까."

"그럼 네 남편도 부킹으로 만난 거야?"

"아니야. 그날도 부킹을 하려는데, 난데없이 한 남자가 내 손을 낚아채더니 '어, 지수야. 오빠가 좀 늦었지?' 하면서 아는 체를 하는 거야. 첨엔 나도 아는 사람인가 했지."

"모르는 남자였다고? 이름은 어떻게 알았대?"

"친구들이 부르는 걸 들은 모양이야. 근데 처음 보는 남자가 나보고 앞으론 아무하고도 부킹하지 말라는 거야. 웃기지 말라고 했지만, 갈 때마다 나타나서 내 곁에서 춤을 추는 거야. 나처럼 죽돌인가 했지."

"뭐야, 제비였던 거야?"

"그런데 가만히 보니 나에겐 술을 사주면서 자신은 술도 담배도 안 해. 춤도 좋아하지 않는 것 같고. 그래서 이런 덴 왜 오냐고 물었지."

"그랬더니?"

"내가 별 탈 없이 돌아가나 확인하려고 온다는 거야. 술 마실 줄 모르냐고 하니까, 자신의 꿈은 '카레이서'라면서 술은 좋아하지도 않지만 마셔서도 안 된다고 하더군."

"듣고 보니 남다른 사람이네."

"글쎄…. 아버지에게 데어서 술 안 마시는 남자에게 끌렸는지 모르지만, 카레이서란 말에 더 끌렸던 것 같아. 직장 다니는 남자들이 쩨쩨하게 보였던 때라."

"카레이서라…. 난 처음 듣는 말 같다. 강남의 폭주족, 뭐 그런 거야?"

뉴스에 심심찮게 나오는 오렌지족이니 폭주족이 떠올라서 물었다.

"폭주족은 오토바이 타는 애들이고. 남편이 좋아하는 건 스포츠카야."

"독산동 골목에 그런 고급 취미가 있는 사람이 있다는 게 놀라운데, 것도 네 남편이라니."

1990년대 들어서 자동차가 대중화되기 시작하면서 남자들의 선망 일 순위가 자동차이긴 했지만 젊은 직장인들에겐 요원한 꿈이었다. 골목에서도 가게 앞에 차를 세워놓은 사람은 지수 남편뿐이었다.

"첨 만났을 땐 엑셀을 타더니 얼마 전에 스쿠프로 바꾸었는데, 모양만 스포츠카일 뿐 성능이 시원찮다고 불만이야. 담엔 꼭 외제차 사겠다는 게 입버릇이라니까."

"어쨌든 자가용 모는 남자를 만났으니 겉멋에 빠질 만도 하네?"

"겉멋이 어때서? 난 화끈한 게 좋아."

그렇게 몇 번 만난 끝에 속성으로 결혼했다지만, 내가 봤을 때 지수는 겉멋에 빠질 여자가 아니었다. 오히려 소탈하면서도 야무졌다.

이따금 마주치는 지수의 남편은 호리호리하게 마른 체격에 얼굴이 희다 못해 창백할 정도여서 까다로워 보였다. 지수 남편은 늘 화려하게 입었는데 가죽점퍼 등판에 독수리 날개가 수놓아졌거나 청바지 허리춤에 체인이 걸려 있거나 했다. 독산동 골목보다는 압구정동이나 이태원에서나 더 잘 어울릴 차림새였다. 그러나 외모에서 풍기는 것처럼 건들거리는 사람 같아 보이진 않았다. 우리를 대하는 말투나 행동이 깍듯했다.

지수의 시어머니는 며느리에겐 화장품가게를 차려주고 아들에겐 어머니가 운영하는 모텔의 카운터를 맡겼다. 결혼했으니 아들의 방랑기가 고쳐질 거라 믿었던 모양이다. 그러나 아들이 카운터를 맡은 후부터 수입이 전부 자동차 튜닝이나 레이싱 참가비로 들어가니 시어머니의 화살은 만만한 며느리에게 쏟아졌다.

결혼 초부터 시작된 무시와 폭언의 이유였다. 만난 지 세 달 만에 결혼했으니, 연애하는 기분으로 살겠다 싶었던 지수가 생각이 빗나갔다고 느낀 것도 그때부터였다. 억센 시어머니가 변변한 혼수도 없이 시집온 며느리에게 대놓고 욕을 해도 남편은 지수의 편이 되어주지 않았다. 마치 수집가가 원하는 물건을 손에 넣은 듯, 집에다 갖다놓고는 또 다른 것을 수집하러 나서는 것 같았다. 그 남자의 관심은 온통 카레이싱이었다. 지수는 어느새 어디에다 두었는지조차 잊어버린 수집품이 되어 있었다. 지수가 온종일 뭘 하는지 알려고 하지도 않았고(화장품가게 붙박인 것이 확실하니 안심했을 것이고), 고부간의 갈등에 관한 말은 시작도 하기 전에 쌩하니 차를 몰고 사라지기 일쑤였다.

지수는 제 손으로 맥주를 따라 마시더니 잠시 후 말을 이었다.

"첨부터 돈 있는 남자 같아서 만난 거니까, 내 결혼조건은 맞은 셈이야."

"돈만 보고 결혼했다고?"

"그래도 나이트클럽 죽순이가 이만하면 성공한 거 아니야? 친정에서는 내가 이렇게 사는 거 모르고 시집 잘갔다고 해. 용돈도 드리고, 맏딸 노릇이라도 할 수 있으니…."

"정말 남편하고는 정 없어? 그게 뭐야, 현대판 심청이도 아니고."

"그건 아니야. 짧은 연애였지만 진짜 불타올랐다고. 다만 장작불인 줄 알았는데 성냥불이었던 거지."

"성냥불도 불이다, 너. 장작은 첨부터 불붙니? 성냥불로 붙여줘야 불이 일어나지. 더 늦기 전에 아기부터 가져라. 남자는 아기 낳으면 달라진다잖아."

"그 남자 달라질 사람 아니야. 늘 바람처럼 방향 모를 곳으로 불어갈 사람이지. 처음엔 카레이서가 멋있다고 생각했지만, 결혼하고 나니 그게 아냐. 지금은 무서워. 저렇게 스피드에 빠져 살다가 어떻게 될까 봐서."

시어머니의 폭언엔 눈 하나 꿈쩍 안 하던 지수였다. 어떤 말도 귀 닫아버리면 그만이라던 지수가 남편 이야기를 할 때는 흔들리고 있었다. 우리는 다시 묻지 못했다. 한동안 정적이 흘렀다. 한참 만에 지수가 말했다.

"아기를 가지면 가게는 어떻게 하고? 상아 할머니처럼 봐줄 수 있는 친정엄마도 아니고. 아이 핑계로 남편을 잡고 싶지도 않아. 저 스스로 돌아올 땐 기다릴 거야. 그리고 난 이 동네가 좋아. 친구들도 있고 정훈이와 상아가 이모, 이모 하는 것도 좋고. 내겐 지금이 제일 좋은 시절이야."

지수의 말에 영희가 잔을 부딪치며 말했다.

"암튼 돈이라도 잘 모아라. 사람보다 믿을 게 돈이더라. 내가 모아놓은 돈 없었으면 정훈이랑 어떻게 나왔겠어? 나도 지금이 젤 좋다. 이 골목도, 너희들도."

한 모금 홀짝하더니 생각난 듯 한마디 하는 것이었다.

"그나저나 정훈이 녀석은 언제 엄마 선물 사주려나. 너 정훈이가 일 년 만에 양말짝 들고 와서 빵꾸난 불량품이라고 해도 바꿔줄 거지? 우리 아들 차별하면 죽을 줄 알아."

"그러지, 뭐. 일단 미래의 고객을 둘이나 확보해놨으니 장사 접을 생각은 말아야겠네."

그날 두 사람이 주고받는 말에 나는 낄 수가 없었다. 그러나 잠자리에 들었어도 따라온 지수의 목소리에 쉽게 잠들 수 없었다.

"남들은 청춘이라 부럽다는데, 난 청춘이 지겹다. 빨리 지나갔음 싶어."

나도 모르게 한숨이 새어나왔다. 내 청춘 또한 얼른 가도 그만이라는 생각이 들었다. 앞을 모르니 눈을 뜨고도 어둠 속을 더듬어가는 것만 같았다.

나이든 분들 말처럼 정말 젊어서 좋을 때일까. 종일 가게를 지키며 별별 사람들을 상대해야 하고 새벽엔 도매시장에 가서 발에 땀나도록 뛰어다니며 사는 게 좋을 때라니. 한번뿐인 인생에서 정점이라는 청춘의 시간을 그렇게 흘려보내도 되는 걸까. 그 시절을 앞서 살아낸 어른들이 의욕 없이 하루를 때우듯 사는 것처럼 우리도 얼마 지나지 않아 그 모습이 되는 건 아닌지.

그러나 다른 방법이 없다는 것이 더 답답했다.

"오지 않은 미래를 누가 알겠어?"

겨우 그 말밖에 할 수 없었다. 지수를 위로하지 못했듯, 나 자신도 위로하지 못한 채 청춘의 어느 하루는 그렇게 저물었다.

# 피터팬이었던 남자

골목상가 사람들의 일상은 여인들을 중심으로 움직였다. 상가 주인이 대부분 여인이었고, 드나드는 손님도 여인들이었다. 게다가 오후에 중학교에서 몰려나오는 아이들도 여학생이었다. 그래서 골목은 늘 북적였다. 그러다 보니 크고 작은 입소문의 전파력은 신속했고 가공력도 대단했다. 소문은 며칠 반짝하다가 새 소문에 밀려 사라지기 일쑤였다.

'~카더라' 통신의 발행처는 주로 진영슈퍼, 아니면 채소가게였다. 중심 화제는 가게 주인의 나이와 취향에 따라 달랐다.

40대 아주머니가 운영하는 진영슈퍼에서는 대부분 19금에 해당하는 '찌라시'가 나왔다. 겉보기엔 얌전하고 조용한 아주머니가 의외로 남의 사생활에 관심이 많았다. 어떻게 은밀한 속사정까지 꿰고 있는지 신기할 정도였다. 연령층이 좀 더 높은 채소가게에서는 가정사에 관련된 내용이 주로 나왔다. 뒤 집

자식이 취직했네, 대학 갔네 하는 훈훈한 소식이었다. 부모에게 잘못하는 후레자식에 대한 성토도 한몫하곤 했다. 슈퍼마켓, 채소가게, 만두집처럼 부부가 가게를 운영하는 곳도 많았지만, 남편들의 목소리는 좀체 듣기 어려웠다. 여인들의 기에 눌린 모양이었다. 조용히 사는 게 신상 편한 거라고 암묵이라도 한 듯, 각자의 생업에 충실할 뿐이었다.

선물, 문방구, 화장품이 자신의 이름이 된 우리 세 사람도 하루를 마치면 그날 있었던 소소한 일, 진상 부린 손님에 대한 성토를 주고받거나 새로 들어온 소문에 대해 품평하기도 했다.

그런데 상가가 셔터를 내리고, 퇴근하다 한잔 걸친 가장들도 집으로 돌아가 잠든 한밤중에 일어난 일을 누구보다 잘 아는 사람이 있었다. 그 사실을 상가의 여인들은 까맣게 몰랐다. 더구나 장사하는 사람도 아닌 일반 가정집 남자라는 것을.

그는 채소가게 2층에 사는 남자였다.

내가 그를 처음 본 것은 장사를 시작한 첫해 여름이었다. 돌 지난 딸아이가 걸음마를 시작해서 틈만 나면 밖으로 데리고 나갈 때였다. 어느 날 다희를 앞세우고 나온 남자가 있었다. 평일에 골목에서 어슬렁거리는 젊은 남자는, 수업 시간에 교복 차림으로 돌아다니는 학생만큼이나 눈길을 끌었다. 점심때나 되어 일어난 듯 부스스한 머리에 트레이닝 바지 차림이라 백수가 아닐까 싶었다. 그런데 그보다 먼저 '잘생겼다'는 생각부터 들었다. 무릎이 튀어나온 '추리닝'을 입어도 궁기를 가볍게 뛰어넘어, 골목을 환하게 비출 정도로 압도적인 분위기를 자아냈으니 말이다. 설령 백수라 해도 잘생기면 일단 후한 점수부터 받는 법. 마치 <영웅본색>의 장국영이 화면을 찢고 나온 듯, 평범하다 못해 누추한 골목을 영화 세트장으로 만들어버리는 능력에 감탄할 수밖에. 완벽한 얼굴에 반해 다소 왜소해보인다는 것만 빼면 그랬다.

다희 아빠였다. 그가 골목에 나올 때는 항상 다희가 신체 일부처럼 딸려 있었다. 아빠가 세발자전거를 태우거나 아이를 안고 슈퍼마켓에 가는 모습이 자주 눈에 띄었다. 그의 눈은 늘 딸에게 고정되어 있었다. 다칠까봐 무릎과 팔목에 보호대를 해주고도 아이에게서 세 발자국 이상 떨어지질 않았다.

그가 애니메이션 작가라는 것을 알게 되자, 언제 백수로 봤나 싶게 어쩐지 분위기가 남다르더라는 식으로 생각이 바뀌었다. 작가와 한동네에 산다는 것만으로도 골목 사람들의 수준이 한 단계 올라간 느낌이었다. 잘생긴 작가가 슬리퍼를 끌며 어린 딸 뒤를 졸졸 따라다니는 모습은 그의 점수를 더하면 더했지 깎아내릴 일이 아니었다. 아이 돌보기만큼이나 아내에게도 다정할 것 같은 남자. 골목 동네 여인들의 평가도 나처럼 후했다.

그러나 무뚝뚝하기까지 한 다희 엄마는 내가 그런 이야기를 하면 픽 웃었다.

"한 달 아니, 일주일만 같이 살아보라고 해. 그런 말이 나오나."

내가 첫인상이 장국영 같았다고 해도 대답은 마찬가지였다.

"어휴, 장국영, 난 그런 스타일 딱 질색이야. 얼굴이 곱상한 게 영 남자답지 못하잖아."

"그 곱상한 남자가 자기 남편이잖아. 질색이라면서 결혼하고 애 낳고 잘만 살면서. 그런 남자를 어디서 어떻게 만났는지 얘기 좀 해봐."

"친구 결혼식에 갔는데 신부 사촌오빠로 온 하객이었어. 나를 보고는 친구한테 소개해달라고 졸랐대. 내가 뭔 마음으로 소개팅에 나갔는지 지금도 모르겠다. 결혼할 생각도 없었는데 하도 줄기차게 쫓아다녀서 그냥 했어."

그 말이 선심쓰듯 결혼해주었다는 말로 들렸다.

"내 친구들은 그런 사촌오빠도 없으면서 왜 나를 결혼식에 불렀나 싶네. 나쁜 기지배들."

"모르는 소리야. 친구와 시누올케 사이 돼서 좋을 게 뭐 있어. 그 친구가 가끔은 소개팅 주선해서 미안하다고 한다니까."

"잘생기고 돈 잘 벌고 가정적이고. 대체 뭐가 불만인 거야?"

"집집이 속사정은 다 있는 법이니까."

그날 이야기는 거기까지였다.

다희 엄마와 아이들 때문에 자주 만나다 보니, 다희 아빠가 한밤중에 골목에서 일어나는 일을 알고 있다는 것도 그래서 알았다.

"다희 아빠가 작업실이 없어서 주로 밤에 일하거든. 일하다가 담배 생각이 나거나 바람 쐬려고 창문 열고 밖을 내다보곤 하는데, 하루는 아주 재미있는 광경을 봤다는 거야."

"다희 엄마도 같이 본 건 아니고?"

"난 초저녁잠이 많아서 한번 잠들면 천둥이 쳐도 몰라. 우리 뒷집 경미네 알지? 경미 아빠가 술을 좋아하다 보니 늦게 들어올 때가 많아서 가끔 부부싸움을 하거든. 그날은 더 심하게 다툰 모양이야. 경미 엄마가 나가라고 소리를 지르니까, 경미 아빠가 드러워서 나간다며 뛰쳐나간 모양인데…."

다희 엄마는 거기까지 말하다 말고 웃음을 터트렸다.

"싸우다가 집을 나갈 수도 있지, 그게 뭐가 우스워서…."

"글쎄, 뭐가 급했는지 옷도 못 챙겨 입고 난닝구에 빤쓰 바람으로 나오더라는 거야."

"진짜? 아무리 그래도 너무했다. 남의 눈에 띄었다간 영락없이 변태로 몰릴 텐데…. 누가 봤대?"

"경미 엄마가 바로 쫓아나왔는데 그새 남편이 사라졌대. 마침 지나가는 아가씨 둘이 두리번거리는 경미 엄마에게 묻더란다. '아줌마, 하얀 팬티 입은 아저씨 찾아요? 저기로 들어갔어요' 하곤 입을 막고 간신히 웃음을 참더라는 거야."

"그런 망신이…. 하필이면 젊은 여자들에게 들켰대? 근데 어디로 갔다는 거야?"

"새로 짓는 시계공장 있잖아. 경미 엄마가 공사장 앞에서 작은 목소리로 얼른 나오라고 하니까 풀죽은 강아지처럼 나오더래. 거긴 왜 갔냐는 말에 당신 잠들면 집에 가려고 했다면서…."

더 말하지 않아도 하얀 러닝셔츠, 팬티 차림의 경미 아빠가 떠올랐다. 그 부부가 큰소리도 못 내고 옥신각신하는 모습을 상상하며, 나도 다희 엄마를 따라 배를 잡고 웃었다.

채소가게 옆으로 서너 개의 계단이 있고 이어지는 좁은 골목 안쪽에 살림집이 몇 있었다. 계단 첫 집이 다희네, 그 뒷집이 경미네였다. 경미네는 초등학생 남매를 두었는데, 그 집 부부도 남매처럼 닮아서 멀리서 봐도 한 가족이라는 걸 한눈에 알 수 있었다. 통통한 편인 경미 엄마는 남편과 아이밖에 모르는 여자로 살림을 야무지게 했다. 경미 아빠가 술 좋아하는 것 빼고는 백 점짜리 남편이라고 은근히 자랑했다. 조금 뚱뚱하다는 것 외에는 눈에 띄는 특징이 없어 보이는 경미 아빠를 우리는 '경처가'라고 불렀다. 경미 아빠가 백 점에 못미치는 날은 부부싸움을 하는 날이었다. 담 밖으로 경미 엄마의 따발총 소리만 들릴 뿐 꼼짝 못하는 모양이었다. '경처가'의 '경'은 존경한다는 뜻의 경이 아니라 '마누라 앞에서 경기한다'고 해서 붙은 별

명이었다. 속옷 바람으로 뛰쳐나온 날도 어지간히 닭달당한 모양이었다.

우리 집 앞의 도로를 가로로 치고 세로쪽 선을 그으면 채소가게, 다희네, 경미네가 한 줄로 나란히 있는 셈이었다. 다희 엄마는 경미네의 부부싸움조차 우리 집터와 하나로 묶어서 수맥이 거기까지 통하나 보다고 했다. 우리 집에서 열흘이 멀다 하고 돌아가며 싸우는 소리가 담 밖으로 나가는 걸 두고 하는 말이었다. 그렇기로서니 부부싸움을 유발하는 수맥이 있을 리가. 나도 그 그룹에 들어 있어서 그 말이 곱게 들리지 않았다.

"앞으로 경미 아빠 얼굴 똑바로 못 보겠다. 그 남자 항상 근엄한 얼굴로 어깨에 힘주고 다니는 사람인데…."

내 말에 다희 엄마가 피식 웃었다.

"사돈 남 말하네. 상아네도 만만찮으면서. 다희 아빠가 본 것도 몇 번이라더라."

결국, 우려했던 말이 나왔다.

"그래도 상아 아빠는 집 나갈 때 제대로 갖춰 입고 나간다면서? 한밤중에 양복에 넥타이까지 매고, 아주 출근 준비까지 마치고 나서더라던데."

우리 부부도 다희 아빠의 레이더망을 피하지 못했다.

"양복 입고 나가는 것만 봤대? 하루는 군복에 군화, 게다가 베레모까지 각지게 쓰고서 나간 적도 있어. 제대한 지가 언젠데…."

"그러니까 내가 부부싸움 수맥이 통한다는 소릴 하지. 남편들이 싸우다 집 나가는 것까지 닮았으니 말이야."

"양복이든 군복이든 갈아입고 나가봤자 한 시간 안에 돌아올 거면서."

"상아 엄마가 큰길로 나가는 상아 아빠 등 뒤에 대고, '야, 바보야, 어디 가?' 소리를 몇 번이나 하드라던데? 동네 사람 깰까 봐 큰소리도 못 내고 속삭이듯. 그것도 경미 엄마랑 같잖아."

다희 엄마는 수맥을 물릴 마음이 없는 듯 빙글거렸다.

그걸 본 사람이 하필이면 다희 아빠라니. 똑바로 못 볼 사람은 경미 아빠가 아니라 다희 아빠였다. 나는 그게 더 신경 쓰였다.

"어휴, 별 걸 다 보셨네. 창피해서 어떡해?"

"그 집에서 싸울 땐 다희 아빠가 나를 흔들어 깨운다. 가서 말려야 하는 거 아니냐고."

"그래서?"

"내일이면 언제 그랬냐는 듯 깨 볶을 테니 신경 끄셔 하고는 내처 자는 거지, 뭐. 요즘은 다희 아빠도 그러려니 하고 내다보지도 않는 모양이야."

"근데 정말 이상해. 결혼 전엔 한번도 싸운 적이 없는데 여기 오고 나서 자꾸 싸우게 되네. 정말 집터가 싸움 붙이는 터가 맞나? 봐봐, 주인집은 주기적으로 싸우지, 뒷방 사는 미영이도 뻑하면 눈탱이가 밤탱이 돼서 나오지."

"하긴 그 집 사는 사람들이 유독 자주 싸우긴 해. 심심찮게 때려부수는 소리가 나니까. 집주인 여자야 노름해서 남편에게 맞고, 미영 씨는 그럴 만한 이유가 있다지만 상아네는 누가 잘못해서 싸우는지 생각해봤어?"

경미 아빠의 '빤스 사건'은 벌써 지나간 뉴스거리인 양 화살이 나에게 향하는 것이었다.

"아, 지난 번 비 오는 날 소주 사건? 그건 애 아빠가 오해해서 싸운 거였어. 친정엄마가 동네 할머니들하고 파전 부쳐서 잡숫다가 남긴 소주를 냉장고에 두고 간 날이었어. 내가 마신 줄 알고 다짜고짜 이젠 소주까지 마시느냐 해서 붙은 거지. 알잖아, 나 소주 못 마시는 거."

"곰곰 생각해봐. 술은 핑계일 거야. 가게 문 닫으면 문방구나 화장품네로 가서 늦게야 돌아오는 날이 많잖아?"

"그거야 나도 기분도 풀 겸, 하소연도 할 겸…."

"혼자만 힘들게 사는 거 아니잖아?"

열흘 먼저 난 언니 노릇을 할 요량인지 조목조목 따지는 바람에 입을 다물고 말았다. 다희 엄마가 말을 이었다.

"다들 사는 게 퍽퍽하니 마음에 여유가 없어서 싸울 일이 생기는 거지. 상아 아빠도 퇴근하면 여자들이 드나드는 가겟방에서 나오지도 못하고, 좀 답답하겠어? 눌러둔 게 많으니까 폭발한 게고."

나는 그쯤에서 말머리를 돌리고 싶었다.

"내 남편이 다희 엄마 같은 사람을 만났어야 했는데. 다희 아빠는 좋겠다. 이해심 많은 아내랑 살아서…."

"으이구, 듣기 싫었구나. 이 집이나 저 집이나 속 썩이는 사람 따로 있고 속 썩는 사람 따로 있으니 하는 말이야. 남편 고마운 줄 알고 잘해."

작정한 듯 충고하던 다희 엄마가 갑자기 한숨을 쉬었다.

"하기야 상아 엄마도 그러면서 풀고 살겠지. 사거리 호프집이나 포장마차에 가는 것도 아니고, 다희 아빠와는 차원이 다르니까 한통속으로 묶을 건 아니다 싶다."

그러면서 하지 않았던 이야기를 꺼냈다. 지난 번 못 들었던 이야기의 연장이랄까.

얼마 전 다희 아빠가 애니메이션 작업을 해서 꽤 많은 수입이 생겼는데, 그날 친구를 만나 만취가 되어 오다가 소매치기를 당했단다.

"얼마나 되는 돈을?"

"한 500만 원?"

남편의 월급을 생각하니 그 숫자에 입이 떡 벌어졌다.

"아니, 그렇게 큰돈을 가지고 지하철에서 곯아떨어졌다는 거야? 그냥 뒀어? 한바탕 해야지."

"이미 날린 걸 어떻게 하라고. 싸운다고 찾아올 것도 아니고."

"저런, 대인배 나셨네요."

"그렇게 날린 게 한두 번이어야지. 돈에 대한 개념 자체가 없는 사람이야. 그림 그리고 술 좋아하는 거 외엔 다른 재주가 없는 사람이라니까. 아니다, 개도 좋아하고 낚시도 좋아하지."

푼 김에 다 풀어보자는 심사였는지, 다희 엄마가 이야기를 더 풀어놓기 시작했다.

"상아 엄마도 알다시피 우리가 세 든 집은 거실 하나 넓은 것 밖에 없잖아. 그런데 개를 키우고 싶다고 노래를 하는 거야. 발발이나 스피츠같이 작은 애완견도 말릴 판에 어느 날 상의도 없이 골드 레트리버를 데리고 오지 않았겠어?"

"시각장애인 안내견을 말하는 거야? 그 개 엄청 크잖아. 어디서 가져왔대?"

"누가 줬다고 우기지만 샀겠지. 소매치기 안 당하면 그런 데다 흘려버린다니까. 문제는 개를 어디서 키우냔 거야. 나도 웬만하면 싫은 소리 안 해. 어린애가 있는 거실엔 들여놓을 수 없으니 어떻게 할 거냐고 다그치니까 다음날 뭘 가져왔게? 커다란 냉장고 박스를 가져와서는 그 안에 넣어 키우겠다는 거야. 그게 상식적으로 말이 돼? 어느 땐 내가 일곱 살짜리랑 사는 것 같다니까."

좀체 흥분하지 않는 다희 엄마가 말을 할수록 기가 막힌다는 듯 목소리를 높였다. 그러나 나는 자꾸 웃음이 나서 다희 엄마의 기분을 맞춰줄 수가 없었다.

'그러니까 만화를 그리지. 딱 어린애 발상이네.'

속으로 그런 생각부터 들었다. 분통터지는 건 다희 엄마 몫이고, 나는 내 상상을 즐겼다. 생각할수록 다희 아빠다웠다. 애써 걱정스러운 표정을 짓기가 힘들었지만, 짐짓 다시 물었다.

"개가 순해서 그런지 짖는 소리를 한번도 못 들은 것 같아."

"박스 속에 넣은 건지 박스를 씌운 건지 모를 상태로 며칠 지났을까, 산책시킨다고 나가더니 혼자 들어오는 거야. 팔을 축 늘어뜨리고."

"왜?"

"담배 사러 가면서 전봇대에 묶어놓았는데 그새 누가 줄을 풀고 데려간 모양이라고 하더라. 내 생각엔 녀석이 또 박스에 갇힐까봐 도망간 것 같은데 한사코 도둑맞았다는 거야. 500만 원을 소매치기당했을 때완 비교도 안 될 만큼 상심이 커서 밥도 안 먹더라고. 속으론 좋았지만, 눈물까지 비치는 사람 앞에서 내색할 수도 없고…."

"대책 없다는 말이 맞네. 그 비싼 개를 왜 허술하게 묶고 가게에 갔대?"

내가 건성으로 대답한다는 것을 다희 엄마가 눈치챘을까. 그러나 알 수 없는 유쾌함이 자꾸 퍼져 올라오는 것을 막을 길이 없었다. 들을수록 재미있어서 다음 말을 재촉했다.

"낚시로는 무슨 속을 썩이길래…."

"개고 낚시고 좋아하는 정도가 지나쳐서 무슨 말을 해도 듣질 않아. 밤샘해야 할 정도로 일이 밀려도 낚시 가자는 연락만 오면 팽개치고 달려간다니까. 다희 아빠가 일하는 방 창문 너머에 신발 한 켤레가 있어. 내가 못 가게 잔소리할까봐 아예 신발을 거기 두고, 낚시가방을 창 너머로 던지고 몰래 빠져나가. 나도 이젠 창 너머로 쿵 소리가 나도 내다보지도 않아. 자기가 하고 싶은 일은 앞뒤 잴 것도 없이 덤비고 보는 고집불통."

"듣고 보니 작가답네. 원래 예술가랑 사는 게 힘든 거잖아. 하지만 얼마나 순수하고 맑아?"

"하긴 그런 성격이니까 여기까지 왔겠지. 처음에 애니메이션을 배울 땐 보수도 못 받았대. 사무실 청소며 잡일까지 하고 라면으로 세 끼 때우며 몇 년을 매달렸다더라. 지금도 라면 냄새조차 싫어해. 하도 배를 곯아서 크지도 못했대. 그렇게 고생했으면 돈 모을 궁리를 해야 하는데 여전히 경제관념이 제로니 걱정이지."

"그건 다희 엄마가 관리하면 될 일이지, 무슨 걱정?"

"아주 단단히 싸고도는구나. 그러고 보면 다희 아빠랑 상아 엄마 하는 짓이 참 많이도 닮았어. 상아 엄마도 앞으로 벌고 뒤로 밑지잖아. 손님하고 친구 삼으면 그때부턴 뭔가에 퍼주고. 그것도 모자라 팔아주었다고 맥주 사고. 장사하는 건지 심부름하는 건지 헷갈릴 때가 좀 많니?"

"무슨 소리, 난 간이 작아서 큰돈 생기면 택시 타고 곧장 집으로 오는 스타일이야. 냉장고 박스에 대형견 구겨넣는 짓은 상상도 못해."

"이래저래 불쌍한 건 상아 아빠와 나다. 평생 철부지들을 데리고 살아야 하니 말이다."

"그래도 평생 책임질 생각을 하니 안심이다, 난."

다희 엄마는 한숨을 쉬었지만 난 다희 아빠와 한통속으로 묶인 게 은근히 기분 좋았다.

"그래도 난 다희 아빠와 술친구 할 마음은 없어. 그냥 액자 속의 그림처럼 감상만 할래. 그 아래 '영원한 피터팬'이라고 제목 붙여놓고."

"으이구, 잘났다. 그럼 상아 엄마는 팅거벨이냐?"

다희 엄마와 약속한 바는 없지만, 그 후로 다희네 가족과 인연을 이어가면서도 나는 다희 아빠에게 따로 말을 붙여본 적이 없었고, 다희 아빠도 마찬가지였다. 오히려 몇 년 후 다희 엄마가 계주를 했을 때, 내 남편이 계원이 된 적은 있었다. 내가 몇 번 날짜를 놓치자 나를 제치고 직거래를 하겠다고 했기 때문이다. 그날 흘린 말처럼 철부지 챙기기에 뜻이 맞은 것인지.

다희네가 독산동을 떠나 신림동으로 이사를 하고 다희 엄마가 시장에서 아동복가게를 열게 된 것은 얼마 후의 일이었다. 남편이 영 못 미더운 듯 다희 엄마가 팔을 걷어붙이고 나섰다. 다희 엄마는 그동안 안 해서 그렇지 마음먹고 하면 누구보다 잘한다는 것을 몸소 보여주었다.

나도 그즈음 골목 가게를 정리하고 다희네 집 근처로 이사를 해서 여전히 이웃하고 살 때였다. 다희 엄마가 새벽시장에 가는 날, 다희 아빠가 약속이 생기면 아침에 두 딸을 맡기러 우리 집에 오곤 했다.

어느 초겨울이었다. 그날도 다희네 세 부녀가 우리 집에 왔다. 다희를 본 순간 할 말을 잃었다. 다희를 모델 삼아 아동복이 잘 팔린다고 할 정도로 늘 예쁘게 치장해주던 아이가 아니었다. 머리는 제멋대로, 옷은 되는 대로 주워 입힌 모양새였다. 둘째 다정이는 더했다. 레이스가 달린 린넨 머릿수건으로 머리를 감싸고 역시나 레이스 양말을 신겼지만, 내복 밖으로 드러난 아기 종아리는 빨갰다. 예술가답게 공주풍으로 입혀 데려왔어도, 내복 위에 여름 원피스라니. 그나마 우유병과 기저귀가 든 가방을 챙겨온 것만도 다행이다 싶었다.

인사도 우물쭈물, 두 아이를 맡기고는 총총히 사라진 다희 아빠. 심 봉사가 안고 온 심청이를 받은 동네 아낙이 된 기분이랄까.

액자 속에 두고 '영원한 피터팬'이라고 붙이겠다던 제목을 슬며시 내려야 할 것 같았다. 그의 어깨엔 어느새 가장의 무게가 실려 있었다. 언제부턴가 창문을 넘어서 낚시터로 도망가는 일이 없어졌다는 말을 들어서일까. 그러고 보니 우리 부부도 신림동으로 이사한 후엔 한번도 싸운 일이 없었다.

결혼 5년차. 신혼이란 말을 쓰지 않게 된 자리엔 조금씩 결혼의 맛을 알아가는 두 가족이 있었다. 다만 무엇을 잃어버렸는지도 모르면서 자꾸 헛헛해서 돌아보는 내 마음은 아무도 몰랐다.

# 우리 동네에 유명 가수가 산다

선물의 집이 활기를 띨 때는 여학생들이 등하교할 시간이다. 방과 후에 방앗간에 날아든 참새들은 재재거리며 한참을 놀다 가곤 했다. 그 시간이 문방구나 선물의 집의 절정이었다. 나와 영희는 하교 시간엔 눈에 불을 켜고 있어야 했다. 언제 뽀리꾼이 자잘한 물건들을 슬쩍 해갈지 모르기 때문이다. 그래도 그 정도 손해는 감수할 만했다. 한꺼번에 손님이 몰릴 땐 손끝이 야무진 아이들이 포장을 도와주기도 했으니까.

나도 선물의 집을 하면서 많이 달라졌다. 아기 엄마 티를 내지 않으려고 옷차림부터 캐주얼하게 바꾸었다. 혼수를 장만할 때 필수품처럼 챙겼던 홈웨어 두 벌부터 치워버렸다. 발목까지 치렁치렁한 롱원피스에 앞치마까지 박음질된 홈웨어는 누가 봐도 주부가 입는 옷이었다. 마치 주부들의 교복 같았다. 청첩장이 곧 사직서였던 시절, 홈웨어는 결혼의 궁극적 도달점이

현모양처라고 세뇌하고자 만든 옷 같았다. 옷에 길들면서 개인의 개성이나 능력, 정체성까지 서서히 지워졌다.

그것이 얼마나 생각 없이 받아들인 바보짓인지 깨닫게 된 건 가게를 열고 나서였다. 앞서간 사람 뒤를 수동적으로 따라가던 내가 대열에서 이탈하고 보니 그동안 보지 못했던 것이 보이기 시작했다.

옷이라는 게 그렇다. 실용과 미적 욕구 충족 이상의 역할이 또 있다. 신분을 정하고, 그에 따라 태도와 성격도 달라지게 만든다. 의상이 신분을 나타내기 위한 일 순위일 수도 있다. 내가 홈웨어를 버린 것도 스스로 신분을 높이기 위한 첫발이었다.

나는 드디어 가게 주인으로 상승했다. 그러니 학생들 눈높이에 맞는 젊은 언니부터 되어야 했다. 아이들끼리 통하는 유행어나 은어를 슬쩍 섞어 썼다. 그게 훨씬 더 아이들에게 다가갈 수 있는 지름길이었다.

언제부턴가 하교 시간에 들른 아이들이 가게에 머무는 시간이 점점 길어진다 싶을 때였다. 매상도 올리지 않는 어린 손님들은 자꾸 가게 밖을 들락거리며 무언가 살피는 듯했다.

"집에 가야지, 왜 여기서 죽치고 있어?"

저녁 지을 시간이 되어 참다못해 말했다. 그렇다고 눈치볼 아이들도 아니었다.

"조금만 더 있다가 가면 안 돼요? 혹시 이 앞을 지나갈지 모른단 말이에요."

"기다리는 사람 있어? 누군데?"

"변진섭 오빠요."

아이들이 한목소리로 말했다.

"그게 누군데? 누구네 오빤데 다 같이 기다리니?"

그 말에 아이들이 웃음을 터트렸다.

"웬열? 정말 쩐다. 진짜 진짜 아줌마네."

저희하고는 안 통한다는 말을 대놓고 하는 아이들.

"아줌마, 가수 변진섭 오빠 몰라요?"

"너희가 기다리는 그 오빠? 그 사람 가수야?

아이들은 기다렸다는 듯 노래를 불렀다.

"청바지가 잘 어울리는 여자, 밥을 많이 먹어도 배 안 나오는 여자, 내 얘기가 재미없어도 웃어주는 여자…."

"오, 들어본 거 같다. 버스 타고 가다 라디오에서. 그 노래 부른 가수가 변 뭐라는 오빠니?"

"너에게로 또다시 돌아오기가 왜 이리 힘들었을까아~."

한쪽에서 다른 노래를 시작하자 아이들이 금방 또 합창했다.

"알겠는데, 왜 여기서 그 오빠를 기다리는 거야?"

"혹시 이 앞으로 지나갈지 몰라서 지키고 있는 거예요. 오빠네 집도 독산동이고 소속사도 독산동이니까요."

선물의 집에서 마냥 놀고 있던 이유가 풀렸다. 나와 아이들의 세대차가 확연하다는 걸 확인한 시간이기도 했다. 아이들은 여전히 이야기 삼매경에 빠져 있었다.

듣고 보니 우리 동네에 진짜 가수가 산다는 게 신기했다. 쫓아내려던 생각은 저만치 가버렸다.

"라디오에서 자주 나오던데. 그 노래를 부르는 가수가 동네 사람이라니, 대단하다. 근데 잘생겼니?"

남자들만 여자에 관해 물을 때 예쁘냐는 말부터 하는 게 아니다. 여자들도 마찬가지다.

어떤 아이는 단박에 "그럼요!" 하고, 다른 아이는 "텔레비전 보면 알아요" 하고 또 다른 아이는 "정말 따뜻한 사람이에요" 하니 더 궁금해졌다. 의견이 다양한 것으로 보아 한눈에 들어올 만한 미남형은 아닐 터. 내가 관심을 보이자 참새들은 더 신나서 떠들어댔다. 짹, 째재잭, 짹짹…, 방앗간 지붕이 날아갈 정도로.

"오빠가 데뷔한 지 3년밖에 안 됐는데, 벌써 앨범을 세 장이나 냈어요. 근데 어떻게 오빠를 모르지?"

"오빠 보려고 지방에서 올라오는 여학생 팬들도 많대요. 무작정 올라와서 기다리다가 막차 놓친 아이들은 여관도 잡아준다던데."

"정말 좋은 오빠 같아. 지방 애들 걱정돼서 아예 변진섭여관을 정해놓았대."

"걔들은 좋겠다. 오빠 얼굴도 보고."

"영원한 둘리 오빠~~."

"며칠 전 쉬는 시간에 오빠가 학교 앞을 지나가는 거 봤지? 나 그날 수업 하나도 안 들어오더라. 오빠 얼굴이 맴돌아서."

"너 같은 애 때문에 난리났잖아. 2층 창문에 몸을 반 넘게 내놓고 오빠를 불러대는 거 보고 교감이 뚜껑 열렸다더라."

"교감이 오빠네 가서 이사가달라고 했다며?"

"진짜? 말도 안 돼."

"우리, 교감한테 항의해야 하는 거 아냐? 오빠 이사 못 가게 해야지."

아이들은 흥분해서 소리를 높였다. 그냥 두면 언제 끝날지 모를 아이들을 달래서 보내야 할 시간이었다.

"너희들이 위험한 짓을 하니까 그렇지. 교감 선생님은 너희가 창문에서 떨어질까봐 얼마나 놀랐겠어?"

"아줌마, 너무해. 교감하고 똑같아."

"난 너희들이 더 대단하다고 생각해. 한 동네 살면서 집으로 찾아갈 생각하지 않고 무턱대고 기다리는 게 보통 일이니? 자, 착한 학생들. 오늘은 이만하고 집에 가야지."

그제야 아이들은 뽀로통해서 선물의 집을 떠났다.

다음날 등교 시간이 지나고 채소가게에 가니 영희가 먼저 와 있었다. 나는 전날 아이들에게 들었던 가수 이야기를 꺼냈다. 뜻밖에 영희가 그 가수를 알고 있었다. 영희는 내친 김에 어깨까지 들썩이며 아이들이 불렀던 노래를 불렀다. 영희의 노래를 듣다 보니 궁금한 게 생겼다.

"근데 말이 되냐? 멋 내지 않아도 멋이 나는 여자, 껌을 씹어도 소리가 안 나는 여자, 뚱뚱해도 다리가 예뻐서 짧은 치마가 어울리는 여자, 그런 여자가 어딨어? 뚱뚱한데 다리만 예쁜 여자 봤어? 또, 껌은 소리 나게 씹어야 맛이지."

"그러니까 제목이 '희망사항'이지."

우리 이야기를 듣던 아주머니가 피식 웃었다.

"별것이 다 희망사항이네. 듣고 보니 욕심 많은 놈일세. 뭐, 돈이 없어도 편히 만날 수 있는 여자? 아주 뻔뻔한 놈이잖아. 우리 딸이 하나 빼고 다 해당 사항 되는데, 그런 놈한테는 절대 못 주겠네."

"현주 씨가 날씬하다고 자랑하시는 거죠?"

그 바람에 한바탕 웃었다.

"노래는 노래일 뿐. 가수가 그렇단 말이겠어요?"

"누가 그렇대? 그 가수 엄마 말을 들어보니 착하고 똑똑한 청년 같던데."

"예에?"

영희와 나는 놀라 동시에 소리를 높였다.

"무슨 노랠 부르는 가순지는 몰라도, 가수 엄마가 가끔 와서 채소를 사가곤 해. 나야 유명한지 어떤지 물어보지도 않았지만. 가끔 빵을 한 보따리 사가길래 식구가 많냐고 했더니 대답 없이 웃기만 하더라고. 엄마가 여학생들에게 여관 잡아주고 그러는 것 같던데."

"와, 연예계 정보통이 여기 계셨네. 근데 왜 말 안 하셨어요? 영희, 넌 왜 말 안 했어?"

또 한번 놀라서 두 사람에게 동시에 물었다. 왠지 나만 바보가 된 기분이었다.

"상아 엄마는 뽕짝 좋아하는 줄 알았지. 맨날 상아 재울 때 부르는 노래 있잖아, 그 뭐더라? 현철 노래, 싫다 싫어 꿈도 사랑도 싫다 싫어 모든 것이~~."

영희는 이번에도 간드러지게 트로트를 부르곤 말했다.

"애도 순하지, 지 엄만 뭐가 그리 싫은지 맨날 싫다 타령인데도 그 노래에 잠을 자다니."

아주머니가 두둔하고 나섰다.

"아, 그게 진짜 노래지. 뭔 여자, 뭔 여자가 좋다는 게 노래여? 현철 엄마가 우리 집에 왔으면 내가 문짝에 '우리 동네 가수 살아요' 하고 크게 써놓았을 텐데. 요즘 젊은 가수들 노래는 맛이 없어. 그래서 가수 엄마라는데도 그런가 보다 했지, 뭐."

"오늘도 상아 엄마가 얘기 꺼냈으니까 이런 얘기도 하는 거지, 우리가 언제 노래 들을 시간이 있어, 텔레비전 볼 시간이 있어? 노래 듣고 따라부르고 하던 때가 좋았는데. 근데 상아 엄마는 뽕짝 체질이야? 난 뽕짝 부르면서 찌개 간 맞추고 애 재우는 여자는 상아 엄마가 첨이야."

아주머니가 영희 말에 맞장구쳤다.

"나도 첨 듣는 소리다. 뭐 또 부르는 거 있어?"

영희가 몇 곡 뽑은 후라서 채소가게는 갑자기 노래방 분위기로 후끈해졌다. 나는 에라 모르겠다는 심정으로 아기를 재우는 시늉을 하며 천천히 가락을 끌어올렸다.

"해 저무운 소양강에 황호니 지이면 외로운 갈대밭에 슬피우는 두견새에야~ 열여더얼 따알기 같은 어린 가스메~~."

우리 세 사람도 여학생들 못지않게 합창으로 마무리를 했다.

"아아, 그리워어서 애에만 태우는 소양가앙 처어어녀~."

우리 동네에 진짜 가수가 산다는 게 큰 뉴스거리라 시작한 것인데, 발라드 황제는 관심 밖으로 밀려나고, 트로트가 그 자리를 차지했다. 나는 어쩌다가 트로트를 꿰차고 있는 여자가 되고 말았다.

중고등학교 다닐 때는 친구들하고 노래를 참 많이 불렀다. 양희은, 김민기, 송창식, 정태춘, 해바라기 같은 가수들이 불렀던 시적이고 감미로운 노래를 무척 좋아했다. 고등학교 때 대학가요제, 강변가요제가 생겨서 새로운 노래가 쏟아져나왔다. 하지만 그룹이 부르는 노래는 시끄럽고 가사가 유치하다는 이유로 좋아하지 않았다. 더구나 트로트는 질색이었다. 판소리나

창처럼 어른들이나 좋아할 노래지 우리와는 상관없는 노래라고 생각했다.

그런데 감미로운 포크송이나 팝송은 기억에서 지워지고, 자는 아이를 토닥이며 부르는 게 트로트라니…. 산다는 게 아름다운 시가 아니어서 시적인 노래는 멀어지고 건조한 산문을 쓰듯 트로트를 부르기 시작한 것일까. 아니, 건조한 산문은 노래가 아니고 삶 자체였다. 트로트는 미화시킬 수 없는 삶에서 배어나오는 눈물이었다. 구절마다 내 이야기였다. 꿈이니 사랑이니 하는 추상은 밥이 되지 않았으니, '싫다 싫어 모든 것이' 하며 절규하는 것이었다. 그런데 그게 혼자서 부르고 만 노래가 아니었다. 결혼한 지 3년도 안 된 내가 수십 년은 살아낸 것처럼 한숨 섞어 부르는 노래를 잠든 아이 귓가에 불어넣었다니.

채소가게에서 불렀던 노래를 끝으로 나는 트로트 자장가를 부르지 않았다. 그 후로 내게 작은 변화가 생겼다. 청바지를 자주 입거나 아이들이 불렀던 노래를 흥얼거리거나 하는….

1990년, 한 동네 살면서 한번도 얼굴을 못 본 가수는 아이들 예견대로 가수왕이 되었다. 우리 동네에 가수를 넘어 전국적으로 유명한 가수가 살고 있었다.

1990년 이후, 우리나라는 따라잡기 힘들 정도로 빠르게 변하기 시작했다. 서울 변두리 말죽거리는 부동산 투자의 원조였고, 1990년대의 강남은 신흥재벌의 차지가 되었다. 명동, 종로가 청춘의 거리였던 우리에겐 낯설기만 한 강남이니 압구정동이니 하는 신도시가 젊은이의 거리로 떴다.

공중전화 부스에는 삐삐를 확인하고 전화를 거는 사람들이 줄을 서기 시작했다. 우리 동네에서 가장 먼저 삐삐를 산 사람은 다희 엄마였다. 술 좋아하고 사람 만나는 걸 좋아하는 다희 아빠의 족쇄였다. 다희 엄마는 남편의 삐삐에 숫자 '188282'를 보낸다고 했다. '씨팔, 빨리빨리 들어와'라는 경고라고 했다. 다희 아빠의 호시절은 삐삐의 등장과 함께 끝났다.

변진섭이 발라드 시대를 열었다면 얼마 지나지 않아 서태지와 아이들, H.O.T, 젝스키스, 핑클, GOD 같은 그룹 세대가 바통을 이어 아이돌문화를 만들기 시작했다. 하루 자고 나면 어제와는 달랐다. 아이돌 가수의 춤만큼이나 화려하고 눈부시고 빠른 변화였다.

그럼에도 불구하고 한쪽에서는 1990년대를 시대의 종말로 보는 분위기도 있었다. 1992년 9월 12일 조선일보 기사에는 '군에도 〈종말론〉 부작용'이라는 내용이 실렸다. 지구 종말이 온다면서 조기 전역을 하거나 휴가 후 복귀하지 않는 병사가 속출한다는 것이다. 2000년이 가까워져 올수록 종말론에 빠진 사람들은 '휴거설'을 믿기도 했다. 새 천년에 대해 기대감 못지않게 디스토피아적 공포감도 함께 했다. 희망과 불안이 공존하는 시대였다.

그렇지만 독산동은 여전히 조용했다. 독산동에서 볼 때, 시대의 요란스러운 변화는 그저 남의 굿이고, 강 건너 불이었다. 수줍은 아이들은 차마 가수의 집으로 찾아가지 못했고, 유명해진 가수는 얼마 후 독산동을 떠났다.

1990년이라는 연도로 세대를 구분한다면 나는 이미 기성세대였다. 선물의 집에서 죽치던 아이들의 속성 과외 덕분에 신세대에 귀 기울이는 척하는 젊은 기성세대라고나 할까. 그나마 내가 한 맺힌 트로트를 다시 부르지 않게 된 것이 우리 동네에 유명 가수가 살았던 영향력인지도 모를 일이다.

그런데 모를 일은 그게 다가 아니다. 딸이 여섯 살 때 유치원 선생이 이런 말을 했다.

"조용하고 얌전한 상아가 오늘 아이들 앞에서 노래를 불렀어요. 그것도 책상에 올라가서 말이죠. 깜짝 놀랐지 뭐예요."

"무슨 노래를?"

"요즘 유행하는 트로튼데요, 〈세상은 요지경〉이란 노래 아세요?"

이마를 딱 때리는 말이었다. 맹세코 내가 부른 적이 없는 노래를 어디서 배웠는지 알 수 없었다.

"세상은 요지경, 요지경 속이다. 잘난 사람 잘난 대로 살고 못난 사람 못난 대로 산다아~~."

자장가로 동요 대신 트로트를 부른 효과인지 결과인지가 뒤늦게 나타날 줄이야.

1990년 문턱을 넘자마자 세상이 요지경이 된 것은 맞는 말이다. 가사 그대로 잘난 사람이든 못난 사람이든 제 생긴 대로 사는 세상이 되었으니…. 역시 트로트는 심오한 뜻을 품고 있었다. 걸음마 떼기 전부터 골목에 나앉아 세상 돌아가는 것을 보고 자란 딸아이가 언제부터 그것을 알고 있었던 것일까.

# 진영슈퍼마켓 마녀 보살

진영슈퍼도 처음엔 진영상회였다고 한다.

규모나 진열 상태로 봐서 구멍가게 수준인 상점들이 너나없이 '슈퍼마켓'이라고 상호를 바꾸기 시작한 것은 1980년대 중반부터다. 내용은 잡화점인데 간판만 턱없이 부풀려진 것이다. 86아시안게임에 이어 88올림픽으로 우리나라가 국제사회에 알려지기 시작하면서다. '절약이 미덕이다'에서 '소비가 미덕이다'로 생활수준과 사고가 달라졌다. 잠실종합운동장 부근의 아파트들이 창가에 거치대를 설치하고 화분을 내놓기 시작한 것도 그즈음이었다. '보신탕'이라는 간판을 걸 수 없는 것과 마찬가지로 거리정화를 위한 정부 지침 중 하나였다. 미개의 상징인 보신탕을 파는 식당은 대로 뒷골목으로 쫓겨나거나 업종을 바꾸었다. 올림픽을 유치할 수 있다는 걸 보여주고자 하는 행정 덕에 종합운동장 근처 화원은 유례없는 호황을 누렸다.

그러나 잠실에서 떨어진 독산동 골목까지 지침이 하달되진 않은 모양이다. 집 앞에 화분이라도 놓아 변화의 물결에 동참하겠다는 사람은 없었다. 변화에 둔감해서가 아니라 변화를 반기지 않는 보통 사람들이 사는 골목이었다. 국제대회를 성공리에 치른 나라의 자긍심과 허영심이 그 골목에 영향을 미쳤다면 진영상회가 진영슈퍼로 바뀐 정도랄까.

그래도 진영슈퍼는 야무지고 실속 있는 가게였다. 불과 20m도 안 되는 거리에 슈퍼라는 말에 걸맞은 현대슈퍼마켓이 있어도 절대 밀리지 않았다. 현대슈퍼는 골목 초입에 있는 데다 매장 규모가 진영슈퍼보다 몇 배 컸다. 게다가 아르바이트 점원까지 둘 정도였는데 말이다.

하긴 두 슈퍼마켓은 서로 방해되지 않을 만큼 성격이 달랐다. 현대슈퍼는 주로 주부들이 이용하는 반면, 진영슈퍼의 주고객은 중학생과 직장인이었다. 학교 후문에서 가까운 진영슈퍼는 등하교 때 한창 먹성 좋은 여학생들이 단골로 드나들었다. 쉬는 시간과 점심시간에도 학생들이 몰려와 닫은 교문 틈새로 손을 뻗어 빵이나 아이스크림 같은 간식을 사곤 했다. 저녁 단골은 퇴근하다 슈퍼 앞 파라솔을 보면 그냥 지나칠 수 없는 애주가들이었다. 고객층이 확실하다 보니, 진영슈퍼는 주부고객까지 욕심내진 않은 것 같았다. 어쩌다 현대슈퍼에서 장을 보고 돌아가다가 빠뜨린 것을 사기 위해 들르는 주부가 더러 있었지만, 양쪽 슈퍼마켓의 손님은 약속이나 한 듯 자신의 단골가게만 찾았다.

나는 진영슈퍼의 단골이었다. 두 슈퍼마켓의 중간 위치여서 어느 쪽을 가든 상관없었지만, 현대슈퍼 출입문에서는 우리 가게가 보이지 않았기 때문이다. 선물의 집과 대각선에 있는 진영슈퍼에서는 우리 가게 문에 달아놓은 요령 소리가 들려서 금방 달려갈 수 있었다. 학교 앞 구멍가게라는 것도 내 정서와 맞았다. 현대슈퍼에는 없는 쫀드기를 사서 질겅거리는 재미도 한몫했다.

무엇보다 진영슈퍼가 발길을 끈 이유는 주인 때문이었다. 진영슈퍼는 부부가 운영했는데 낮엔 아주머니가 장사했고, 밤엔 고등학교 교사인 아저씨가 퇴근 후에 가게를 보았다. 아저씨가 국어선생이라는 것을 알고는 학창시절 내내 문예반이었던 나는 무턱대고 호감이 생겼다. 뭔가 달라도 다를 것 같았다. 지적 분위기를 기대했다고나 할까. 잡화점과 지적 분위기가 어울리기나 하는 말인지 생각할 것도 없이 처음 느낌이 그랬다.

그러나 학교 밖에서 만난 국어선생님은 그저 대한민국 평균적인 40대 가장이었다. 스킨로션 같은 건 바른 적 없는 듯 부스스한 얼굴에 퇴근과 한잔을 동일시하는 직장인. 거무스레한 낯빛과 배꼽 아래 허리띠를 걸친, 어디서도 볼 수 있는 아버지 중의 한 사람이었다. 어쩌면 아저씨가 저녁 장사를 하는 이유는 술잔을 앞에 놓기까지의 절차가 간편하다는 장점 때문인지도 몰랐다. 함께 마실 사람을 정하고, 술집을 고르고, 술의 종류를 택해야 하는 번거로움을 일시에 해결할 수 있었으니 말이다. 가게 앞 파라솔에 앉아 있기만 해도 매일 새로운 술친구가 생기는 것도 플러스였을 터.

내가 자정 가까운 시간에 가도 아저씨는 시종일관 같은 표정에 같은 자세였다. 술 취한 손님이 횡설수설해도 묵묵히 들어주었고, 과음한 모습을 보이지 않았다. 때론 만취한 손님이 무례하게 굴어도 큰소리내는 것을 본 적이 없었다. 교사라는 직업과 선비 같은 태도 때문에 손님들이 알아서 조심하는 분위기였다고나 할까. 나도 아저씨를 보면 학생들처럼 깍듯이 인사했다. 내가 기대했던 지적 분위기는 그 정도면 족했다.

그에 비교해 아주머니는 종잡을 수 없는 분위기의 여인이었다. 첫인상이 새초롬하고 얌전해서 교사의 아내답다는 생각이 먼저 들었다. 고상하고 교양 있는 여인. 40대지만 군살은커녕 지나칠 정도로 마른 체형에 목이 가늘었다. 장사와는 전혀 어울리지 않아 보였다. 집에서 화초에 물을 주거나 예쁜 앞치마를 두르고 주방에서 일하거나 외출할 땐 꽃무늬 치마에 양산을 들고 택시를 잡는 모습이 어울릴 것 같은 여인이었다. 그런 여인이 소주 상자를 세고 어린 학생들에게 예, 예하는 모습이 짠해보이기까지 했다. 어쩐지 모양은 그대로지만 제 빛을 잃고 시들기 시작하는 꽃을 보는 기분이었다.

슈퍼 아주머니는 아주머니대로 나를 딱하게 본 모양이다. 장사 경험도 없는 젊은 엄마가 아이를 데리고 새벽시장에 갔다오는 것을 보면 동생처럼 안쓰럽다 했다.

“오늘도 진상한테 당한 거야? 사간 지 한참만에 막무가내로 반품하겠다면 어쩌라는 거야? 내가 확 덤벼주고 싶다.”

내가 간혹 하소연하면 가는 팔목 위로 소매를 걷어붙이며 편을 들어주기도 했다. 아주머니와 한바탕 웃고 나면 언니처럼 의지가 되었다. 그럴 땐 늘 기운 없어 보이던 아주머니에게 생기가 도는 것 같았다.

하지만 사이가 가까워지고 난 다음부터 아주머니가 언제 생기가 도는지 알게 되자 오히려 당혹스러워지기 시작했다.

상아가 과자를 사러갔다가 슈퍼에서 오래 놀고 있기에 데리러갔을 때였다.

“상아 아빠가 잘해주지?”

“네, 그럼요.”

“그럴 거야. 목덜미가 두툼하니 두꺼비 상이니까.”

알아들을 수 없는 말을 하면서 묘한 웃음을 짓는데 눈에 도는 생기가 낯설기까지 했다.

“밤중에 애가 칭얼거리면 먼저 깨서 재워요.”

“애만 잘 재우겠어?”

"네?"

"뭘 모르는 척하고 그래? 다 알 만한 나이에…."

순간 달라진 눈빛이 불편해서 여느 때처럼 오래 머물지 않고 돌아왔다.

영희, 지수와의 마감 맥주 타임.

낮에 봤던 아주머니의 눈빛이 생각나 이야길 꺼냈다.

그 말에 지수가 손뼉까지 치면서 크게 웃었다. 영희는 나처럼 눈을 끔벅이며 지수가 웃는 이유가 궁금해 무릎걸음으로 다가갔다.

"상아 아빠 점수 잘 받았네."

앞뒤 없이 던진 지수의 말에 영희와 나는 더 아리송해졌다.

"점수? 무슨 점수?"

영희가 다음 말을 재촉했다.

"밤일 잘하나 못하나 하는 점수 말이야."

"얘는, 무슨. 아줌마랑 그런 말을 왜 해?"

생각지 못했던 말에 내가 펄쩍 뛰자 지수는 더 큰소리로 웃었다.

"몰랐어? 선녀보살 아래 마녀보살 있다는 거?"

진영슈퍼 이층은 '선녀보살'이라는 점집이었다. 선녀가 슈퍼에 자주 드나들어서인지 아주머니도 남의 관상을 보고 알아맞히는 재주가 있다고 했다. 그게 사실인지 몰라도 아주머니는 그날 밤 자신에게 '마녀보살'이라는 별명이 생겼다는 것은 꿈에도 몰랐을 것이다. 지수는 왜 마녀보살이라고 했는지 설명하기 시작했다.

"두꺼비 상이라고 했다며? 힘이 좋다는 얘기지."

"야, 듣기도 싫다. 목 짧은 남자라는 소리가 뭐 좋다고."

"아냐, 근거 없는 소리 아니라니까. 울 신랑은 목이 가늘잖아? 힘 읍써."

지수와 주거니 받거니 흰소리를 하는 끝에 영희가 한숨을 얹었다.

"모가지가 가늘어도 좋고 굵으면 더 좋고. 남자 구경이나 해봤음…."

그날은 낮부터 밤까지 19금의 연속이었다.

새초롬한 아주머니의 취미가 남의 성생활 탐구였다니. 평소엔 한여름 땡볕에 축 처진 채소 같던 아주머니의 남다른 취향을 알게 되자 꽃 같은 이미지가 금세 시들고 말았다.

그러나 나 또한 고상한 여자라고는 못하겠다. 점점 더 아주머니가 은근한 목소리로 전하는 소문에 귀를 대는 횟수가 잦아졌으니까. 중학교 때 몰래 읽었던 『선데이 서울』이나 『주간 경향』 하고는 급이 다른 흥미롭고 짜릿한 것들이었으니 말이다. 더구나 소문의 당사자가 우리 가게에 와서 물건을 고를 땐 주간지 속의 A양과 B군을 실물로 보는 것만 같았다. 차마 얼굴을 똑바로 볼 수가 없었다.

아주머니는 내 남편의 능력을 높이 평해준 것에 만족해한다고 믿었는지, 자주 눈빛에 생기를 모았다. 촉촉하다 못해 번들거리는 물기로 채워지는 아주머니만의 생기. 어느 날 때가 되었다는 듯 말문을 열었다.

"학교 정문 쪽 유리가게 있지? 그 집 남자가 어떤 여자네 집에 가서 일하고 와서는 세상 희한한 데다 거울을 붙여주고 왔다지 뭐야?"

"희한한 데다 거울을 붙여요?"

내가 당연히 물어볼 것이라고 예상한 듯 바로 말을 이었다.

"안방 벽 사방과 천장에 거울을 달아달라고 했대."

"왜요?"

"또, 또 모른 척한다. 왜겠어?"

아주머니의 화술은 그런 식이었다. 궁금증을 유발해놓고는 바로 풀어주는 법이 없었다. 모른 척한다고 반격을 하면 알아내기 위해서 있는 지식, 없는 지식을 총동원해야 했다. 왜이겠냐고 물으면 또다시 이유를 알기 위해서 머리를 써야 했다. 그 답은 고전이나 베스트셀러에서 구할 수 있는 지식으론 어림없었다. 오히려 어렸을 때 친구들과 몰래 본 성인만화나 비디오 가게에서 검은 봉지에 담아온 테이프에서 구할 수 있는 답이기 십상이었다.

성적 판타지가 충만한 40대 아주머니는 그렇게 제자 하나를 키우게 되었다. 일 선생 일 제자의 맞춤형 진영스쿨이라고나 할까. 학교에서 배운 성교육이 이론적이고 모호했다면 진영스쿨의 수업은 실제 사례를 들어서 진행하는 방식이었다. 그럴 때 눈치 빠른 학생이 질문해야 하는 대목.

"그게 누구네 집이래요?"

학생이 수업에 열중하는 자세를 보이자 선생은 신이 났다. 입 한번 다시고 잠시 뜸 들였다가 천천히 말했다.

"항상 올림머리하고 다니는 여자 있잖아. 눈에 퍼렇게 화장하고 치렁치렁한 치마만 입는 여자."

"아, 그 여자? 아줌마랑 나이 비슷해 보이던데."

"무슨 말이야, 나보다 더 먹었지. 화장을 두껍게 해서 그렇지, 쉰은 돼 보이던데."

"더러 개량 한복도 입고 다니길래 고전무용 하는 분인가 했죠."

나도 자주 본 여인이었다. 골목에서 그 여인만큼 화장을 짙게 한 사람은 없었다. 주인집 여자도 파운데이션은 두껍게 바르는 편이지만 색조 화장은 눈에 멍들었을 때만 진하게 했다. 그러나 그 여인은 인조 속눈썹에 마스카라까지 몇 겹 칠하고 눈썹과 콧대 사이에 음영을 주고 입술을 정교하게 그려서 늘 무대 화장을 한 것처럼 보였다.

"고전무요옹? 어디를 봐서? 한복 비스름한 거 입으면 다 무용하는 여자야?"

'무요옹' 하고 길게 뽑는 것을 보니 가르칠 게 많은 제자가 마음에 드는 모양이었다. 내가 잘못 짚은 덕에 이야기를 더 풍성하게 풀 수 있다는 자신감이 붙은 목소리로, 단정지어 말했다.

"딱 봐도 술집 마담이지."

그러고 보니 올림머리 여인은 대개 오후에 우리 가게 앞을 지나 시내 쪽으로 갔다. 놀이터 위쪽 동네에 사는 것 같았다. 진영슈퍼와 장미미장원까지가 골목상가였고, 미장원을 지나서 놀이터 위쪽 동네는 주택가인데, 대부분 다세대주택이었다. 여인이 놀이터 쪽으로 올라가는 것을 몇 번 본 적이 있었다. 거의 자정이 훨씬 넘어서였다. 슈퍼 아주머니 말이 맞는 것 같기도 했다.

"언젠가 보니까 청년이랑 가던데. 아들인가?"

술 취한 여인을 청년이 부축해서 가는 것을 본 적이 있었다. 시내 쪽으로 나갈 땐 허리를 꼿꼿이 세우고 단정한 자세로 걸어서 무용하는 여인이려니 했지만, 늦은 시간에 본 모습은 몸을 가누지 못할 정도였다.

"봤어? 봤어?"

아주머니가 연달아 물었다. 그러더니 깔깔 웃었다.

"고전무용에 아들까지. 상아 엄마도 참, 사람 볼 줄 모른다.

그렇게 눈치가 없어서 무슨 장사를 한다고 해? 아들은 무슨, 애인입니다요."

"예에? 잘해야 스무 살 중반밖에 안 보이는 청년이던데. 쉰다 된 여자가 어떻게 아들 같은 남자랑 연애해요?"

"안 될 건 뭐 있어? 늙은 남자들도 어린 여자만 찾는데. 나이 든 여자는 젊은 남자 좋아하면 안 된다는 법 있나? 암튼 그 여자가 보통 아니긴 해. 반 년에 한번꼴로 애인이 바뀌니 말이야. 그 여자 별명이 '영계 킬러'란다."

두 사람밖에 없는데도 귀를 당겨 덧붙였다.

"색녀야, 색녀."

귓속으로 훅, 뜨거운 바람이 들어왔다. 목소리가 하도 낮아서 귀에 대고 숨만 한번 쉬었을 뿐 소리를 낸 것 같지도 않았다. 동시에 내 머릿속에 '영계 킬러', '색녀'라는 단어가 입력되었다. 진영스쿨에서 무상으로 지급되는 성교육 노트는 의지와는 상관없이 자동필기 되는 마력이 있었다. 나의 위대한 마녀 선생님!

그러더니 다시 유리가게 남자에게 들은 이야기를 했다.

"나도 그저 술집 마담이 젊은 애인하고 사나 보다 했지. 어디 사는 줄도 모르잖아. 그런데 다세대주택에 세 들어 산다더라. 방 가운데 삐까뻔쩍한 침대 하나가 떡하니 차지하고 있더래. 나 참, 셋방 사는 주제에 침대라니. 침대를 둘러가며 거울을 붙이고도 모자라 천장까지 붙여주고 와서는 흉을 보더라. 딴 때

같으면 거울을 많이 팔았다고 좋아할 남자가."

그 방을 상상해보니 에로틱한 영화의 세트장과 다를 게 없을 것 같았다. 그쯤에서 수업의 진도를 높일 겸, 더는 무슨 말인지 모르겠다는 표정을 거두는 게 학생의 바른 태도일 것이다.

"천장까지 거울 다는 게 비위 상했나 보죠. 아주 영화를 찍을 작정인가 보네."

그러다 아무래도 셋방에 침대는 무리라는 현실감각이 살아나 다시 물었다.

"웬만큼 사는 집 아니면 침대 있는 집 없는데, 돈은 좀 있는 여잔가?"

그러나 아주머니에게 현실은 침대가 아니라 거울이었다. 감독도 없이 배우들만 열연했을 어떤 영화, 그것을 담을 스크린이 거울일 터였다. 아주머니의 눈동자는 꿈꾸듯 허공을 헤맸다. 그러곤 자기 생각까지 더했을 법한 대답을 했다.

"유리가게 남자 눈에는 그 방이 아방궁으로 보였는지도 모르지. 돈 벌고도 심사가 꼬인 걸 보니."

하루도 지나지 않아 적어도 세 사람이 올림머리 여인의 성적 취향을 알게 되었다. 다음날이면 다섯, 아니 그 이상의 사람들이 알게 될지도 모를 일이었다. 문득 그 여인의 남자가 궁금해졌다.

"근데 젊은 남자가 진짜 사랑해서 같이 사는 걸까요?"

"사랑은 무슨…. 백수 녀석들이 나이든 여자 비위나 맞추면서 용돈 좀 타쓰다가 싫증이 나면 떠나는 거지. 어느 땐 호리호리한 놈이랑 팔짱 끼고 가는 것을 봤는데, 몇 달 후엔 어깨가 떡 벌어진 운동선수 같은 놈이랑 허리를 두르고 가더라. 녀석들이 일 년도 안 돼 가버리는 모양이야. 가끔 혼자 와서 소주와 담배를 사가는데, 손에서 늙은 티가 나. 그걸 보니 짠하기도 해. 저 나이에 술집 마담은 얼마나 할 수 있을까 싶고, 그렇게 벌어서 젊은 놈들에게 퍼주면 늙어 어찌 살까 싶기도 하고."

아주머니는 말하는 동안 방향을 잃은 것 같았다. 호기심으로 시작한 이야기가 연민과 걱정으로 이어지고 있었다. 픽션이라면 일관성 있게 밀고 나가야 하는데 논픽션이다 보니 자꾸 감정이입이 된 것 같았다. 나도 침대니 거울이니 하는 배경보다 주인공인 여인에게 마음이 쓰였다.

"그러게요. 듣고 보니 영화 같은 얘기네요. 첨 들을 땐 포르노 여주인공 같았는데 아줌마 말처럼 안 됐단 생각도 들고요."

우리는 어느새 시작과는 상관없는 이야기를 하고 있었다.

"여기 있으면 극장 갈 필요 없어. 옛날에 〈별들의 고향〉이나 〈영자의 전성시대〉 보면서 많이 울었는데, 어느 땐 경아나 영자의 몇 십 년 후 모습을 여기서 보는 것 같다니까."

"전 그때 미성년자라 못 본 영화지만 아주 유명했죠."

"내 또래 중엔 영자처럼 시골에서 상경해서 식모살이하거나 공순이나 차장이 된 친구들 많아. 그 중엔 술집으로 흘러간 애들도 꽤 있고. 우리를 전후세대라고 하잖아."

올림머리 여인을 영계 킬러라며 깔보고 말할 때와는 사뭇 다르게 누그러진 목소리였다. 이야기는 전후세대 쪽으로 흘러가기 시작했다.

"상아 엄마만 해도 고등학교 못 나온 친구들이 많지 않겠지만 우리 땐 국졸밖에 안 되는 친구들도 많았어. 그러니 70년대에 나온 영화들이 고달프고 비참하게 산 여자들 얘기가 많지. 영화는 현실을 바탕으로 하는 거니까."

"그러니까 진영 아줌마는 그 킬런지 색년지 하는 아주머니가 현실판 영자로 보인다는 거죠?"

"배운 것도 가진 것도 없는 여자가 돈벌이하겠다고 나섰을 땐 세상이 그리 녹록했겠어? 남자들도 당하고 실패를 거듭하면서 겨우 발붙이는 세상인데. 여자에겐 더 큰 올가미가 기다리고 있겠지. 제일 먼저 빼앗기는 게 뭐겠어? 한번 몸을 버리면 포기하고 그걸 밑천삼아 사는 여자들도 많았으니, 어쩌면 그런 사연이 있을까 싶은 거지."

"설마요?"

"물론 다 그렇다는 건 아니야. 그래서도 안 되고. 방직공장, 부품공장에서 코피 흘리며 일해서 동생 뒷바라지한 누이들도 많았지. 만원버스에서 오라이하던 차장들도 좀 많았어? 그러나 버스에서 떨어져 장애인이 돼도 하소연할 데가 없었지. 좌절해서 어두운 세상으로 흘러간 여자들도 그만큼 많았다는 얘기야."

이야기하다 보니 아주머니가 달리 보였다. 처음으로 아주머니가 어떤 사람인지 궁금해졌다. 슈퍼마켓 주인이 아닌 전후세대에 태어난 한 여자의 삶이.

"아줌만 그래도 좋은 환경에서 사셨네요?"

"굳이 비교하자면 그렇지만…. 사람이 아래를 보나, 위를 보니까 항상 불만인 거지."

아주머니는 한숨 비슷하게 낮은 숨을 쉬었다.

"맨날 가게나 지키면서 바깥 구경도 못하고 살지만 나도 한때는 문학소녀였고 남편도 문청이었어. 우리가 독서클럽에서 만났다고 하면 거짓말 같지? 지금은 소설책 한 권 읽을 시간도 없고, 이젠 읽어도 재미없을 것 같아. 여기서 보는 게 다 소설이고 영화니 말이야."

아주머니의 여학생 시절을 상상하는 것은 어렵지 않았다. 마르고 가냘픈 몸매에 교복을 입히고 얼굴의 주름살만 지우면, 시집을 읽고 있는 여학생이 금방 그려졌다. 애주가로 세월을 보내느라 많이 망가진 아저씨 모습을 보정하는 것이 좀 어려웠다. 하지만 나는 그래야만 할 것처럼 머릿속으로 부지런히 아저씨의 얼굴을 '뽀샵'해보았다. 잠시 후 하얀 교복을 입은 소녀에게 다가가는 청년이 그려졌다. 형형한 눈빛, 맑은 피부에 호리호리한 청년이 소녀의 어깨에 가만히 손을 올리는 장면이. 그제야 막연히 기대했던 지적 분위기가 수면 위로 떠오르는 것 같았다.

그러나 겨우 탔던 타임머신은 얼마 못 가 현실로 돌아오고 말았다.

"아줌마, 팔팔 한 갑 주쇼."

손님이 담배를 찾자 벌떡 일어나는 아주머니 손에 시집이 들려 있을 리 없었다. 나 또한 마찬가지였다. 우리 가게 문에서 요령 소리가 들렸다. 지체했다간 손님을 놓칠까봐 달려갈 수밖에.

학교 앞 진영슈퍼. 쉬는 시간에 종이 울리면 교문으로 달려오는 학생들에게 10분 동안 반짝 장사하기 위해서 빵과 우유, 아이스크림을 담은 바구니를 들고 뛰어가는 아주머니. 방학 때 빼고는 매일 보는 그 풍경이 같아서 어제 봤던 모습을 오늘도 보고 내일 또 볼 것이 뻔했다. 그 지루한 시간을 보내면서, 아주머니는 골목 동네 사람들 이야기로 소설 읽기를 대신 하거나 혹은 상상을 더 해서 영화를 찍는 것인지도 모를 일이었다.

그것이 삼류소설이든 B급 영화든 나는 기꺼이 아주머니의 독자이며 관객이었다. 그 소설과 영화는 리얼 100프로였고 허구가 넘볼 수 없을 만큼 훨씬 재미있고 궁금했기 때문이다. 3D

영화가 들어오기 훨씬 전이었는데도 골목 동네에서는 매일 상영하는 입체영화를 특수안경 없이 맨눈으로 볼 수 있었으니 말이다.

# 2

# 보고 싶지만
# 찾지 않기로 했다

# 진짜 철수가 나타났다

학교가 개학을 하면 문방구가 제일 바쁘긴 하다. 여름방학 동안 한가했던 문방구는 개학과 함께 분주해지기 시작했다. 등하교 시간에는 문구류를 팔고 틈틈이 배달온 물건들을 받느라 종종걸음인 영희하고 얘기를 나눌 새가 없었다. 그렇지만 일주일에 서너 번은 만났던 '퇴근 후 맥주 타임'에도 점점 발길이 뜸해진 것은 전에 없던 일이었다. 아무리 힘들고 지쳐도 셋이 만나 한잔하면서 이야기 나누는 맛에 산다던 영희였다. 우리가 잘 먹는 게 보기 좋아서 야식 만드는 것도 신이 난다던 영희였다. 우리가 자주 만났던 것도 영희가 먼저 불렀기 때문이었다. 그러던 영희가 피곤하다, 바쁘다는 이유로 일찍 셔터를 내린 후엔 얼굴을 비치지 않았다. 처음엔 아픈 게 아닐까 걱정했지만, 낮에 본 영희는 여느 때보다 더 활기차 보였다.

"아무래도 수상하지?"

"무슨 일 있는 것 같지?"

지수와 나의 관심은 영희에게 쏠렸다.

"언제부터일까?"

"여름방학 땐 잘 만났잖아? 아, 휴가 다녀오고 나서 좀 달라졌다."

"그래, 며칠 동해안에 갔다왔지?"

우리의 추적은 영희가 방학 때 휴가 다녀온 것까지 좁혀졌지만 그 이상은 알 길이 없었다.

"안 되겠다. 날 잡아 심문하자."

그렇게 모처럼 셋이 뭉친 날이었다.

"요즘 골목에서 정훈 엄마 혼자만 바빠."

"그야 개학을 했으니까."

영희는 슬쩍 넘어가려고 했다.

"얼렁뚱땅 넘어가려고 하지 마. 문방구는 해 지면 한산해지는 걸 누가 모를까봐."

"그러게. 우리야 퇴근하면서 들르는 손님들 때문에 바쁘다만 문방구는 학생들 하교하면 손님도 별로 없잖아."

"요즘 뭐 다른 일 해? 투잡?"

"밤에 알바로 하는 일 있음 우리도 같이하자. 만나서 노닥거리느니 인형 눈이라도 다는 게 낫지."

지수와 나는 기자회견이라도 하듯 질문 공세를 퍼부었다.

"아니야, 일은 무슨…."

영희가 발뺌하자 지수가 이번엔 어설프게 수사관을 흉내내며 말했다.

"똑바로 말하세요. 지난 여름방학 때 무슨 일 있었던 거 다 알아요. 거짓말은 안 통합니다."

"흠, 보아하니 나쁜 일은 아닌 것 같고. 표정도 전보다 밝아 보이고, 일할 때 보면 힘이 넘쳐 보이던데. 좋은 일이면 감출 필요가 있나? 우리 사이에."

나도 지수의 파트너처럼 부추겼다.

영희는 졌다는 듯 우리 앞에 놓인 맥주잔을 채웠다.

"여행 갔다가 남자를 만났어."

뜻밖의 실토에 지수와 나는 눈을 동그랗게 떴다.

"나암자아?"

동시에 외치듯 묻자 영희가 새쭉한 표정을 지으며 대답했다.

"왜? 난 남자 만나면 안 돼? 남편도 없는데 바람피우는 것도 아니고."

맞는 말인데 그 대답은 예상하지 못했다. 영희는 이사온 후 거의 문방구를 비운 적이 없었다. 어쩌다 친정에 다녀오는 것 외에는 휴일도 없이 문방구를 열었다. 영희의 일상은 늘 뻔했다. 그랬던 영희가 모처럼 3박 4일 여행을 갔을 때, 우리는 영희가 오랫동안 골목을 비운 것처럼 허전했다. 그렇더라도 그 짧은 기간에 남자를 만났을 거라곤 미처 생각 못했다.

영희에게 좋은 남자를 만나 다시 시작하라고 했던 우리가 놀란 표정을 지은 것이 순간 미안했다. 지수와 나는 심문을 하느니 하면서 설치던 때완 달리 금방 꼬리를 내렸다.

“아, 이런 경사가 있나. 우선 축배부터 들자.”

셋이 잔을 내려놓을 때쯤, 영희는 그날의 주인공이었다. 결혼하여 선택의 여지없이 한 남자만 바라보고 살아야 하는 지수와 나에겐 아직 연애할 수 있는 영희의 자유가 눈부셨다.

“정훈이 데리고 친구와 동해안에 가기로 했는데, 그 친구가 아는 동생이 차를 가지고 오기로 했다는 거야. 여자들끼리 배낭 메고 가면 도착하기도 전에 지친다면서.”

“오, 연하의 남자가 승용차로 모시겠다고 한 거야?”

“연하는 맞는데. 승용차는 아니고 트럭을 타고 왔더라. 세 살이나 어리다니 동생처럼 편했지.”

“그래서, 동생이 언제 남자로 보였는데?”

그때만 해도 연상연하 커플이 그리 많지 않았기 때문에 어리다는 말에 약간 실망하고 있었다.

“남자 하나 끼니까 여러 모로 편하더라. 무거운 짐도 척척 나르고 밥도 짓겠다고 나서고. 보디가드가 있으니까 무섭지도 않고.”

“그 남자가 언제 정훈 엄마에게 사인을 보낸 거야?”

"그게…. 그 남자 마음을 모르겠더라고. 돌아오기 전날인데, 시간이 지금밖에 없다고 생각하니까 초조해졌어. 친구가 잠든 새 밖으로 나왔지. 민박집 툇마루에 앉아 있자니, 옆방에서 카세트 소리가 들리는 거야. 그 남자가 안 자고 있었던 거지. 나는 카세트에서 나오는 노래를 무심결에 따라 불렀지."

"무심결 같은 소리하고 있네. 먼저 나 여기 있소 하고 광고를 했구먼."

"글쎄, 나도 내가 왜 그랬는지 몰라."

그래서 두 사람은 밤바다를 보러 나갔고, 모래사장에 앉아 별을 보았고, 진한 키스를 나누었고. 마침 영희의 손엔 민박집 이불이 들려 있었고, 두 사람은 누가 먼저랄 것도 없이 트럭 짐칸에 이불을 깔았고…. 그리고 영희는 그날 처음 여자가 되었단다. 남자의 등뒤로 펼쳐진 밤하늘의 무수한 별들이 영희의 눈으로 쏟아져 뜨거운 눈물과 함께 흘렀다고….

영희의 이야기가 이어지자 우리는 입을 다물었다. 결혼했었고 아이까지 낳았으면서도 그날이 첫 경험 같았다는 영희의 말에 조금 전처럼 놀릴 수가 없었다.

"짠 하자! 축하해. 진정한 여자가 된 거."

언젠가 나타나리라 했던 영희의 '철수'가 드디어 나타난 것일까.

그동안 밤에 남자를 만나느라 우리와의 모임이 소원했던 것도 섭섭할 일이 아니었다. 그 후로 밤에 문방구에서 멀찍이 떨어진 곳에 세워놓은 트럭을 몇 번 보았다.

영희의 철수가 어떻게 생겼는지 무슨 일을 하는 사람인지 궁금한 가운데 시간이 흘렀다. 영희는 철수가 다녀간 다음날이면 얼굴이 함빡 피어 나타났다. 가뭄에 시들어가던 꽃이 비를 만난 듯. 영희는 그리 입이 무거운 여자가 아니었다. 우리에게 말하지 않았던 얼마간 어떻게 참았나 싶게, 입만 열면 그 남자 이야기였다. 한창 물오를 나이에 맛본 운우지정에 빠져 헤어나지 못했다.

그러다 드디어 그 남자를 보았다. 영희의 말을 들으며 마음껏 상상했던 드라마틱한 주인공, 철수.

영희와는 너무도 대조적인 남자. 영희의 얼굴은 동그란데, 남자는 길쭉했다. 영희의 피부는 희고 투명한데 남자는 검고 칙칙했다. 살집이 있어 푸근해 보이는 영희와는 달리 마르고 왜소했다. 왕방울만 한 영희의 눈에 비교하면 반도 못미치는 가로로 찢어진 눈, 붉고 촉촉한 영희의 입술에 거무튀튀한 저 입술이 포개졌다니…. 남자를 스캔하는 0.1초 동안 나는 벌써 고개를 젓고 있었다. 종합적으로 대한민국 표준 남자에 한참 못미치는 얼굴이었다. 더 간단히 말하면 못생긴 남자.

밤바다에서 파도 소리를 들으며 쏟아지는 별빛 아래 사랑을 나누는 배경과 이불까지 들고 나선 영희의 과감한 행동으로 한껏 드라마를 찍었던 내게 갑자기 풍선에서 바람 빠지는 소리가 들렸다.

게다가 얼마 후 알게 된 남자의 직업도 변변찮았다. 액세서리공장에서 은세공하는 남자라고 했다.

지수와 나는 영희가 빠진 자리에서 말을 주고받았다.

"영희가 그렇게 남자 보는 눈이 없는 줄 몰랐다."

내가 먼저 입을 떼자 지수도 맞장구쳤다.

"그러게 말이야. 동네 남자들만 해도 그런 인물은 없는데."

"이 골목 남자들이야 평균 이상이지. 우리 집 주인 남자나 애니메이션 작가만 해도 배우 뺨치는 얼굴이지. 그뿐이야, 네 남편은 여간 세련된 게 아니잖아. 하다못해 채소가게 아저씨도 젊었을 땐 아가씨들 마음을 흔들었을 얼굴이잖아."

"그러는 자기 남편은?"

"겸손하게 말하자면 평균을 깎아먹을 정도는 아니지."

한참을 방향 없이 떠들다가 누가 먼저랄 것도 없이 한숨을 쉬었다.

"인물은 그렇다 치고 직업도 시원찮은 것 같던데."

"공장 일 한다잖아. 얼굴빛이 칙칙한 것으로 봐서 건강해 보이진 않았어."

"영희는 그 남자의 어디가 좋은 걸까?"

"젊은 나이에 혼자 살다보니 외로움에 지친 게지."

"혹시 그 남자가 그걸 노린 거 아닐까? 젊고 돈 있는 이혼녀인 줄 알고 일부러 접근한 건 아닌지 몰라."

거기까지 말하다 보니 그럴 것도 같았다. 뒤늦게 여행에 합류한 것부터 수상했다. 영희에 대한 정보를 듣고서 작정하고 유혹한 것일지도 모를 일이었다. 작지만 문방구 수입이 짭짤하다는 것과 이혼한 지 3년 되었다는 것을 알고는 미끼를 던져본 것일지도. 월척은 아니라도 손해볼 게 없다는 계산으로.

"생각할수록 괘씸하네. 뭐 하나 내세울 것 없는 공돌이 새끼가 달랑 방울 두 개로 밀고 들어온다 그거지."

지수의 거친 입담이 터졌다.

"영희가 딱하네. 순진해 빠져서. 꽤나 좋아하는 것 같던데. 앞으로 어쩔 셈인지."

"걱정이다. 저러다 놈에게 몸 바쳐 돈 바쳐 하는 건 아닐지."

영희가 사랑해마지않는 남자는 우리에겐 위험한 놈팡이에 지나지 않았다.

그걸 영희가 눈치채지 못할 리 없었다. 결국, 세 사람 사이에 금이 가고 언성을 높이는 일이 벌어지고 말았다.

"너희들 요즘 이상해. 둘이 자주 쑥덕거리는 걸 보면 뒤에서 내 얘기하는 거 맞지?"

영희가 정색하며 물었다. 내가 어떤 말로 풀어갈까 생각하는 사이, 지수가 말릴 틈도 없이 말했다.

"정훈 엄마는 그 남자가 왜 좋아? 어떤 사람인지 확실히 알고서 시작한 거야?"

"어떤 사람이라니. 나하고 정훈이에게 잘하는 남자라고 말했잖아. 정훈이도 삼촌이라며 따른다고."

"결혼도 안 한 남자가 왜 정훈 엄마 곁에서 얼쩡대겠어? 뭔가 노리는 게 있는 게지."

"뭘?"

"돈 많은 이혼녀에게 비비려는 거 아니겠어?"

"지수, 너 사람을 어떻게 보고 그런 말을 해? 상아 엄마도 같은 생각이야? 그래서 맨날 둘이 내 흉을 본 거야?"

"그게 아니라. 우린 걱정이 돼서…."

내가 우물쭈물 대답한 것이 휘발유가 되어서 영희를 점화시키고 말았다. 말 그대로 영희의 눈은 불길이 활활 타올랐다. 처음 보는 모습이었다.

"너희가 뭔데 내 걱정을 해? 혼자 사는 년이 남자 맛을 보더니 정신나갔다고 했겠구나? 왜? 그러면 안 된다는 법이라도 있어? 너희는 남편 끼고 산다고 재는 거야, 뭐야?"

"무슨 말을 그렇게 해. 정훈 엄마가 너무 기우는 남자를 만나는 것 같아서 걱정하는 건데."

그 말도 불길 앞의 부채질이었다.

"생긴 것도 별로고 돈도 없고, 그래서 기운다는 거지? 그러는 너희는 남편이 얼마나 잘났기에 장사한다고 나선 거냐? 서로 비슷한 처지라 의지가 되려니 했더니, 속으론 혼자 산다고 나를 무시했던 거야?"

자칫 큰싸움으로 번질 뻔한 순간이었다. 왜 남의 남편까지 들먹이냐는 말이 목구멍까지 찼지만, 간신히 참았다. 영희가 느닷없이 다리를 뻗고 울기 시작했다.

"너희에게 할 말 안 할 말 다 하고 살았다, 난. 정훈이 아빠와 헤어지게 된 이유도 말했고. 그게 얼마나 비참한 일인지 이해할 줄 알았어. 지금 만나는 남자가 아무것도 없는 무일푼이라 해도 난 사랑할 자신 있어. 진심이 보이니까. 그게 너희 눈엔 밤일 잘하는 것으로만 보였다면 너희야말로 속물이야."

울고 싶었던 날이 얼마나 많았을까. 속으로 삼켰던 눈물을 한꺼번에 쏟아내듯 영희는 한참을 울었다. 아이를 데리고 골목동네로 들어온 후 한번도 보이지 않았던 영희의 민낯인지도 몰랐다. 늘 밝아보였던 영희가 깊숙이 묻어두었던 어둠을 눈물에 섞어 풀어내고 있었다.

"우리가 밤에 만나고 헤어질 때, 사실은 너희가 부러웠어. 집에 가면 같이 이불 덮을 남자가 있다는 게. 아니, 같이 밥 먹을 사람이 있다는 게 더 부러웠지. 남자가 그립다는 말이 무슨 뜻인지 알아? 체온이, 목소리가 그립다는 거야. 동네 사람들이 혼자 사는 여자들 뒤에서 수군거린다는 거, 그 여자들이 왜 모르겠어? 그래도 남자를 곁에 두는 건 혼자라는 게 두려워서겠지. 난 이제 그 여자들 욕 못해."

그날 영희는 제 생각을 우리에게 확실히 못박았다. 지수와 나는 할 말이 없었다. 이혼 후 처음 남자가 생겼다는 말에 손뼉을 쳤던 우리가 나중엔 조건 따져가며 등을 돌린 건 영희 말대로 속물임을 인정한 것이기 때문이다.

며칠이 지났을까. 영희는 언제 그랬냐는 듯 다시 '맑음'으로 돌아왔다. 한바탕 폭풍이 지나간 다음 높아진 하늘처럼. 영희가 낮에 문방구 셔터를 내리더니 내게 정훈이를 부탁했다. 드디어 낮에도 데이트를 하나 싶어 물었다.

"어디 좋은 데 가기로 했어?"

"아니, 한약방에 다녀오려고. 실은 그 남자가 간이 안 좋아. 납땜을 많이 하다 보니 건강이 좋을 리 없지."

"아이구, 열녀 나셨네요."

내가 밉지 않게 대답하자 영희도 가볍게 받아쳤다.

"그럼요, 젊은 놈 오래 끼고 살려고요."

한껏 멋을 낸 것도 아니고 늘 보던 대로인 채로 골목을 나서는 영희의 뒷모습은 어느 때보다도 환했다. 그 후로 일요일이 되면 영희의 문방구엔 '정기휴일' 푯말이 붙어 있었다. 남자의 트럭은 일요일 아침이면 문방구 앞에서 부릉거렸고, 정훈이를 번쩍 안아 조수석에 앉히는 남자의 팔뚝이 전보다 더 굵어진 것처럼 보였다. 영희의 화사함은 말할 것도 없었다.

영희가 남자와 공식적으로 살림을 차린 것은 내가 골목을 떠난 후였다. 오랜만에 영희를 찾아갔을 때, 문방구가 달라져 있었다. 문방구와 벽을 대고 살았던 안채의 민수 할머니가 이사 가고, 그 벽을 터서 가게를 넓힌 것이다. 영희가 새로운 남자를 만났나 싶게 그 남자도 전에 본 얼굴이 아니었다. 적당히 살이 오르고 검었던 얼굴도 제 빛을 찾았다. 영희의 밥을 먹었으니 그럴 수밖에. 영희가 지수네 가게에 가서 놀자고 했다. 낮엔 손님치다꺼리로 궁둥이를 붙일 새도 없었던 영희에게 들을 수 없던 얘기였다. 어느새 그 남자가 판매를 도맡아하고 영희는 주부가 되어 있었다. 우리 셋은 처음으로 낮술을 마셨다. 그날도 영희가 주인공이었다. 너무도 노골적이지만 들을수록 감칠맛 나는 영희의 이야기에, 결국 지수는 초저녁에 가게 문을 닫았다.

영희가 상기된 얼굴로 말했다.

"정훈이 호적 올렸어. 우리도 서류 마쳤고."

"결혼식도 없이?"

"그이가 식이 뭐가 중요하냐고, 쓸데없이 돈 쓰지 말자고 해서 혼인 신고만 했어."

"와, 짠돌이네."

"그이가 결혼자금으로 모은 돈을 가게 확장하는 데 썼으니 더 조이자는 데 의견이 맞은 거지."

"정훈이 호적은 무슨 말이야."

"실은 정훈이는 호적이 없었어. 얼마 있으면 정훈이가 초등학교에 입학해야 하는데 미룰 수가 없었지. 우리 정훈이가 이번으로 세 번째 성을 바꾼 거 몰랐지?"

"아…. 정훈이는 어때?"

"처음부터 엄마 사는 걸 봐서 그럴까. 그냥 받아들이는 것 같기도 하고. 삼촌이 아빠가 된 게 이상할 법도 한데 묻지를 않아. 그동안 그이에게 정이 들어서인지 아빠 소리도 어렵지 않게 하던데."

그랬으면 됐다 싶었다. 어느 한쪽 기울지 않은 정삼각형이 된 것 같아 다행이었다. 진짜 철수를 알아보지 못하고 의심했고, 속물이라는 욕을 먹었어도 다행이었다.

돌아오며 생각하니 영희에게 가장 잘 어울리는 옷은 앞치마였다. 영희의 앞치마는 한번 입고 말 웨딩드레스보다 오래 눈부실 것이다. 영희가 바란 것도 앞치마 입은 여자로 살고 싶었던 것이니. 그 남자, 제대로 알고 영희를 공략한 것이다.

## 골목 동네 인생극장

진영슈퍼 아주머니가 세운 진영스쿨. 정부의 인가 같은 건 필요 없는 가상 학교였다. 그 학교의 일 대 일 성교육반에 등록한 지 한 해도 지나지 않아, 나는 발군의 학생으로 성장하고 있었다. 청출어람이란 이런 것을 두고 하는 말이 아닐까.

사실 나야말로 아주머니보다 한 수 위였다. 아주머니는 동네 여인들을 관찰하며 자신의 성적 판타지를 키웠을 테지만 나의 학습 범위는 좀 더 폭넓었다. 이미 잡지와 명작소설에 나오는 성애 장면을 읽으며 예술과 외설의 경계를 고심해본 지 오래였다. 삼인방에서 열띤 토론을 하는 주제도 대부분 그런 내용이었다. 알고 보면 하산하고도 남을 제자였다. 그러나 내 정체를 알게 되면 아주머니가 신이 나서 더 휘감아들려 할 것 같았다. 아니 거꾸로 나를 선생으로 모시려고 들지도 모를 일이었다. 그러니 모르쇠로 일관하는 편이 나았다.

나는 성교육반 우등생다운 의심을 하기 시작했다.

'남의 남편 목덜미나 관찰하고 동네 여자 사생활이나 염탐하는 슈퍼 아주머니야말로 색을 밝히는 거 아냐?'

'아저씨가 직장에, 가게에 낮밤 없이 매여 사니 한창 나이에 부부생활이 원만하지 못한 건 아닐까?'

처음 입력된 '영계 킬러'는 여름 한철을 보내자 희미해지기 시작했다. 초복, 중복, 말복 때마다 듣는 영계백숙, 매일 밤 성가시게 구는 모기 퇴치를 위해서 뿌려대는 에프킬러…. 영계 따로, 킬러 따로이다 보니 한 단어로 입력되기에는 힘이 약했다. 그보다는 귀에 대고 숨 불어넣듯 속삭이던 '색녀'라는 단어가 좀 더 강하긴 했다. 그것도 오래 가진 않았다. 그 무렵 〈애마부인〉, 〈빨간 앵두〉, 〈뽕〉 같은 영화들이 속속 비디오로 나왔다. 진영슈퍼 아주머니의 도움 없이도 나는 독학으로 이미 성큼 자란 후였다.

영화만 해도 그랬다.

아주머니가 본 〈별들의 고향〉, 〈영자의 전성시대〉는 1974년, 1975년에 연이어 개봉한 영화다. 그때는 여주인공의 실패한 삶을 통해 부조리한 시대를 고발하려는 사회성이 있다는 평이라도 들었다. 그 정도 수준은 되었다. 그러나 내가 빌린 비디오는 1980년대 나온 영화들이다. 불과 10년도 지나지 않아 주제의식도 없이 그저 벗기고 보자는 식의 포르노에 가까웠다. 여인이 알몸으로 말을 타고 달리는 〈애마부인〉의 포스터가 아찔했던 것도 잠시, 이어지는 〈애마부인〉 시리즈는 여배우의 가슴 사이즈가 36이니 38이니 하면서 자극을 더 해가고 있었다.

그런 시대이다 보니 아주머니가 대단한 정보인 양 귀에 대고 속삭였던 '색녀'라는 단어도 크게 놀라울 게 없었다. 젊은 애인하고 지나가는 올림머리 여인을 봐도 더는 호기심이 일지 않았다. 더구나 남의 사생활이나 취향에 관심을 둘 만큼 내 삶이 그렇게 한가롭지도 않았다.

학생이 숙맥이어야 가르치는 재미가 더할 텐데, 겨우 하나뿐인 학생이 청출어람하여 떠난다면 진영스쿨은 폐교를 해야 할 판. 아주머니는 교사 부인이라는 신분에 맞는 품위를 유지해야 했으므로, 나 외에는 학생을 더 둘 마음은 없는 듯했다. 그러니 학생의 졸업을 늦추려면 좀 더 수위 높은 교재가 필요하다고 생각했는지 모른다.

여름방학을 맞이하여 문방구도 선물의 집도 개점휴업 상태. 낮 동안 교문으로 빵배달을 하던 진영슈퍼도 파리만 날리고 있었다. 그러던 어느 오후였다.

새우깡 한 봉지 사서 나오려는데, 아주머니가 내 팔을 잡았다.

"날도 더운데 맥주 한잔할까?"

처음 듣는 제안이었다. 웬일로 술을 마시자고 하나 의아해하는 순간, 아주머니는 이미 병뚜껑을 따고 있었다. 그 소리는 나를 주저앉히기에 충분했다.

"어젯밤엔 나도 가게에 있었는데 말이지, 우리 아저씨가 선녀보살네 남자와 한잔하더라고. 내가 안에 있는 걸 몰랐는지 그 남자가 울면서 하는 소리가…."

진영슈퍼 이층에 '선녀보살'이라는 점집이 있었지만, 우리 중 누구도 거기서 점을 본 적은 없었다. 슈퍼마켓 간판 위로 보살집 깃발이 나부끼고 간판까지 있어도 딴 세상이나 다름없었다.

선녀보살도 신당에만 있는지 거의 보이지 않았다. 어쩌다 슈퍼마켓에 물건을 사러 내려왔을 때 잠깐 보았지만, 신기 있는 여자로는 보이지 않았다. 갸름한 얼굴과 늘씬한 몸매에 얌전한 걸음걸이여서 잘사는 집 사모님처럼 우아하기까지 했다. 나이는 30대 중반쯤. 쌍꺼풀이 없어도 큰 눈과 오밀조밀한 이목구비가 한복이 잘 어울릴 것 같았다. 무녀복 또한 썩 어울리겠다 싶었다. 단박에 눈길을 사로잡는 미인은 아니지만 볼수록 풍기는 기품이 누구도 함부로 대할 수 없을 것 같았다. 선입견 때문인지 모르지만 분위기가 남달랐다.

나는 한번도 본 적 없는 신당이 궁금했다. 무당들은 꽃과 새를 유독 좋아한다고 한다. 사랑받고 싶고 자유로워지고 싶은 갈망 때문이란다. 그래서 신당에 꽃을 장식하고 새 그림이 많다고 한다. 어떤 무당은 몸 하나 들어가기도 좁은 골방에서 나신으로 웅크려 자기도 한다는 말을 들은 적이 있다. 어머니의 자궁으로 회귀하고 싶은 무의식 때문이라고 한다. 나는 어쩌면 선녀보살의 침실도 그런 골방일 것 같았다. 태아처럼 웅크리고 엄지손가락을 입에 물고 잠들었을 얼굴을 상상해보곤 했었다. 어쩐지 한없이 외로울 것 같은 그 여자….

그런데 진영슈퍼 아주머니가 얘기하고 싶은 것은 선녀보살이 아니라 보살네 남자라는 것이었다. 혼자 사는 게 당연하다고 여겼는데 남자가 있다니 뜻밖이었다.

"선녀보살이 결혼한 여자였어요? 신내림 받은 사람이 결혼해도 되나?"

"내가 언제 남편이라고 했어? 남자라고 했지."

"동거하는 남자가 있다구요? 내연남, 그런 거?"

"기둥서방이라는 게 더 맞을 걸."

"아, 선녀보살에게 기둥서방이 있었어요?"

선녀보살에 대한 신비한 이미지가 깨지는 순간이었다. 동거남, 내연남보다 기둥서방이라는 말이 더 안 좋게 들렸다. 그때까지 기둥서방은 술집 호스티스의 보호자를 자처하면서 빌붙어 사는 건달로 알고 있었던 나는, 선녀보살의 기둥서방이라면 어떤 관계인지 감이 잡히지 않았다. 기둥처럼 든든한 보디가드라는 건지, 불륜 냄새가 짙은 서방이라는 건지…. 왜 그 여인에게 남자가 있다는 말에 크게 실망했는지 모를 일이었다. 선녀보살을 곁눈질하면서 머릿속으로 입혀본 옷 중에 수녀복이나 승려복도 있었기 때문일까. 무슨 이유로 그 여인이 동정녀이길 바랐던 것일까.

깨져버린 이미지 대신 더 강력한 무엇으로 나를 주저앉히지 못한다면 그쯤에서 일어날 생각이었다.

"전혀 몰랐네. 하도 얌전해보여서 혼자 사는 여자인 줄 알았는데."

"야암저언? 하긴 누가 봐도 그렇게 보이지. 나도 첨엔 그랬으니까."

이제는 아주머니가 첫 단어를 길게 끌면 본격적인 얘기에 돌입했다는 신호임을 알고 있었다. 그럴 때 내가 풀무질을 하면 더 효과적이었다.

"근데 기둥서방인가 하는 남자는 왜 울었대요?"

아주머니는 급할 것 없다는 듯 바로 답해주지 않았다. 서울 가는데 수원부터 기어가는 식이었다.

"그 남자가 선녀보살하고 산 지가 10년이 넘었단다. 시골에서 농사짓던 사람인데 돈 벌어오겠다고 올라온 후 한번도 고향에 가질 못했대."

"왜요?"

"벌어놓은 돈도 없이 빈손으로 돌아가려니 염치가 없었겠지. 서울에 와서 되는 일이 없으니까 점이나 보자고 갔다가 선녀보살하고 눈이 맞은게지. 기둥서방 노릇을 한 게 전부인데, 10년 동안 처자식을 몰라라 하고 소식을 끊고 살았으니…."

"그럼 그 남잔 선녀보살과 사랑에 빠져서 가족을 버렸다는 거예요?"

공짜 술을 먹으려면 그쯤에서 순진한 학생인 척해야 선생에게 힘을 실어줄 터. 현실에서는 '사랑에 빠진다'는 말을 한다는 자체가 순진한 거니까.

"글쎄, 그걸 사랑이라고 해야 하나."

드디어 아주머니의 눈에 물기가 촉촉해지고 광채가 나기 시작했다.

'본격적인 이야기는 지금부터구나.'

나는 아주머니 쪽으로 바짝 붙어 앉았다. '사랑'이라는 게 추상적인 거라면 내가 몰랐던 실체가 따로 있을 게 분명했다. 아주머니는 지난 번처럼 목소리를 잔뜩 낮추고 귀에 대고 속삭였다.

"그 여자가 '명기'래. 남자가 명기와 한번 자보면 헤어날 수 없단다."

드디어 아주머니가 비장하게 내놓은 '오늘의 카드'였다.

"명기? 황진이나 매창 같은 기생을 말하는 건 아닐 테고, 무슨…."

"남자들 말로는 밤기술이 보통 여자들하곤 비교할 수 없이 대단한 여자를 명기라고 한다더군. 남자들은 그런 여자랑 한번

자보는 게 소원이라더라."

"그런 여자가 있긴 한가봐요?"

"그렇지, 말하자면 옹녀라고 할 수 있지."

"오옹녀어? 변강쇠와 옹녀, 할 때 그 옹녀?"

나도 아주머니처럼 첫 단어를 길게 끌어보았다. 명기란 말의 뜻을 고전적으로 풀이하니 흥미가 좀 떨어졌다. 그러나 옛날 옛적의 옹녀가 현재, 같은 동네 살고 있다는 것이 다시 호기심을 불러일으켰다. 궁금한 게 한둘이 아니었다.

"어제 아저씨가 그 기둥인가 하는 남자랑 그런 얘길 나누었다는 거죠? 아저씨도 그렇대요?"

"내가 안에 있는 걸 뻔히 아는데 그런 말 하겠어? 나도 쥐죽은 듯 몰래 엿듣기만 했는데."

아주머니가 가게 구석에 웅크리고 앉아 가만히 듣고 있는 모습이 상상되어 웃음이 나왔다. 다음 말을 들어야 하니 선녀보살의 남자를 칭하는 말도 점점 짧아졌다.

"그러니까 그 기둥 씨는 아저씨가 부러워하라고 말을 꺼낸 거네요? 자기가 명기를 차지했다, 뭐 그러면서. 변강쇠 정도의 상남자라는 것도 과시할 겸. 일타쌍피를 친 셈인가?"

"내가 없었으면 우리 남편이 뭐라고 했을까? 남자들은 술 마시면 왜 그런 얘기만 하는지 몰라."

"근데 웃기잖아요. 대고 으스대는 것도 아니고 울면서 그런 말을 한다는 게. 진짜 운 이유가 뭐래요?"

"나이 들어 힘이 전 같지 않으니 선녀보살이 슬슬 싫증내는 모양이야. 알아서 떠났으면 하는 눈친데 어떻게 해야 할지 모르겠다고, 한탄에 한탄을 하더라."

"그래도 선녀보살이 한 남자와 10년을 살았으면 순정은 있었을 텐데…."

"순정 때문이 아니라 신을 모시는 몸이니까 함부로 할 수 없다더라. 그래서 한 남자를 택한 거겠지. 어쨌든 선택받은 남자는 세상없는 경험을 했으니 집도 마누라, 자식도 다 잊어버리고 도낏자루 썩는 줄 모르는 신선놀음이었겠지."

"그게 사실이면 현대판 변강쇠와 옹녀네요. 둘이 아주 장승배기 가서 살면 딱이겠네. 아니다, 장승 찍어다 땔감을 한 변강쇠 잡으려고 장승들이 모였다는 데니까 거긴 얼씬도 하면 안 되겠다."

본 적도 없는 선녀보살의 남자가 〈변강쇠〉 시리즈의 배우들을 닮았을 것 같았다. 〈변강쇠〉는 남자 주연을 바꿔가며 3년 동안 해마다 개봉한 영화다. 세 편 다 남자 배우가 웃옷을 입은 걸 본 적이 없었다. 넓적한 등판으로 스크린을 가득 채웠던 장면이 떠올랐다. 나뿐 아니라 진영슈퍼 아저씨, 아주머니도 영화의 한 장면을 상상했을 것이다. 다만 주연 배우가 선녀보살과 기둥서방으로 바뀌었을 뿐.

순간 내가 왜 이런 이야기에 빠져 있나 싶은 생각이 들었다. 아무리 신비한 이미지가 깨졌다고는 하지만 선녀보살을 그런 식으로 상상하는 것은 모욕을 주는 일이었다. 더구나 전날 남자들이 나누었던 이야기는 부부 사이라면 절대 밖으로 새나가지 않았을 비밀이 아닌가.

"아줌마, 모든 게 그 기둥 씨가 한 말이잖아요? 어딘지 뻥튀기 냄새가 너무 나지 않아요? 진짜 10년이나 같이 살았으면 그렇게 말하면 안 되지."

"남의 안방 사정을 누가 알겠어? 어젠 그 남자가 어찌나 실감나게 말하던지 정말 그런 줄 알았지."

"아, 이 골목은 왜 그래? 색녀도 모자라 변강쇠에 옹녀까지. 이건 완전히 음란지대네. 그런데 아저씬 뭐래요?"

"지금이라도 정신 차리고 돌아가서 부인한테 잘하라고 하지."

"아저씨도 참. 너무 남자 편만 드는 거 아니에요? 부인이 알면 퍽도 반기겠네요."

"누가 아니래?"

얼마 후 그 남자는 떠났다. 진영슈퍼 아주머니를 통해서 알게 된 것이니 본 적 없는 남자의 빈자리는 실감나지 않았다. 선녀보살은 내가 처음 보았을 때처럼 흩어지지 않은 기품을 풍기며 골목을 지나가곤 했다. 선녀보살하고 눈인사조차 한 적이 없었으니 그 남자가 했다는 말이 사실인지 알 길은 없었다. 어쩌면 한 남자가 술김에 지어낸 이야기일지도 모를 일이다. 사실 여부를 떠나 남자들이 술자리에서 여자를 안주 삼았다는 것이 어이없고 불쾌할 뿐이었다.

그런데 자칭 변강쇠였다고 흘렸던 남자가 독산동 골목에서 살았던 10년의 세월은 묘하게도 5공화국의 우민정책 중 하나라는 '3S 정책'과 겹치는 시간이기도 했다. 국민의 정치적 관심을 스포츠, 스크린, 섹스로 돌리려는 것이 '3S 정책'이었다는 말이 돌았다. 돌아보면 1982년에 통금이 해제되고 심야극장이 생기면서 한꺼번에 쏟아졌던 에로티시즘 영화들. 그 남자도 못난 제 인생을 에로 영화의 주인공으로라도 포장하고 싶었던 건 아닐까. 그러나 순진한 농사꾼이 서울로 돈 벌러 왔다가 무당의 기둥서방이 되어 인생을 탕진하고 고향으로 돌아갔다는 시나리오는 아무리 생각해도 어설펐다.

그렇게 10년이 안 돼서 에로 영화는 막을 내렸고, 그 남자도 골목을 떠났다. 생각해보면 독산동 골목만 음란지대인 것이 아니었다. 시대가 음란시대였던 게 아닐까.

비디오 가게에서 빌려보는 영화가 시들해져 발길을 끊을 무렵, 사거리에 있는 우성극장에서 〈사랑과 영혼〉을 개봉했다. 같은 해 국내 영화로는 〈장군의 아들〉이 히트했다. 다양한 한

국영화와 수준 높은 외화가 연일 관객을 불러들였다. 〈남부군〉, 〈추락하는 것은 날개가 있다〉, 〈나 홀로 집에〉, 〈델마와 루이스〉, 〈양들의 침묵〉 등 제목부터 격이 달랐다. 극장가에 발붙일 곳이 없어진 에로 영화는 씻은 듯 자취를 감추었다. 사람들은 잠에서 깬 듯 우민정책을 비판하기 시작했다.

어떤 영화가 시대를 대변한다고 해도 취향에 맞지 않으면 안 보면 그만이다.

그러나 골목 동네의 '인생극장'에서 상영되는 시시하고 지리멸렬한 영화는 선택의 여지없이 24시간 상영 중이었다. 장르도 다양했다. 어느 날은 고성과 주먹질이 오가는 액션 영화일 때도 있고, 어느 날은 남의 담벼락에 붙어서 키스를 나누는 남녀의 멜로 영화일 때도 있었다. 치정이 얽힌 막장 드라마도 자주 선보였다. 아이들이 조명보다 밝은 햇살 아래 비눗방울을 날리며 애니메이션 영화를 만들기도 했다. 어느 땐 혼합 장르일 때도 있고, 동시상영일 때도 있었다.

산다는 게 깜짝 놀랄 반전도 없고 결말도 예측할 수 없는 영화를 찍는 것이나 다름없었다. 그 속에서 누구나 주연이기도, 지나가는 사람1 정도의 엑스트라이기도 하면서 말이다.

# 위태로운 연인

처음 미영 씨가 방을 뺀다고 했을 땐, 골목 뉴스거리의 한 줄 기사도 되지 못했다. 그런데 결혼하기 때문에 방을 뺀다는 사실이 알려졌을 때 그건 특종 뉴스였다. 게다가 시댁이 큰 갈비식당을 한다는 것은 꽤 흥미로운 뉴스가 아닐 수 없었다.

미영 씨는 우리 가게 뒷방에서 혼자 자취하는 아가씨였다. 미영 씨와 벽 하나를 사이에 두고 사는 나조차 몰랐던 빅뉴스를 전한 건 영희였다.

방음이 허술한 집에 살다보면 뒷방, 옆방에 사는 사람들이 어떤 사람인지, 무슨 일을 하는지 하다못해 반찬은 무엇을 먹었는지 알 수밖에 없었다. 층간소음은 명함도 못 내밀 '벽간소음'이라고나 할까. 그러나 그것을 문제 삼는 사람들은 없었다. 뒷방, 옆방을 의식해서 조심하지도 않았다. 친구들이 놀러오면 밤새 노랫가락이 넘어오고, 더러 다투는 소리가 들려도 그러려니 하며 살았다.

혼자 사는 미영 씨는 어린애까지 있는 우리 방에서 건너가는 소리가 시끄러울 텐데도 한번도 불편한 내색을 하지 않았다. 나 또한 그 방에서 들리는 야릇한 소리에 대해선 함구했다. 그런데도 골목 안 사람들은 미영 씨가 어떤 여자인지 알고 있었다. 미영 씨를 찾아오는 '수상한 손님'에 대한 정보가 이미 퍼졌기 때문이다. 아마 미영 씨도 그것을 알고 있었기 때문에 영희에게 결혼한다는 소식을 먼저 전했던 모양이다. 동네 사람들에게 더는 입방아에 올리지 말라는 뜻이었을까. 그러려면 치마가 열두 폭, 아니 스물네 폭인 영희보다 더 빨리, 더 자세히 전파할 사람은 없었다.

나는 채소가게 아주머니의 반응이 제일 궁금했다. 미영 씨 얘기만 나오면 항상 얼굴을 찌푸렸기 때문이다. 가정 있는 남자의 숨겨놓은 여자로 사는 게 틀려먹었다고 했다.

"나이가 많은 것도 아니고, 젊은 게 뭘 해도 먹고살 텐데 하필이면 첩살이야. 저러다 시집은 다 갔지."

혀를 차면서 아주머니의 딸 현주 씨와 동갑인 미영 씨를 영 못마땅해했다. 현주 씨는 아주머니의 호리호리한 몸매와 아저씨의 번듯한 이목구비가 최상으로 조합된 유전자의 결정체였다. 아주머니는 키는 큰 편이었지만 눈이 작고 코도 납작했는데, 딸이 아버지를 닮아서 다행이라는 말을 종종 했다. 좁쌀영감이라 쪼잔하다고 흉을 보면서도 아버지를 닮은 딸에게는 조신하고 음전하다고 표현했다. 무엇보다 아주머니를 뿌듯하게 한 것은 어려서부터 말썽 한번 안 피우고 자란 딸이 장학금으로 대학을 나왔다는 사실이었다.

“콧구멍만 한 가게를 해서 무슨 재주로 대학을 보내겠어. 제 힘으로 대학 가고 아르바이트하면서 용돈 한번 달라고 한 적이 없다니까. 직장 탄탄하겠다, 이제 시집만 잘 보내면 되는데, 벌써 스물일곱이니. 재가 숫기가 없다보니 연애도 못해봐서….”

연애를 못해본 것까지 아주머니의 자랑거리였다. 그만큼 ‘행실이 바르다’는 표현이었다. 20대 중반을 넘었다는 초조감을 빼면 나무랄 데 없는 딸이었다.

동네 사람들도 현주 씨를 완벽한 신붓감으로 인정했다. 언제부턴가 ‘현주 엄마’가 아닌 ‘공주 엄마’로 아주머니의 호칭이 바뀌고, 간판도 없는 채소가게를 ‘공주네 채소가게’로 부르는 것이 그 입증이었다.

현주 씨가 퇴근해서 가게에 들어서면 가게가 일순 환해지는 듯했다.

“다녀왔어요.”

부모님께 인사하고 손님들에겐 보일 듯 말 듯 묵례를 할 때면 차갑게 보이긴 해도 기품마저 느껴졌다.

그럴 때 목욕바구니를 든 미영 씨가 가게에 들어서면 나는 무심결에 두 사람을 비교하기도 했다.

방금 목욕을 마치고 나온 미영 씨의 발그레한 볼, 젖은 머리에서 올라오는 김, 샴푸 냄새, 로션 냄새…. 한눈에도 농익은 복숭아를 보는 듯했다.

그러나 현주 씨에게선 상대적으로 대비할 과일이 떠오르지 않았다. 오히려 채소가게에 있을 리 만무한 동양란이 연상되었다. 복숭아와 난. 두 사람은 종종 마주쳤을 테지만 언제나 그랬듯 서로를 눈에 담는 법이 없었다. 짧은 귀가 인사를 마친 현주 씨는 바로 집으로 돌아갔고, 미영 씨는 예외 없이 콩나물을 샀다. 미영 씨가 유일하게 끓일 수 있는 건 콩나물국이었다. 그럴 때면 콩나물을 움켜 담는 아주머니의 손길이 평상시보다 거칠다는 것을 나는 느꼈다. 미영 씨가 목욕하고 왔을 때와 얼굴 어딘가에 멍이 들어왔을 때, 봉지에 담는 콩나물 양이 다르다는 것을 언제부턴가 눈치채고 있었다.

미영 씨는 그것을 모르는 것 같았다. 하긴 현주 씨가 저를 한 번도 아는 체하지 않았다는 것도 생각해본 적이 없었을 것이다. 미영 씨는 무슨 일이든 깊이 생각하는 여자가 아니었다. 호기심도 관심도 없었다.

미영 씨가 늘 그렇듯 주는 대로 받은 콩나물봉지를 흔들며 나간 뒤에 대고, 아주머니는 혼잣말처럼 중얼거렸다.

"영감이 제 남편이라도 되는 줄 아나 보지. 저러다 나이 먹으면 누가 데려간다고. 언제 철이 들려는지, 원."

미영 씨가 목욕하는 날이 영감이 오는 날이라는 건 나도 알고 있었다. 봉지 밖으로 콩나물을 흘리면서 대충 담는 아주머니가 입으로는 비난하지만, 염려가 섞인 심란한 심정이라는 것도. 나는 불그스레한 복숭아를 와작 깨무는 싯누런 이를 상상하면서 고개를 흔들었다.

수일 내로 저 복숭아는 여기저기 터지고 짓물러서 가게에 나타날 것이다. 아니, 바로 내일일지도 모른다. 그날은 영감이 아닌 영감의 마나님이 들이닥치는 날일 테니.

"암튼 앞집 터가 센 거다. 우째 열흘을 넘기는 날이 없어. 돌아가며 투덕거리고 때려부수는 날이 허다하니."

그런 날은 아주머니가 구시렁거리는 소리도 후렴처럼 따라붙었다. 주인집에서는 남편의 구타가, 미영 씨 방에서는 본처의 구타가 심심찮게 이어지니 하는 말이었다. 다희 엄마조차 수맥 운운할 정도니 동네 소문의 반은 우리가 사는 집에서 제공하는 셈이었다.

아주머니가 속터져 하는 것을 아는지 모르는지, 마나님에게 머리채를 뜯긴 다음에도 미영 씨는 콩나물을 사러왔다. 여느 때보다 눌러담은 콩나물봉지를 들고 다른 손에 든 아이스크림을 핥아가며 돌아갔다.

"저게 영락없이 어린애다. 저렇게 맞다간 골병들 텐데. 아니,

딴 데로 숨을 생각은 안 하나? 패면 패라고 가만히 있어? 어이구, 답답이."

그렇게 마뜩잖음과 애처로운 감정을 롤러스케이트처럼 달리던 채소가게 아주머니도 미영 씨의 결혼 소식을 들었을 게 분명했다. 결혼한다니 다행이라고 생각할지, 부잣집 며느리로 간다니 배가 아플지 궁금해서 살 것도 없으면서 채소가게를 빙빙 돌고 있을 때였다. 내 예상과는 달리 아주머니가 뜻밖의 말을 꺼냈다.

"세상 살다 별일을 다 본다. 미영이 처녀 중신아비가 그 영감이라더라."

"예? 영감이 중매를 섰다고요? 설마…."

"맞아. 실컷 데리고 놀다가 마누라 등쌀에 더는 안 되겠으니까 헤어지기로 했나봐. 근데 지 손으로 시집까지 보내는 걸 보면, 그걸 뭐라고 해야 하는지 모르겠네. 의리여, 책임감이여?"

"그게 가능할까요?"

"눈물을 뚝뚝 흘리면서 아버지 마음으로 혼수는 제대로 갖춰 보내겠다고 하더란다."

"아버지 마음은 무슨? 귀에 담기도 역겨운 말이네요. 나이야 아버지뻘이라지만 그게 할 소리라고. 미영인 대체 무슨 마음으로…."

"걔가 생각이 있는 앤가?"

"하긴…."

미영 씨가 우리 가게 뒷방으로 이사온 게 언제였는지 모르겠지만, 여자 혼자 자취한다는 방에서 며칠에 한번씩 남녀의 교성이 벽을 타고 들리곤 했다.

미영 씨는 가끔 우리 가게에 와서 액세서리나 옷을 사곤 했다. 어느 날 넌지시 물었다.

"아저씨가 쉰 살은 넘은 것 같은데 대단해. 어젠 한 시간도 넘게 무슨 소리가 들리더라."

"아이, 언니. 듣기 괴로웠수? 사장님이 일 끝나자마자 달려왔다가 열두 시 되기 전에 집에 가야 하니까 우리도 바빠."

"사장님?"

"내가 말 안 했나? 영등포시장에서 건어물 도매한다고."

"미영 씬 거기서 경리 봤고?"

"와, 언니, 족집게다. 어떻게 알았어?"

"족집게는 무슨…. 사장님 소리가 입에 붙은 걸 보니 짐작이 그렇다는 거지. 근데 어쩌다…."

미영 씨는 그 말에는 대답하기 싫은 듯 말을 바꾸었다.

"당장 장롱이라도 옮겨야겠네. 언니네 벽 쪽으로다."

나도 혼자 사는 여자가 꼭 혼자 자는 여자는 아니라는 것쯤은 안다. 어렸을 때부터 봐왔기 때문이다. 대여섯 살 때 우리 가족은 신설동 한옥 문간방에 살았는데, 대문을 사이에 두고 오른쪽 문간방에 혼자 사는 여자가 세를 들었다. 나와 동생은 그 여자가 청소하는 날이면 길가 창문 밖에서 먼지떨이로 털어내는 먼지를 잡으러 뛰어다니곤 했다. 그게 무슨 대단한 놀잇거리인 양, 우리는 먼지를 뒤집어쓰며 "혼자 아줌마, 더 털어요, 더요" 하고 외치곤 했다. 엄마에게 등덜미를 잡혀 끌려올 때까지. 그때도 엄마의 표정은 채소가게 아주머니와 다르지 않았다.

"흥, 종일 방구석에 박혀 나오지도 않다가 영감 오는 날은 부산을 떤다니까."

나는 젊고 복스럽게 생긴 아주머니를 못마땅하게 보는 엄마가 싫었다. 아주머니에게선 항상 좋은 냄새가 났기 때문이다. 엄마에게선 한번도 맡아보지 못한 냄새였다. 아주머니 방에 가면 사탕이나 과자를 주는 것도 좋고, 내 머리를 빗겨주는 것도 좋은데 엄마는 왜 아주머니 방에 못 가게 하는지 알 수 없었다.

중학생 때는 혼자 사는 여자에게 세를 준 적도 있었다. 우리 집은 이층집이었는데, 계단을 올라가면 부엌 딸린 방 하나에 그 여자가 살았다. 부엌에서 밥 짓는 것은 본 적이 없었고, 이따금 물을 데워 목욕하는 소리가 들리곤 했다. 엄마는 그 소리를 들을 때면 얼굴을 붉혔다. 옆집 용성이 엄마에게 하소연하듯 말했다.

"첩살이하는 여잔 줄 모르고 세를 준 거라니까."

그러면서도 반찬을 하면 나보고 아줌마 갖다주라고 했다. 나는 엄마가 왜 밖에선 흉을 보고 집에선 잘하는지 알 수가 없었다.

그 여자의 호칭도 '혼자 아줌마'였다. 혼자 아줌마들은 하나같이 엄마보다 예뻤고 좋은 냄새가 났다. 둥근 몸집에 매끄러운 피부, 커다란 눈. 그 여자들은 나를 귀여워했다. 나는 아기자기하게 꾸며놓은 혼자 아줌마 방에서 초콜릿을 먹으며 같이 잡지를 뒤적이며 뒹구는 시간이 좋았지만, 그럴 때마다 엄마의 눈총을 받아야 했다.

내가 만났던 혼자 아줌마들에게선 반찬 냄새가 난 적이 없었다. 그 여자들은 밥 같은 건 짓지도 않았고 먹지도 않는 것 같았다. 늦게 일어났고, 항상 곱게 화장을 했고 매일 다른 옷을 입었다. 새벽부터 동동거리고 아이들에게 지청구하는 엄마에게선 볼 수 없는 느긋하고 평화로운 모습, 혼자 사는 여자는 늙지도 않을 것 같았다.

미영 씨는 외모도 행동도 예전에 보았던 '혼자 아줌마'들과 흡사했다. 그 여자들의 평화가 깨지고 화장이 얼룩지는 날이 오는 것도 비슷했다. 언제나 그 여자들보다 나이든 아주머니가 소매를 걷어붙이고 달려올 때였다. 채소 아주머니 말마따나 어째서 숨지도 못하고 들키고야 마는지 모를 일이었다.

신설동 문간방 여자나 왕십리 이층 여자가 그 후로 어떻게 사는지 알 수 없지만, 미영 씨는 새로운 결말을 보여주려는 듯 결혼을 한다는 것이었다.

1970~80년대엔 드라마나 영화의 주인공은 배신을 당하고도 상대방을 잊지 못해 비참해지거나 죽거나 하는 순정 멜로가 결말이었다. 때는 바야흐로 1990년대. 한때 불장난하던 아이도 때가 되면 불을 끄고 집으로 돌아가듯, 미영 씨도 이쯤에서 불장난을 끝내려는 것 같았다. 오히려 미련이 남은 쪽은 건어물상 사장이라는 영감인 모양이었다. 그래도 혼수까지 장만해주려는 걸 보니 아주 양심이 없는 사람은 아닌가보다고 우리는 좋은 쪽으로 결론을 내렸다. 진심으로 미영 씨의 결혼을 축하하는 분위기였다.

점심 때가 지나서야 나와서 빵이나 아이스크림 같은 걸 사 먹던 미영 씨가 혼수 준비로 바쁜지 아침저녁으로 드나드는 걸 몇 번 봤는가 싶더니, 어느 날 청첩장도 돌리지 않고 시집을 갔다. 우리는 자신의 과거를 아는 사람들을 부르고 싶지 않아서 그랬으려니 했다. 오래지 않아 골목에서는 미영 씨 이야기를 꺼내지 않게 되었다.

미영 씨가 떠난 것을 가장 먼저 실감한 사람은 나였다. 뒷방에 청년 둘이 이사를 왔는데, 잠만 자고 나가는지 소리 없이 살았기 때문이다. 주인집도 부부싸움을 할 만큼 했는지 잠잠해서, 골목마저 조용해진 것 같았다.

뉴스거리가 사라져 언뜻 호수처럼 잔잔해 보이는 골목상가. 호수에 던진 돌멩이처럼 미영 씨가 나타난 것은 떠난 지 서너 달이 지난 후였다.

미영 씨는 우리 가게에 들어서자마자 소파에 털썩 주저앉았다. 몇 달 사이 피부가 거칠어지고 통통했던 얼굴도 살이 많이 빠져서 다른 사람 같아 보였다. 어린애 같은 표정도 달라져 전에 없이 그늘져 보였다.

“언니, 나 커피 한잔 줘.”

미영 씨는 친정에 온 것처럼 응석 섞인 목소리로 나를 불렀다. 그러나 목소리도 지친 것처럼 들렸다.

“시집간 지 얼마나 됐다고, 얼굴이 이리 상했어? 혹시 임신한 거야?”

내 말에 미영 씨는 튕기듯 발끈한 표정으로 말했다.

“임신? 할까봐 걱정이야. 난 절대, 절대 임신 안 할 거야.”

“그럼 무슨 일이….”

“나보고 동네 사람들이 시집 잘갔다고 하지? 모르는 소리네요. 월급 없는 종업원 신세인걸.”

“갈비식당 하는 집이라며? 근데 미영 씨도 같이 일해?”

“신혼여행에서 오자마자 가게 나가서 매일 고기 나르고 자르고 했어. 여기 봐봐, 숯불에 덴 자리야. 언니, 그 사람들은 나를 종업원으로밖엔 생각 안 하는 거 같아."

그러면서 눈물을 뚝뚝 흘리는 것이었다.

"나중에 신랑이 물려받을 거라면서. 미영 씨도 가게 안주인 되기 위한 예행연습이라고 생각해. 자꾸 시댁을 남이라고 생각하니까 종업원이란 생각이 드는 거지."

"사장님 가게에서 경리나 봤지, 내가 서빙을 해봤어야지. 시어머니가 뭐라는 줄 알아? 생긴 대로 굼뜨대. 혼나고 주눅들고… 하루하루가 지옥인데, 남편이란 작자는 들어주지도 않고. 그뿐인 줄 알아? 녹초가 되어 겨우 잠들면 꼭 새벽에 건드려요."

"신혼이니까 그렇지. 신혼 때 안 그러면 언제 그러겠어? 젊은 남자가 예쁜 아내를 그냥 재우는 게 더 나쁜 거지."

그 말에 눈물을 훔치기 바쁘게 미영 씨가 대답했다.

"언니도 알잖아. 사장님은 저녁 때 왔다간 거. 사장님하고 산 게 몇 년인데, 사장님에게 길들어서 그 남자에겐 조금도 느낄 수가 없다니까."

결국, 미영 씨는 공동으로 벽을 두고 산 내게 제 성적 취향과 옛 남자에 대해 그리움을 토로하고 싶어서 온 것이었다.

"그래도 미영 씨 잘살라고 혼수까지 해서 보낸 사람인데. 그 사람 생각해서 마음잡고 살아야지."

내가 해줄 수 있는 말은 그뿐이었다.

"언니. 사장님도 나 못 잊는 거 맞아. 가끔 우리 가게에 오시는데, 나를 바라보는 눈이 얼마나 애틋한지 몰라."

"거길 온다구? 그러다가 들키기라도 하면…."

"중매쟁인데 누가 눈치채겠어?"

"정말 그래?"

미영 씨는 대답 없이 커피잔만 만지작거렸다.

"처음엔 그랬는데, 어제는 가게에 들어오지 않고 밖에서 한참을 서 있다 가셨어. 술 취해 비틀거리며 가는 뒷모습을 보고는 쫓아가고 싶은 걸 억지로 참았어."

그날 미영 씨가 하고 간 말이 한참 동안 가시처럼 걸려 있었다. 아무래도 위태로울 것 같은 내 예감은 오래지 않아 현실이 되고 말았다.

"미영이 처녀, 결국 파투났다더라."

채소가게 아주머니가 전에 미영 씨 얘길 할 때 짓던 심란한 표정 그대로 말을 전했다.

"파투났다니, 어쩌다…."

말은 그렇게 하면서도 미영 씨가 했던 말이 영상처럼 펼쳐졌다.

"그 미친 영감탱이가 술 처먹고 갈빗집에 쳐들어가서는 '이 여자는 내 여자요, 그러니 내가 도로 데려가겠소!' 하고 난리를 쳤다지, 뭐야. 곱게 보내줬으면 잘살게 내버려두지 어쩌자고 깽판을 놨는지, 원."

아주머니는 그 광경을 목격이라도 한 것처럼 영감 목소리까지 흉내내며 말했다.

더 묻지 않아도 미영 씨가 그 자리에서 영감의 손을 잡고 따라나섰을 게 뻔했다. 이미 예정되어 있던 순서처럼 말이다.

"뒷감당을 어쩌려는지…."

아주머니는 못내 걱정했지만, 나는 엉뚱하게 영화 〈졸업〉을 떠올리고 있었다. 한 청년이 결혼식장에 뛰어들어 신부의 손을 낚아채서 나오는 마지막 신. 사이먼 가펑클의 〈The sound of silence〉가 깔리고 웨딩드레스 자락을 휘날리며 노란 버스를 향해 달려가는 주인공들의 웃는 얼굴…. 당연히 해피엔딩이라고 손뼉을 쳤던 기억이.

전에도 그랬고 지금도 여전한 '내로남불(내겐 로맨스, 남에겐 불륜)'이라는, 어디서도 인정받지 못할 사랑에 전부를 건 위태로운 연인. 불을 보면 홀리듯 뛰어드는 부나방을 보는 것 같았다. 그러나 신설동 여자나 왕십리 여자에게 그랬듯 나는 미영 씨를 비난할 수 없었다.

그 후, 엔딩에 대한 어떤 소식도 들리지 않았다.

## 인생을 흔든 영화 세 편

경기도 안양이나 광명보다 전세가 싸다는 독산동. 변두리라는 인상부터 들지만, 엄연히 서울특별시에 속한 곳이다. 건축고도제한으로 고층 아파트는 없어도 사람들이 많이 살았다.

변두리에 살다보면 먹고 사는 데 필요한 시설이나 상점이 갖춰 있어도 불편한 게 있다. '사는 데 지장을 초래하지 않아서' 빠진 문화시설이 그것이다. 문화적 욕구도 욕구임이 분명한데 변두리에 산다는 이유로 무시된다. 변두리에는 독서실은 있어도 도서관은 없다. 비디오대여점은 많아도 극장은 없다. 미술관은 시내 한복판에 없지만, 미술관이 있는 한적한 동네를 변두리라고 하지는 않는다.

변두리에 산다는 것이 열등감을 느끼게 하는 이유다. 하지만 독산3동은 조금 달랐다. 버스 정류장에 우성극장이 있기 때문이다. 젊은이들이 북적이는 신림 사거리에도 없는 극장이었다.

극장 앞 대로는 저절로 문화의 거리가 되었다. 금성사, 제과점, 의원, 약국, 아트박스에 호프집, 실내포장마차…. 꽤 번화한 상가 거리는 저녁이 되면 현란한 네온사인이 춤을 추고 사람들로 북적였다.

그러나 골목상가 사람들이 극장에 갔다왔다는 말은 들은 적이 없었다. 그들은 골목 안에서 모든 것을 해결했다. 대로변에 있는 상가를 기웃거릴 여유가 없는 사람들이었다. 나도 마찬가지였다.

나는 영화를 즐기는 편이 아니어서 극장이 있어도 그만, 없어도 그만이었다. 결혼 전에도 퇴근 후에 친구를 만나도, 데이트를 해도 영화를 본 적이 없었다. 어두컴컴한 실내도 싫었고, 매일 소비해도 계속 생산되는 엄청난 수다를 봉인하고 견뎌야 하는 시간도 아까웠다. 학교 다닐 때도 사복을 입고 몰래 극장에 갔다가 학생부 선생님에게 적발되었던 무용담 따윈 없었다. 영화를 통해서 지적이고 교양 있는 문화인으로 성장할 기회를 스스로 차단한 것이나 다름없었다.

워낙 본 영화가 없다 보니 서른 살까지 본 게 열 편이나 될까. 덕분에 몇 살에 어디에서 본 영화인지 기억에 또렷이 남아 있다. 제목과 내용은 물론 그때 받았던 감동까지도.

태어나서 처음 본 영화는 초등학교 1학년 때 학교 강당에서 단체로 본 〈저 하늘에도 슬픔이〉였다. 1965년에 개봉한 영화가 여러 학교를 거쳐 3년 만에 우리 학교까지 왔다. 가난한 소년 가장의 고생담에 영화를 보는 내내 아이들이 우는 소리가 그치지 않았다. 눈물샘을 자극할 작정을 하고 만든 최루성 영화였으니 울지 않으면 오히려 눈치가 보일 정도였다. 나는 난생처음 넘치는 눈물을 주체 못하는 신기한 경험을 했다. 겨우 그쳤다가도 옆의, 옆의 아이들이 울면 덩달아 또 울었다. 하도 많이 울어서 강당 밖으로 나왔을 때는 딸꾹질이 나고 머리가 핑 돌 지경이었다. 강당으로 갈 때의 길과 영화를 보고 난 다음에 교실로 돌아오는 길은 느낌이 달랐다. 길이 두 배도 더 길어진 것 같았다. 하늘이 유난히 파랗고 높아 보였다. 날아가는 새는 보이지 않는데 높은 데서 따옥따옥 소리가 들리는 것 같았다.

보일 듯이 보일 듯이
보이지 않는,
따옥따옥 따옥 소리 처량한 소리…

물에 깊숙이 머리를 박은 것처럼 귀에 가득 들어차는 노랫소리, 빨리 집에 가고 싶었다. 엄마가 너무 보고 싶었다.

첫 영화의 충격 때문인지, 내게 영화란 무조건 울리는 것이어야 명화였다. 스무 살 무렵, 그날 따라 만날 친구가 없어서 혼자 남영역 근처 남영극장에 갔다. 그때 본 〈해바라기〉의 소피아 로렌이 나를 울렸다. 실컷 울고 나면 개운해진다는 것을 알게 해준 영화였다. 대학 1학년 때 남자친구하고 명보극장에서 보았던 〈어둠의 자식들〉의 나영희도 가슴을 찢어지게 했다. 〈어둠의 자식들〉은 남자하고 단둘이 본 첫 영화라서가 아니라 영화가 불러온 후폭풍 때문에 기억에 오래 남아 있다.

영화를 보고 나왔는데, 하필 비가 오고 있었다. 처음 영화를 봤을 때처럼 비현실적인 느낌이 훅 안겨왔다. 두 시간도 안 되는 사이에 공간이동이라도 한 것 같았다. 울고 나왔는데도 눈물이 더 남아 있는 듯했다. 빗줄기에 씻겨내린 듯 네온사인의 오렌지빛이 발목을 잡았다. 사람들이 너무도 무심하고 태평하게 오가서 도로 극장으로 들어가고 싶었다. 스크린이 만들어놓은 세계에 생각 없이 푹 잠기고 싶었다. 그런 날은 쉽게 현실로 돌아오기 어려운 것. 나는 옆에 있는 그와 생맥주를 마시고 싶었다. 맥줏집을 찾아다닐 것도 없이 눈에 띄는 첫 번째 호프집에 들어가고 싶었다. 그러나 그는 아르바이트 시간에 늦었다면서 급히 지하철 입구로 사라졌다.

그날도 불러낼 친구가 없었다. 혼자 집 근처 호프집에 갔지만, 얘기를 나눌 사람이 없는 생맥주는 밍밍하기만 했다. 마지막으로 떠오른 얼굴이 고등학교 때 만난 남자친구였는데, 영화를 같이 본 남자에게 빠져 있어서 연락을 안 한 지 오래였다.

그는 전화를 기다렸다는 듯 한걸음에 달려왔다. 나는 여전히 영화에서 헤어나지 못한 상태라 그를 붙잡고 영화 줄거리를 처음부터 끝까지 상세하게 전했다. 중간중간 한숨과 눈물을 섞어 가며. 그러나 같이 보지 않은 영화를 그는 공감하지 못했다. 그저 내 얘기가 끝날 때까지 잔이 빌 때마다 웨이터를 불러 500cc를 주문해줄 뿐이었다.

"영화 얘기 다 끝났어? 이제 내 얘기 좀 해도 되지?"

그는 지루한 티를 내지 않고 담담하게 말을 이었다.

"난 네가 알고 전화한 줄 알았다."

"뭘?"

"나 내일 군대 가는 거."

"뭐? 그 얘길 왜 이제야…."

"언제 말할 틈이나 주었니?"

술이 확 깨는 것 같았는지, 더 취하는 것 같았는지는 잘 모르겠다. 비현실에서 현실로 방금 착지한 느낌만 분명하다. 언제든지 부르면 이유불문 달려와줄, 만만한 그가 다음날부턴 부를 수 없는 곳으로 간다는 것에 가슴이 쿵 내려앉았다. 몇 시간 전엔 다른 남자와 나란히 앉아 영화를 봤던 여자가 그 순간은 뜻밖의 이별에 충격을 받고 있다니.

"나 자원입대해서 5년 복무하고 제대할 거야. 그때까지 너 결혼하지 않았으면 나하고 사는 거다."

다음날 입대한다는 말이 망치급이었으면 이번 것은 해머급 발언이었다.

"미쳤냐? 내가 그 나이 되도록 시집도 못 갈까봐? 악담하지 말고 꿈 깨셔."

"그러니까 달아날 기회를 주는 거라고."

그날은 모든 게 정상이 아니었다. 나는 그를 부른 것을 후회했다. 그런 식의 협박성 고백 따윈 듣고 싶지 않은 날이었다. 저녁 때 시작한 비는 몸집을 부풀려 굵은 빗줄기로 사정없이 우산을 때렸다. 나는 가을비답지 않게 거세게 쏟아붓는 비와, 비만 오면 현실감각을 상실하고 마는 나를 탓하고 또 탓했다.

다음날 곰곰이 전날 있었던 일을 되새겨보았다. 내가 남자와 영화를 봤다는 말은 하지 않은 게 분명했다. 그러나 무딘 남자도 촉을 세울 때가 있는 법. 하필 입대하기 전날 오랜만에 만난 여자에게라면 더욱. 나는 감정을 숨기는 데는 젬병이었다. 게다가 맥주가 더해졌으니 어느 틈엔가 단서를 흘렸을지도 모를 일이었다. 그러니 호박에 말뚝 박는 심정으로 삐딱하게 말했을 것이다. 그렇다고 설마….

그러나 설마는 방심해서도 안 되지만, 다른 방도가 있는 것도 아니다. 그가 제대했을 때는 어쩌자고 내 주위엔 시시하게 만나는 남자조차 없었다. 여전히 맥주를 잘 사주는 그를 만나다가 코가 꿰고 만 것이다. 어쩌다 연인이 된 후로도 우린 한번도 같이 영화를 본 적이 없었다. 그는 돈까지 쓰면서 질질 짜는 영화를 찾는 나를 이해 못했고, 나는 그가 좋아하는 액션 영화나 전쟁 영화를 혐오했다. 이래저래 영화보다는 맥주가 좋았다.

결혼한 후엔 더 그랬다. 아이가 생기자 어린애를 데리고 극장에 갈 수 없었다. 이따금 비디오가게에서 티격태격 싸우며 골라온 영화를 몇 편 본 게 고작이었다. 그럴 때도 같이 보지 않을 때가 많았다. 그가 홍콩 영화를 보면 나는 옆에서 소설책을 읽었다. 그가 성룡에 빠져 있는 동안 나는『메디슨카운터의 다리』의 사진작가 '로버트'와 이별하는 '프란체스카'에 빙의되어 있었다.

사랑을 포기하고 평범하고 지루한 남편 곁에 남은 프란체스카. 짧은 사랑을 잊지 못하고 죽을 때까지 한 남자를 품고 살았던 여자. 유언으로 화장해서 그를 만났던 다리에 재를 뿌려달라는 대목은 눈물 없인 읽을 수 없었다. 운명적인 사랑을 만났으면 따라나서야 하고말고. 내가 보고 싶어하는 로맨스 영화를 싹둑 자르고 저 보고 싶은 걸 골랐다는 이유로 나는 운명을 재검토하며 그를 째려보곤 했다.

어느 날 한가한 시간에 다희 엄마가 가게 문을 열었다.

"낮엔 손님 별로 없지? 우리 영화 보러 가자."

"극장 가자고? 대낮부터 뭐하러 깜깜한 굴속으로 들어가냐?"

심드렁하게 대답하는 내게 다희 엄마는 눈을 반짝이며 재차 말했다.

"요즘 인기 최고 영화 〈사랑과 영혼〉 알아? 그거 안 본 사람 없대. 간첩도 봤다더라."

감을 잡지 못하는 사람을 간첩에 빗대던 때였다. '그것도 모르면 간첩이지' 하며 놀리곤 했다.

"그래서 간첩으로 몰릴까봐 보자고?"

"엄청 감동적이라는데 봐야지. 비디오로 나오려면 한참 걸릴 텐데, 개봉할 때 보는 맛이 다르지."

"아이들도 있는데 극장에 어떻게 가?"

"동네 극장인데 애들 좀 데리고 들어간다고 뭐라 하겠어? 그것도 평일 낮에."

"그래도 연소자 관람 불가일 거 아냐?"

"유치원도 안 들어간 애들이 뭘 안다고 불가까지…. 애들은 컴컴해서 금방 잘 거야. 혼자 가기 뭐해서 그러니, 가자아."

"뭔 영환데 그렇게 보고 싶어해?"

"미국판 귀신 영화."

생각해보니 극장에 가본 게 10년 가까이 되는 것 같았다. 딱히 할 일도 없이 무료한 날, 나는 다희 엄마가 등 떠미는 바람에 못이기는 척 길을 나섰다. 다희 엄마 말대로 영화를 보러온 사람은 많지 않았다. 우리는 세 살짜리 아이들을 데리고도 제지

받지 않고 입장할 수 있었다.

영화는 기대 이상이었다. 짧은 컷으로 청순미를 한껏 품어내는 데미 무어와 훈남미 풀풀 풍기는 패트릭 스웨이지의 연기는 훌륭했고, 요란하고 푼수기 넘치는 우피 골드버그도 못지않게 인상 깊었다. 슬프고도 아름다운 스토리는 미국 귀신도 국내 귀신처럼 친숙하게 만들었다. 울다 웃다 정신없이 영화에 빠져들었다.

드디어 세기의 명장면 도자기 키스신이 막 시작하려던 때였다. 활자로 읽으면 닭살 돋고 촌스럽기 그지없는 '오 마이 러브, 마이 다링~'으로 시작하는 〈언체인드 멜로디〉가 흘러나왔다. 처음 듣는데도 귀에 착 붙어 오래 전부터 알고 있는 노래인 듯 싶었다. 명화에 빛을 더하는 OST의 힘이여! 눈은 이미 화면을 뚫을 듯 앞만 집중하고 있어서 옆에서 부스럭거려도 모를 지경이었다.

도자기를 빚는 몰리의 허리를 뒤에서 감싸는 샘, 백허그의 조상祖上급 장면이 나왔다. 몰리의 고개가 돌아가자 도자기는 모양을 잃고 허물어진다. 부드럽고 진득진득한 진흙의 질감이 화면에 확대된다. 이제껏 본 어떤 베드신도 그보다 에로틱할 수 있을까? 극장 안은 침 삼키는 소리조차 들리지 않는다. 마치 아무도 없는 것처럼.

그때 난데없이 스크린을 가리는 검은 그림자. 머리카락이 긴 것으로 보아 여자인 건 분명한데 키가 아주 작았다. 그것도 하나가 아닌 둘. 두 그림자는 몰리와 샘이 키스를 하거나 말거나 상관없다는 듯 나부죽이 춤을 추기 시작했다. 단박에 그림자의 정체를 알아봤다. 늘어뜨린 머리는 다희, 사과 꼭지 모양을 한 머리는 상아! 언제 자리를 떴는지 모를 사이에 아이들이 스크린 앞으로 가서 춤을 추고 있었다. 잠은커녕 우리보다 더 열심히 영화를 보다가 음악에 이끌려 춤추러 나갔을 것으로 추정되는 상황.

'이를 어쩌나?'

우린 말 없이 손을 잡는 것으로 같은 말을 대신했다. 곧이어 쏟아질 관객들의 항의와 질타, 벌써 "누가 극장에 아이를 데리고 왔어?", "애들이 저러도록 내버려둔 무식한 여자들!", "몰상식하게!" 하는 소리가 들리는 것 같아 눈을 질끈 감았다.

그런데 그게 아니었다. 사람들이 손뼉을 치는 것이었다.

"아이고, 귀여운 것들."

"쌍둥인가 봐요."

"어쩜, 춤도 잘 추네."

아이들은 잘한다는 칭찬을 들으니 더 신이 나서 춤을 추었다. 동요에 맞춰 겅중겅중 뛰는 율동이 아니라 마치 현대무용이라도 하듯 몸을 사부작사부작 놀리며 한껏 감정을 표현했다.

키스신이 끝나자 꿈에서 깬 듯, 긴 숨을 토해내며 상아가 말했다.

"다 끝났다아~."

그 말에 앉아 있는 사람들이 일제히 웃음을 터트렸다. 밖에서 들으면 엄청 재미있는 코미디 영화를 상영하는 줄 알 정도로.

상아 딴에는 온 힘을 다해 춘 춤을 끝냈다는 뜻이었을 텐데, 애들이 봐서는 안 될 키스신이 끝난 게 다행이라는 것처럼 들린 것이다.

다희 엄마가 내 옆구리를 쿡 찔렀다.

"야, 나 창피해서 못 가겠다. 상아 엄마가 가서 애들 데리고 와."

"왜 나만 독박써?"

우리가 서로 네가 가라고 하는 사이에 아이들은 어두운 길을 잘도 찾아와 옆자리에 와 앉았다. 그 다음부터는 모르쇠. 엔딩 자막이 오른 지 한참 후에야 아이들의 손을 잡고 극장을 나왔다.

오랜만에 영화다운 영화를 봐서 좋았다는 말조차 나오지 않았다. 또 튀어나갈까봐 화면보다 아이들을 더 자주 봐야 했으니…. 우리는 로맨스 영화를 보러갔다가 코미디 영화를 찍고 나온 것에 배꼽을 잡았다. 영화를 제대로 즐긴 것은 넷 중 둘이었다. 그날 나는 좋은 음악의 위력을 확실히 알았다. 세 살 아이까지 무아지경으로 춤추게 만드는 힘을.

무엇보다 뜻밖인 것은 관객들의 태도였다. 결정적인 순간을 방해한 아이들을 나무라기는커녕 칭찬까지 해주었던 관대함과 여유가 놀라웠다. 동네 극장이 아니었으면 가능한 일이었을까. 우리는 독산동 사람들은 영화를 감상하는 안목이 남다른 사람들이라고 한껏 추겼다.

그런데 십 년 동안 가지 않았던 극장을 며칠 만에 또 가게 될 줄이야.

어느 토요일, 남편과 가까운 동료가 명동성당에서 결혼식을 하는 날이었다. 나도 아는 사람이라 친정에 아이를 맡기고 함께 갔다. 다른 날 같으면 늦게라도 가게 문을 열기 위해 바로 왔을 텐데, 남편이 모처럼 나왔으니 시내 구경을 하자고 잡았다. 명동거리를 걷는 게 얼마만인지 어깨를 부딪치는 사람마저 반가울 지경이었다.

"여기까지 왔으니 제대로 데이트 코스를 밟자. 영화도 보고 저녁도 먹고."

남편에게 무슨 말을 들었나 싶어 다시 물었다.

"뭘 보자고?"

"영화. 요즘 〈사랑과 영혼〉이 대세라던데."

웃음이 나왔다. 영화라는 말보다 '사랑과 영혼'이라는 말이 더 낯설었다.

"무슨 영화인지 알고나 보자는 거야? 그 영화 몇 사람 안 나와. 당신은 사람 많이 나오는 영화만 좋아하잖아. 그래야 돈 좀 들여 만든 영화라고."

"알아. 근데 사무실 가면 맨 그 영화 얘기야. 안 보곤 낄 자리가 없어."

나는 그제야 다희 엄마와 봤다는 말을 하지 않았다는 것이 떠올랐다. 스포일러를 할 시간도 없었지만, 마음도 없었다는 것을. 그만큼 우리 사이가 무미건조해졌다는 뜻이기도 했다. 그렇다고 그 자리에서 며칠 전에 본 영화라는 말을 할 만큼 눈치가 없진 않았다.

"그래, 안 보면 간첩이라니까 갑시다."

남편과 보는 첫 영화가 하필이면 이미 본 것이었지만, 아이를 감시하느라 놓쳤던 감정선이 살아났다. 영화는 처음 봤을 때와 두 번 봤을 때 감동이 달랐다. 처음엔 스토리를 따라가기 바빠 연결고리나 암시를 놓치기 쉬운데, 알면서 보니 다른 것이 눈에 들어왔다. 그럼에도 눈물나는 장면은 항상 같았다.

어둠 속에서 그의 손이 건너와 내 손을 꼭 잡았다. 영화가 끝날 때까지 잡은 손을 놓지 않았다. 애틋한 감정이 전해지는 손이었다. 연인 사이였다면 뜨겁다고 느꼈을지 모르고, 내 심장도 사뭇 널뛰며 쿵쿵댔을지도 모르지만, 그저 따뜻하고 듬직하기만 했다. 극장을 나와서 각자 돌아가지 않고 한 집으로 갈 거라는 안도감이 봄볕에 든 낮잠처럼 밀려왔다.

바깥에서 보니 남편의 눈가에 물기가 어린 것 같았지만, 여느 때처럼 놀릴 수가 없었다. 어떤 감정인지 알 것 같았으니까.

남편이 조금 잠긴 목소리로 입을 뗐다.

"오늘은 좋은 거 먹자."

분위기 좋은 레스토랑에 데려가고 싶다는 뜻일 게다. 그러자 잠시 빠졌던 감상에서 금세 빠져나왔다. 저렇게 남편이 폼을 잡으면 거북하고 어색했다. 나는 사랑한다는 말을 들어도 감동보다 불편함이 먼저 앞섰다. 그런 감정은 말로 하는 게 아니라 느끼는 것이어야 하는데, 입에서 나온 순간 가짜 같고 금기를 깬 것 같아서다. 남편의 상태를 보아하니 자칫하다간 닭살 멘트가 나올 수도 있겠다 싶었다. 얼른 분위기를 바꿔야겠다 싶었다.

"그래, 좋은 거 먹자. 내가 좋아하는 거 무조건 사주기다."

"그럼, 뭐든지. 얼마든지."

남편이 호기롭게 대답했다. 앞장서서 제일백화점 옆 골목으로 들어섰다. 입구가 좁은 골목인 데다 천장마저 낮은 '할머니낙지볶음집'이었다. 명동에 가면 고민할 필요 없이 곧장 가는 곳이었다. 따라오는 동안 머릿속으로 지갑 속 지폐를 열심히 세었을 남편이 문 앞에서 다시 말했다.

"맨날 먹던 거 말고 좋은 거 먹자니까."

"언제 맨날 먹었어? 명동 나온 게 결혼식 예복 사러온 후 3년

만인데."

우리는 벌겋게 비빈 낙지를 먹으면서 사랑을 얘기하고 영혼을 얘기하고 사랑과 영혼을 얘기했다. 결혼 전 데이트할 때의 기분이 살아났다. 전망 좋은 레스토랑이었다면 그만큼 편하지 못했을 것이다.

그 후 비디오 가게에 가면 선택권은 무조건 내가 잡았다. 명화가 남긴 힘이고 여운이다. 스스로 차단했던 문화인으로의 진입은 그렇게 시작되었다.

# 의사도 무당도 다 선생님

찌르는 듯한 통증에 잠이 깼다. 창자를 마구잡이로 쑤시는 것 같았다. 숨이 턱턱 막혔다. 새벽 세 시. 남편을 깨우기 싫어서 어떻게든 참아보려고 했다. 한 달 전에도 똑같은 증상으로 응급실에 간 적이 두어 번 있었다. 그런데 도착하자마자 감쪽같이 통증이 멎어 돌아왔다. 이번에도 그럴까봐 수선을 피우고 싶지 않았다.

그러나 시간이 갈수록 고통은 더했고 입을 틀어막았는데도 저절로 울음이 터져나왔다. 소리가 컸던지 남편이 놀라 일어났다. 서둘러 응급실로 향했다. 내 생각에도 어디가 탈이 나도 단단히 난 것 같았다. 그러지 않고서야 한 달 새 몇 번이나 참기 어려운 복통이 일어날까.

그런데 병원에 가니 언제 그랬냐는 듯 또 멀쩡해지는 것이었다. 의사가 입원해서 정밀검사를 받으라고 권했다. 입원해 있는 며칠 동안 다시 아프지도 않았고, 검사 결과도 정상이었다. 의사가 신경정신과에 연결해줄 테니 상담을 받아보라고 했다. 내키지는 않았지만, 원인을 알지 못한 채 돌아왔다가 다시 같은 일이 반복될까봐 시키는 대로 하기로 했다.

'정신과'라는 선입견 때문에 잔뜩 얼어서 들어간 진료실은 내과나 다름없었다. 젊은 여의사가 차트를 보면서 몇 가지 질문을 했다.

"언제부터 아팠지요?"

"무슨 일 하세요?"

"최근에 힘들거나 스트레스받을 만한 일이 있었나요?"

정신상담을 하는 곳이라 좀 더 심층적인 것을 물을 줄 알았는데 별 것 아닌 질문만 했다. 선물의 집을 한 지 1년 정도 되었는데 최근 대로변에 아트박스가 들어서면서부터 매출이 뚝 떨어져서 걱정이다…, 말을 하면서도 그런 걸 스트레스라고 해도 되나 싶었다. 그때만 해도 스트레스라는 말을 일상적으로 쓰진 않았다. 내가 어렸을 때는 듣지도 못했던 말이었다. 이따금 텔레비전에서 그 용어를 들었을 땐 특별한 병명처럼 들렸다. 전문적인 일을 하거나 보통 사람보다 예민한 사람들이 겪는 증세로 알고 있었다. 내가 스트레스를 받는다고 하면 동네 사람들이 다 웃을 것 같았다. 무슨 대단한 일을 한다고, 나랏일 하시나, 인물났네… 보나마나 한마디씩 할 게 뻔했다.

"가족 관계는 어떠세요?"

의사가 왜 그런 걸 묻는지 알 수 없었다. 호구조사가 복통 치료와 무슨 상관이 있을까 싶었다. 그런 건 동네 사람들이 새로 이사온 사람에게 물어볼 말이 아닌가.

"남편하고는요?"

진영슈퍼 아주머니도 대놓고 그런 말을 하진 않았다. 혹시 남편과 사이가 나쁘다는 말을 기대하는 걸까. 만일 남편이 바람을 피운다고 하면 그래서 속을 끓이다가 위가 발작을 일으켰다고 말하고 싶은 것일까. 환자의 입을 통해서 정보를 얻겠다는 듯 시답잖은 질문만 계속하는 의사가 점점 못미더워지기 시작했다. 나는 묻는 대로 털어놓을 마음이 없었다. 의사가 깔아놓은 밑밥을 덥석 물어서 그러면 그렇지, 하는 얼굴은 보고 싶지 않았다.

"남편과는 아무 일 없어요."

조금 퉁명스럽게 대답했다. 의사는 무심한 표정으로 차트에 기록만 했다.

"다른 일로 힘들게 하는 가족은 없어요?"

참 이상한 일이었다. 고개도 들지 않고 차분한 음성으로 건네는 말에 나도 모르게 빨려들어갔으니 말이다.

"사실은 시댁은 시할머니가 살림하세요. 시어머니는 뇌졸중으로 쓰러져서 거동은커녕 의사소통도 안 되는 분이고, 식구는 많고 형편은 어렵고….”

의사가 원하는 대로 다 불어버리면 그 사람만 좋은 일 시키는 거라고, 흔들리지 말자던 다짐이 힘을 못 쓰기 시작했다. 한 번 무너지자 순식간에 풀썩 주저앉는 것이었다. 나도 모르는 사이에 자발적으로 실토하고 있었으니.

“사정을 다 알고 결혼했고 처음엔 모시고 살았지만, 도저히 견딜 수가 없어서 장사를 핑계로 분가를 한 건데… 그것마저 안 되니 면목이 없고….”

주저리주저리 하소연하는 나를 자제할 수 없었다. 끝내 눈물까지 쏟았다.

“잠재된 죄의식이 스트레스였네요.”

잠자코 듣기만 하던 의사가 고개를 들었다. 병의 원인을 찾아냈다는 듯 옅은 웃음기마저 띠고 있었다. 그제야 잠시 잊고 있던 다짐이 고개를 번쩍 들었다.

‘죄의식이라니? 어떻게든 살아보겠다고 분가한 게 죄라고? 그럼 시할머니에 시부모, 시누이, 시동생과 대가족으로 살면서 살림이나 했으면 아플 일은 안 생겼을 거라는 거야?’

무엇에 홀린 듯 고해성사를 해버린 내 입을 쥐어뜯고 싶었다. 의사의 노련한 유도신문에 넘어간 것만 같았다.

‘흥, 볼펜이나 까딱거리면서 참 편하게도 돈 번다. 그런 말은 나도 하겠다.’

진료실을 나오면서 의사에게 인사는커녕 눈길도 주지 않았다.

입원실로 돌아와 생각해보니 내가 지나치게 의사를 경계한 것 같았다. 아니 맹렬히 미워하고 있었다. 처음 본 사람에게 적의라니…. 더구나 치료를 받기 위해 환자와 의사로 만난 사이에 터무니없이 신경이 곤두섰던 이유가 무엇일까.

진료실에 들어섰을 때부터 그랬다. 나이 지긋한 남자 의사일 줄 알았는데, 40대도 안 돼 보이는 여의사가 기다리고 있었다. 갸름하고 맑은 피부에 금테 안경, 마디진 데 없이 하얀 손. 한눈에도 귀티나는 분위기에 잔뜩 주눅들었던 것이다. 의사의 자리가 한 단 높아보이고 나를 내려보는 것 같은 기분이었다.

그때부터 나는 의사가 아니라 나와 다른 세계에 사는 여자를 대하고 있었다. 많이 배웠으니 그만큼 잘사는 여자일 텐데, 골목동네의 단칸방 같은 건 구경도 못해봤을 거라는 생각부터 들었다. 이런 상담을 하면서 환자를 어디까지 이해할 수 있을까. 내 이야기를 듣는 동안 상황을 떠올리기 위해서 드라마의 장면들을 상상하고 있었을까. 그러나 바쁜 의사가 〈서울뚝배기〉나 〈사랑이 뭐길래〉 같은 것을 볼 시간은 없을 것 같았다. 아무리 생각해도 고상한 의사가 내 고통과 갈등을 이해할 것 같지 않았다. 시종일관 차분하게 듣고 있는 것도 직업상의 인내심으로 여겨졌다. 책에서 배운 것으로 원인과 해답을 찾았을 게 분명했다.

그런 여자 앞에서 속을 내보이고 울기까지 한 것이 너무 창피했다. 나는 다시는 정신상담 따위는 받지 않겠다고 결심했다.

며칠 동안 못 본 골목 친구들이 떠올랐다. 다희 엄마라면 이렇게 말할 것 같았다.

"뭐하러 거기서 그런 소릴 듣고 앉아 있어?"

영희와 지수가 할 말도 짐작이 갔다.

"검사해보니 멀쩡하다며? 우리 같은 사람들은 병원에 있으면 병이 더 생겨. 빨리 와서 가게 문부터 열어야지."

"그래, 장사하는 게 병 고치는 일이야. 해결책을 엉뚱한 데서 찾고 있네."

내가 있을 곳이 어디인지 분명해지자 더 미적댈 이유가 없었다. 그날 바로 퇴원을 했다. 그런데 알 수 없는 일이었다. 그 후론 한번도 복통이 일어나지 않았으니 말이다.

정신과 상담을 받은 일을 영희에게 했다. 쌀쌀하고 거만해보였던 의사를 흉보고 싶었다. 복통이 멎은 것은 상담 덕분이 아니라, 상담을 거부하겠다는 의지 때문이라는, 내 정신력이 강해서라는 말을 하고 싶었던 것이다.

영희가 내 말을 다 듣고 나서 한숨을 쉬었다.

"문제는 가게가 안 된다는 거지. 그것처럼 숨통 조이는 일이 어딨니? 너 저녁만 되면 슬그머니 문 닫아걸잖아. 일수 아줌마 피하려고."

골목상가 사람들은 누구나 수첩 하나씩 가지고 있었다. 일수 수첩이었다. 일수는 일종의 사채로 누구는 저금으로 이용했고, 누구는 대출로 이용했다. 일수 아주머니가 저녁이면 상가를 돌면서 일정액을 거둬갔다. 영희처럼 수입이 짭짤한 가게에서는 돈 모으는 재미에 일수수첩에 도장 찍는 일이 좋겠지만, 내 경우는 달랐다. 원금과 이자를 갚아야 하는데 매상이 없는 날은 일수 아주머니를 피하고만 싶었다. 다음날 갚을 금액이 더 불어날 것이 당연한데도 당장 돈이 없으니 숨을 수밖에 없는 노릇이었다.

일수를 못 찍은 날은 잠자리에 들면서 아침이 오지 않았으면 좋겠다는 생각을 했다. 나는 서른 살에 희망찬 아침이 모든 사람에게 똑같이 오는 건 아니란 것을 알았다.

일수 아주머니가 올 시간에 문을 닫고 있으면 옆집에서 영희가 하는 소리가 들렸다.

"상아 엄마가 잠깐 어디 가면서 오늘 일수를 나한테 맡겼어요."

내 체면을 지켜주려는 영희가 고마웠다. 나 대신 일수를 찍어준 다음날, 영희는 마음에 드는 것도 아닌 옷을 가져가곤 했다.

"이 꽃무늬, 너무 화려한 거 아냐?"

"정훈 엄마가 꽃인데 거기다 꽃무늬 치마까지 입으면 문방구가 꽃집인 줄 알겠다."

내가 추켜세우는 것으로 고마운 마음을 대신할 때 사정 모르는 지수가 한마디 했다.

"상아 엄마도 장사꾼 다 됐네. 손님 비위도 맞추고. 근데 너무 가는 거 아냐? 꼴랑 만 원짜리 치마 하나 팔면서 아첨으로 도배를 하네. 그 방법 오래 안 간다. 손님들이 영악해서 너무 추켜주면 점점 더 오만해지거든."

성격이 다른 여자 셋은 그래서 더 잘 어울렸는지도 모른다. 잘 웃고 잘 떠드는 영희는 의외로 속이 깊어서 좋았고, 돌직구를 날리는 지수에게는 한 수 배울 게 있어서 좋았다.

그 친구들이 없었다면 도서대여점에서 빌린 추리소설만으로는 버티기 힘들었을 것이다. 나는 김성종, 시드니 셸던의 추리소설은 나오는 대로 다 읽어치웠다. 연애소설은 짜증이 났다. 세상에 단 하나뿐인 사람을 운명적으로 만나 어떤 고통도 감내할 수 있다며 울고 짜고 하는 스토리는 웃기는 소리였다. 그 어떤 고통이라는 게 내가 처한 현실이니 말이다.

추리소설을 읽으며 아무렇지 않게 죽이고 매장하고 감쪽같이 은폐하는 범인의 동선을 쫓아가다보면 다른 생각을 할 새가 없었다. 범행을 파헤치는 형사의 추적을 따라 내 추리를 미리 깔아놓고 보는 것도 재미있었다. 범인의 윤곽은 잡히지 않는데 연쇄살인은 계속되고…. 그런 소설조차 읽지 않으면 시간은 너무 더디 갔다. 시간이 더 빨리 가서 지금보다 나은 어느 미래쯤에 나를 놓아주었으면 하고 바랐다. 내가 바라는 미래란 고작 일수수첩 따위는 없는, 그 정도였다.

하루는 영희가 같이 갈 곳이 있다고 했다. 낮 동안 잠시 가게 문을 닫자는 것이다. 영희가 이끈 곳은 영등포 어디쯤의 점집이었다.

"야, 나 이런 데 간 거 알면 울 남편 난리나. 집안이 다 기독교 믿는데."

"뭐 하러 남편한테 말해? 답답하니까 무슨 방도라도 찾아야 할 거 아냐? 여기 선생님 아주 용해. 나 이혼할 때도, 문방구로 이사할 때도 다 선생님이 앞을 내다보고 얘기해주셨어."

영희가 가끔 부엌에서 중얼거리며 손을 비비는 것을 본 적이 있었다. 그땐 할머니처럼 그게 뭐냐고 놀렸던 나였다. 그런데도 영희가 등을 미니까 마지못한 척 들어서고 있었다.

골목의 선녀보살만 보았던 나는 펑퍼짐한 40대 여자를 선생님이라고 부를 마음이 일어나지 않았다. 근처 무당 영한 줄 모른다더니 선녀보살을 두고 영등포까지 왔나 싶었다. 선녀보살은 이름대로 지상 사람들하곤 조금 달라보이는 신비감이 있었는데, 그 무당은 신기가 조금도 느껴지지 않았다.

무당은 대뜸 반말부터 했다.

"하는 일이 영 안 풀리는구먼. 배배 꼬였어. 몸도 마음도 많이 상했구먼.”

기선제압을 하려는 것일까. 몇 마디 묻지도 않았다.

“이 친구가 선물의 집을 하다가 잘 안 돼서 양품점도 겸하고 있는데 어느 쪽을 해야 풀릴까 해서 데려왔어요.”

영희가 대신 근황을 이야기했다.

“큰 바위가 덮쳤으나 바위를 들어올릴 힘이 없으니…. 집 안에 마디 있는 게 있는데 그게 문제일세. 그것부터 갖다버려야 해.”

무당의 말은 구체적인 것은 하나도 없었고 거의 은유에 가까웠다. 그러면서도 남편에게 안 좋은 일이 생길 수 있으니 부적을 쓰라는 말은 분명히 했다.

내가 망설이자 영희가 부추겼다. 다른 데서는 굿을 하라고 하지만 선생님의 부적이 하도 용해서 부적으로도 다 해결된다고 했다. 모든 일이 내 의사하곤 상관없이 일사천리로 진행되었다. 나는 막바지에 몰린 심정으로 영희가 하라는 대로 따랐다. 집에 와서 남편의 베개에 사각으로 접은 부적을 넣은 것부터 그랬다.

그날 밤 수행해야 할 미션은 ‘마디 있는 것’을 내다버리는 일이었다. 자정을 넘기기 전 아무도 보지 않을 때 해야 했다. 그날 따라 남편도 아이도 늦도록 잠들 생각을 하지 않았다. 내가 일찍 불을 끄자 남편이 오늘은 책 안 읽느냐고 물었다. 새벽에 시장가야 한다는 핑계를 대고는 더 놀겠다는 아이를 끌어안고 토닥거렸다.

드디어 남편과 아이가 잠들었다. 시계를 보니 10분 전 12시. 나는 가게 불을 켜지도 않고 버려야 할 것을 찾아 쥐고는 살그머니 밖으로 나왔다. 골목엔 사람은커녕 개 한 마리 없었다. 학교 정문 쪽 골목에 쓰레기차가 세워져 있었다. 그곳까지 냅다 뛰었다. 한 사람이라도 마주치면 돌아와야 할 판이었다. 만일 누군가가 봤다면, 혹시 앞집 다희 아빠가 창문이라도 열었다면 한밤에 뛰어가는 나를 이상하게 봤을 게 틀림없었다. 달밤에 웬 장대높이뛰기 연습을 하나 했을까?

무당이 장대를 갖다버리라는 말을 한 것은 아니었다. 그저 '마디 있는 것'이었는데, 집에 돌아오며 생각해보니 정말 집 안에 그것이 있었다. 옷을 진열하거나 내릴 때 쓰는 대나무 장대였다. 영희와 나는 무당이 신통하다는 것에 놀랐고, 그것을 풀이한 우리가 대견했다. 그 정도 수고로 일이 잘 풀린다면 무당 선생님을 만나고 오길 잘한 게 아닌가.

그러나 며칠 가지 않아서 남편에게 점집에 갔다온 사실을 실토할 수밖에 없었다. 베개에서 부스럭거리는 소리가 나자 남편이 부적을 찾아냈기 때문이다. 남편은 어이없다는 표정이었다. 나는 영희가 나에게 그랬듯 무당이 용한 이유를 대기 시작했다.

"나를 딱 보자마자 하는 일이 바위에 눌렸다고 하던데? 난 입도 벙긋 안 했는데도."

"그럼 걱정 없는 사람이 점 보러오겠어?"

"맘고생, 몸고생한 것도 알아맞혔다고."

"당신 얼굴 보면 누구든 그렇게 봐. 40kg밖에 안 나가는 사람을 보면 그런 말 안 나오겠어?"

"마디 있는 것을 버려야 한다고 했단 말이야. 그걸 어떻게 알아?"

"양품점 한다고 했다면서? 옷가게에 대나무 장대 하나쯤 있다는 걸 모르겠어? 그리고 찾아보면 마디 있는 게 한두 개쯤은 다 있겠지."

"집에 그런 거 없어. 정훈 엄마도 놀랐단 말이야."

"무당도 다 확률이나 경험으로 넘겨짚는 거야. 거기 가는 사람치고 문제없는 사람이 어디 있어. 표정이나 말하는 것을 보고 짐작해서 하는 말이지. 당신, 정말 한마디도 안 했어?"

그 말엔 할 말이 없었다. 나나 영희가 정보제공을 했고, 무당이 유능하고 말고는 퍼즐 맞추기를 얼마나 잘하느냐는 데 달렸다는 말이었다. 남편은 자기 말을 증명하기 위해서라도 부적을 찢어버리겠다고 했다. 부적 없이도 잘사는 것을 보여주겠다고 했다.

'그거, 만 원짜린데….'

아깝지만 그쯤에서 입을 다무는 게 상책이었다. 공연히 입 밖으로 냈다간 정말 부부싸움을 할지도 모르니까.

그 후로 가게가 더 잘된 것도 아니고 점집을 다시 간 적도 없었다. 얼마 후 가게를 옮기기 위해 내놓았을 때, 무당 대신 영희의 비법을 실천하기는 했다. 가게를 보러오는 사람이 없자 영희가 백 사람의 성을 써서 벽에 붙이고 가위를 거꾸로 매달아 보라고 했다. 어디서 들었다고 했다. 그때는 몰랐지만 돌이켜 생각해보니 일종의 주술의 힘에 기대본 것이다. 백 사람의 성을 쓴다는 것은 그만큼 사람들의 발길이 잦길 바란다는 뜻이었다. 가위는 자르는 기능을 통해 단절과 변화를 바라는 마음에서 비롯된 것이었다. 복덕방 비가 나가는 것도 아니니 속는 셈 치고 하라는 대로 해보았다. 그 비법 덕인지는 몰라도, 얼마 후 가게가 나가긴 나갔다.

확실한 것은 '시간의 힘'이었다. 젊음도 필요 없으니 일수 찍지 않을 날이나 빨리 왔으면 좋겠다는 소망은 얼마 가지 않아 이뤄졌다. 만기 날짜가 도달했기 때문이다. 그새 폭삭 늙어버리지도 않았는데 말이다. 이 순간이 영원했으면 좋겠다고 해서 시간이 멈춰주는 것도 아니었다. 시간은 뚜벅뚜벅 제 걸음대로 흘렀다.

어느새 추리소설 대신 수필집과 소설을 읽고 있는 내가 그 시간 너머에 있다. 정신과 상담을 받았던 것도, 점집에 갔던 것도 까마득한 일이다.

지금 집에는 내다버린 장대와 비슷한 것이 하나 있다. 행거의 옷을 내리기 위한 스테인리스 장대다. 그것을 볼 때면 그날 밤 쓰레기차를 향해 뛰던 내 모습이 떠오른다. 그리고 생각한다.

정말 무당이 말한 것이 대나무 장대였을까. '마디 있는 것'이 구체적인 사물이었을까. 마음의 마디진 것을 끊어내고 매듭을 풀라는 뜻이 아니었을까 하고. 정신과 의사가 과학적으로 내 마음의 마디를 제시한 것도 맞다. '아픈 시어머니를 외면한 죄의식'을 의사 앞에서 울며 토해냄으로써 원인 모를 복통에서 벗어날 수 있었으니까.

그러고 보면 의사도 무당도 다 선생님이다. 유능한 선생님이었다는 말은 선뜻 나오지 않는다. 어느 쪽도 완벽한 신뢰는 못 느꼈으니 말이다.

지금의 내가 더 현명해진 것은 아니다. 과학이 제시하는 현상과 정신세계에 속하는 불가사의한 일 사이에서 흔들리는 건 그때나 지금이나 여전하기 때문이다.

# 재수 좋은 날

'사람을 얼마나 호구로 봤으면….'

'내가 바보지, 어딜 봐서 사장으로 보인다고….'

'그래도 그렇지, 이런 가게에 와서 사기를 치다니.'

'잡히기만 해봐!'

밤새 이불 속에서 발치기를 해도 분이 삭지 않았다. 낮에 있었던 일이 더 또렷하게 떠올랐기 때문이다.

가게 문을 연 지 얼마 되지 않은 한낮이었다. 늙수그레한 아저씨가 첫 손님으로 들어섰다. 낡은 가죽점퍼에 무릎이 튀어나온 카키색 코르덴바지, 키는 컸지만 볼이 패이고 마른 몸집이었다. 앞집 채소가게 아저씨나 만두가게 아저씨와 비슷한 연배로 보였다. 한눈에도 우리 가게에 올 손님은 아니었다. 여성 의류 일색인 양품점이라 남자 양말조차 구비하지 않았기 때문이다. 그런데도 아저씨는 나갈 생각을 하지 않고 진열된 옷가지를 둘러보는 것이었다. 그러곤 처음부터 찍어놓았다는 듯 마네킹이 입은 빨간 점퍼를 가리켰다.

"이거, 얼마요?"

"여성용인데요."

구매할 것 같지 않은 사람에게 하는 말이었다. 진열된 점퍼는 아저씨는 물론이고, 부인이 입기에도 어울리지 않는 캐주얼한 디자인이었기 때문이다. 패딩점퍼의 원조격인 캐시밀론점퍼는 가볍고 따뜻해서 주로 여학생들이나 아가씨들이 사가곤 했다. 만일 부인에게 사주려고 한다고 해도 권하고 싶지 않았다. 남자들이 선물한 것 중에, 특히 옷은 상대방 마음에 드는 경우가 거의 없기 때문이다.

그러나 나는 아저씨를 돌려보내지 못했다. 오히려 친절한 척 응대했다.

"이 옷은 부인보다는 따님에게 어울리실 텐데요."

속으론 딴생각.

'딸이 있는지 알 게 뭐람. 그래도 다음날 부인이 들고 쫓아오는 것보단 낫지. 부인 사준다고 하면 말려야 하나? 그냥 팔아?'

내 생각을 읽기라도 한 듯 아저씨가 바라던 말을 했다.

"그럼, 딸이 입어야 어울리지."

"그래요? 보여드릴게요."

반쯤 성사된 개시에 기분이 좋아서 마네킹이 입은 옷을 벗기고 있는데, 아저씨가 계속 말을 이었다.

"딸이 열은 된다오."

"예?"

"우리 직원 말이오. 내가 저기 학교 정문 근처에서 공장을 하는데, 여직원이 열 명이야. 이번 설에 보너스 줄 형편은 안 되고, 해서 따뜻한 점퍼라도 사주려는 거요."

"열 벌이나요?"

"응. 지나가다 보니 노란 색도 있던데. 어떤 색이 더 잘나가요?"

"둘 다 인기지요. 요즘은 원색으로 입는 게 유행이에요. 따뜻한 건 물론이고 가벼워서 학생이나 아가씨나 다 찾아요."

아저씨의 마음이 바뀔까봐 빠른 속도로 설명했다.

"아까 물어봤는데, 값은 왜 말을 안 해주는 거요? 내가 이런 것도 못 살 형편으로 보이나 보지."

그 말에 더 조급해져서 저절로 공손한 태도로 바뀌었다.

"그게 아니라…. 남자 손님이 오는 경우가 없다 보니…. 저, 2만5천 원입니다."

내 태도는 공손을 넘어 비굴 모드로 변하고 있었다.

"허허, 웃자는 소리지. 그럼 반반 주문하면 되겠네. 빨강 다섯, 노랑 다섯으로 할까?"

마치 프라이드 반, 양념 반 치킨을 주문하는 듯한 말투였다.

계산이 바로 나왔다. 만오천 원에 사 와서 만 원씩 남기면 열 벌에 십만 원. 한 달 가겟세가 한 방에 해결되는 것이다. 그러나 소매로 하는 양품점에 같은 디자인의 옷이 열 벌 넘게 있을 리 없었다. 입에 침이 말랐다. 이대로 대어를 놓칠까봐 목소리마저 줄어들었다.

"도매시장에 갔다와야 하는데. 내일 오시면 안 될까요?"

"그래요, 그게 뭐 어렵다고. 우리 공장에서 멀지도 않은데."

터져 나오려는 쾌재를 가까스로 누르는 순간.

"참, 우리 마누라한테 보여줘야 하는데. 마누라가 다른 걸 사자고 할지 몰라서 말이요. 일단 빨간 색은 오늘 가져가고 아홉 벌은 내일 이 시간에 가지러 올게요."

아저씨는 지갑을 꺼내려는 듯 안주머니에 손을 넣더니, 난처한 표정으로 말했다.

"이런, 지갑을 두고 나왔네."

"…?"

"내가 다른 약속이 있어서 바쁜데. 얼른 마누라 보여주고 다시 가져올게요. 우리 공장은 정문 옆 떡가게 옆에 있어요. 조그만 봉제공장이야. 정 사장이라고 하면 다들 알아."

순간 어떻게 대답해야 할지 난감했다. 안 된다고 하면 야박해서 안 산다고 할 것 같고, 따라나서겠다고 하면 대고 의심하는 것으로 보여 기분을 상하게 할 것 같았다.

"지갑이 없으니 명함도 줄 수 없고. 에이, 하는 수 없지. 다음에 올게요."

아저씨는 내가 망설이는 것을 눈치챈 듯 쇼핑백을 내려놓았다. 그대로 가면 다음날 온다는 보장이 없었다. 나는 애써 아무렇지 않은 표정을 지으며 아저씨에게 다시 쇼핑백을 건넸다.

"그렇게 하세요."

한 시간은 곧 오려니 하고 기다렸다. 그러나 정 사장이라는 사람은 오지 않았다. 뭔가 잘못되었다는 생각이 든 것은 두 시간쯤 지나서였다. 정문 앞 봉제공장을 찾아갔다. 떡집 옆에 유리문으로 된 공장 비슷한 건물이 있었다. 미닫이문을 열자 봉제 인형 상자가 잔뜩 쌓여 있고, 작업대에서 열 명 남짓한 여자들이 일하고 있었다. 아저씨가 말한 대로였다. 잠시 의심한 것이 미안했다.

"여기, 사장님 계세요?"

"난데요, 어디서 오셨어요?"

그런데 사장이라고 일어나는 사람은 중년 여인이었다.

"사모님이세요?"

"아니, 내가 사장인데요?"

"제가 찾는 분은 정 사장님이라고, 남자분이신데. 좀 마르고 연세도 있는 분이에요."

"우리 아저씨는 김 씨야. 지방에 있고요."

애써 찾은 안도감이 다시 무너졌다.

나는 이 공장 사장이라는 분이 오전에 우리 가게에 와서 점퍼를 가져간 사정을 말했다. 그러나 여사장도 직원도 그런 사람은 모른다는 것이었다. 맥이 풀렸다.

어깨를 늘어뜨리고 돌아오는 길에 화장품가게에 들렀다. 지수에게 하소연이라도 하지 않고는 그냥 갈 수가 없었다. 그런데 말을 꺼내자마자 지수가 그 아저씨를 안다고 했다.

"어쩌나, 상아 엄마가 당한 거야. 얼마 전에 우리 가게에도 왔었어. 똑같은 수법이었지. 직원들에게 보너스를 못 주니 화장품이라도 사주고 싶다면서 기초 화장품 세트를 고르더라. 나보곤 박 사장이라고 했는데. 나머진 자기에게 한 것과 똑같아. 나는 외상은 안 된다고 했지."

"그 얘길 왜 안 했어?"

"사기를 당한 것도 아니고, 하루에 진상이 몇이나 왔다가는데. 알고 보니 진짜 사기꾼이었네."

"자기가 안 당했다고 여유부리는 것 좀 봐."

"상아 엄마가 워낙 사람을 잘 믿으니까 속은 거지. 나는 딱 봐도 횡설수설하는 게 영 못 믿겠던데."

"딸 같은 여공들에게 따뜻한 옷이라도 입히고 싶다는 말에 얼마나 감동했게?"

"요즘 세상에 그런 사장이 어딨냐? 난 그 말이 더 의심스럽더라."

위로받으러 갔다가 바보가 되어 나왔다.

"너무 속상해하지 마. 경찰이 열이라도 작정한 도둑놈 하나 못 잡는다는 말도 못 들어봤어? 이참에 액땜했다 쳐."

지수가 등 뒤에서 몇 마디 더 했지만, 하나도 들리지 않았다.

학생들이 들락거렸을 때는 수시로 자질구레한 물건이 없어졌어도 그만큼 분하진 않았다. 훔치는 아이의 얼굴을 못 봐서일지도 몰랐다. 그런데 면전에 대고 옷을 상납한 꼴이 되고 보니 나 자신이 그렇게 한심스러울 수가 없었다. 께름칙했을 때 욕심을 부리지 말았어야 했다. 한번에 10만 원의 수익이 생길 수 있다는 것에 앞뒤 재지도 않고 덥석 미끼를 물어버린 내가 비참하기까지 했다. 사기 치기 제일 쉬운 사람은 욕심 많은 사람이라는 말이 내 얘기가 될 줄은 몰랐다.

내 것 잃고 죄짓는다더니, 온종일 사기 친 아저씨를 향해 퍼부었던 욕설, 저주, 악담이 한 보따리에 자신을 향한 자책, 비난, 울화가 또 한 보따리였다. 나중엔 왜 하필 그 시간에 문을 열었는지, 차라리 낮잠이나 잘 것이지 하는 자조까지 보태졌다. 생각할수록 재수 없는 날이었다.

그러니 밤에 잠이 올 리 만무했다. 이리 뒤척, 저리 뒤척 한숨을 푹푹 쉬자니 옆에서 자던 남편까지 깼다. 내가 왜 잠을 못 자고 있는지 아는 남편이 말했다.

"그런 건 빨리 잊을수록 좋아. 잃어버린 건 만오천 원인데, 속 끓이는 건 십만 원도 더 되겠다. 진짜 손해는 마음 상하는 일이야. 세상에 이보다 더한 일로 속거나 당하고 사는 사람이 얼마나 많은데, 당신은 첨 겪어봤잖아. 이참에 인생수업 잘했다고 생각해. 수업료치고는 싼 편이구먼."

"그래도…."

"뭐가 그래도야? 그 나이에 좀도둑처럼 작은 가게나 다니면서 사기 치고 다니는 노인네가 불쌍한 인생이지."

그 말에 기분이 조금 누그러졌다. 남편이 한마디 더 하고 이불을 끌어올렸다.

"그 옷을 가져다 뭐에 쓰겠어? 정말 자기 딸에게 주었을지 모르지. 당신이 속상해하는 시간에 그 노인네 딸은 아빠 선물을 받고 행복했을지 모르잖아. 당신, 오늘 좋은 일 한 거야."

아무렇지 않게 던진 그 말이 내 마음을 바꿔놓았다. 그 옷으로 이 시간에 누군가가 행복할 수 있다고? 아저씨는 사기를 쳐서라도 가장 노릇을 하는 것일까. 화장품이나 옷 같은 것을 제 식구에게 가져다주던지, 아니면 그렇게 모아서 싼값에 어디 팔아먹던지 아저씨의 호구책이 아닐까 싶었다. 그것이 아저씨가 입지도 바르지도 못할 여성용 물건들이어서 더 그랬다. 한겨울에 입성도 허름한 채 적당한 물건을 찾아다니는 아저씨가 눈에 그려졌다. 적당한 물건에는 나 같은 멍청이도 포함될 테지만.

더는 화가 나지 않았다. 어떤 가장은 무능하고, 더한 가장은 무능한 데다가 폭력적인 사람도 많이 봤다. 어쩌면 그 아저씨도 사기 전력으로 가족을 힘들게 했을지도 모른다. 배운 기술이 사기라서 늘그막에도 그 방법으로 사는지도 모를 일이고. 하지만 나를 감동하게 했던 '딸 같은 여공들'이란 말이 거짓말만은 아닐 것 같았다. 그의 하나뿐인 딸이 공장에서 일하고 있을지도 모르니 말이다. 따뜻한 옷을 입히고 싶은 마음은 진심이었을 것으로 생각하니 종일 소란했던 마음이 가라앉았다.

'그래, 차라리 재수 좋은 날이라고 생각하자. 남편도 오늘 좋은 일 했다지 않아. 내가 먼저 불우이웃 돕겠다고 나설 사람도 아니고. 아저씨가 사람 만들어줬네.'

그날의 결론이었다. 그러고 보면 결코 비싸지 않은 수업료였다.

# 엄마가 살아냈던 힘은

엄마의 비밀은 그리 오래 가지 않았다. 하긴 그 비밀이란 게 늘 그랬듯 보자기 매듭을 느슨하게 풀어놓는다든지 상자 뚜껑을 슬쩍 덮어놓는 식이었다. 내가 발견하고 내용물을 궁금해하도록, 고의든 우연히든 여기저기 단서를 남겨놓기 일쑤였다.

비밀 공개는 무심코 던진 말 한마디 때문이었다. 한 벌밖에 없던 엄마의 외출복이 늘어나고 점점 화려해지기 시작해서 물어봤다.

"엄마 옷은 왜 하나같이 꽃무늬 아니면 반짝이야?"

엄마는 얼굴을 살짝 붉히면서 누가 들을세라 말했다.

"거기 가면 여자들이 얼마나 잘 차려입고 오는지 알아? 반짝이 아니면 입은 티도 안 난다, 얘."

엄마가 불면증과 우울증을 앓고 있을 때 이웃에 사는 친구가 데리고 간 곳이 사설 무도회장이라고 한다. 엄마는 내게 털어놓을 기회를 엿보고 있었던 듯 '거기' 간 이야기를 풀어놓기 시작했다. 처음 갔을 땐 춤바람난 사람들이나 가는 곳이란 생각에 다신 가지 않을 거라고 했단다. 그런데 두 번, 세 번 가보니 그게 아니란 것이다.

"거기도 다 사람 사는 데더라. 춤바람에 빠지면 살림은 뒷전이고 미쳐서 거기만 오는 줄 알았더니, 시장에서 장사하는 아줌마들도 있고, 자식 번듯하게 키운 아저씨들도 있어."

무엇보다 달게 잔다는 말이 내 마음을 움직였다. 아버지가 돌아가시고 5년 동안 엄마가 편히 자는 걸 본 적이 없었기 때문이다.

"잘됐네. 즐겁게 놀고 와서 잘 주무신다니."

그 말이 떨어지자마자 나는 엄마의 공범이 되고 말았다.

어려서부터 나는 엄마의 갈대밭이었다. 속 터놓고 말할 친구가 없어서였을까. 내가 말귀를 알아들을 즈음부터 엄마는 당신의 이야기를 했다. 아버지와 선봤던 날, 힘들었던 시집살이, 서울로 취직하러 온 이야기… 어린 시절부터 하도 많이 들어서 귀에 싹이 날 정도였다. 특히 아버지와 상의도 없이 혼자 서울에 온 이야기는 언제 들어도 무용담이었다. 결혼한 여자라는 걸 숨기려고 비로드로 통치마를 해 입고 파마부터 했다는 것이다. 당시 부인들은 여미는 한복 치마를 입었고 아가씨들은 종아리까지 오는 통치마를 입었다는 것도 그래서 알았다. 신혼 초에 가출을 감행한 새댁을 찾아나선 신랑은 그 덕에 서울에 뿌리를 내렸다. 1960년이었다. 당시는 서울만이 살길이라고 무작정 상경하는 사람들이 많았다. 그래도 아내가 앞장선 경우는 흔치 않았을 터. 엄마가 진취적인 여성임엔 틀림없다.

그러나 나는 엄마 때문에 일곱 살부터 거짓말을 천연덕스럽게 하는 아이가 되어버렸다.

"너도 아버지가 지난 밤 안 들어온 거 알지? 아침에 옷 갈아입으러 오면 엄마 집 나갔다고 해."

내가 태어나기 전에 했다던 가출을 다시 하겠다니…. 겁이 덜컥 났다. 입술을 비죽거리며 물었다.

"엄마, 정말 나갈 거야? 우리 다 버리고?"

엄마는 불안해하는 내 손을 잡고 토닥이며, 그러나 결연한 목소리로 말했다.

"아냐, 진짜 나가는 거 아니니까 울지 말고 잘 들어. 엄만 다락에 숨어 있을 거야. 하지만 아버지에겐 일어나보니까 엄마가 없어졌다고 해야 해. 동생들한테도 절대 말하지 말고. 네가 잘 해야 아버지가 집에 들어오는 거야, 알았지?"

진짜가 아니란 말에 얼마나 안심이 되던지. 잘 알았다는 뜻으로 고개를 크게 끄덕였다.

엄마 말대로 아침에 들어온 아버지는 동생들이 엄마가 없어졌다고 울고불고하는 바람에 달래느라 지각을 하셨다. 그날 우리는 처음으로 아버지가 배달시켜준 짜장면을 먹었다. 동생들은 엄마가 없다는 사실조차 잊어버리고 희희낙락이었다. 하지만 나는 자꾸 다락으로 눈이 가서 짜장면이 입으로 들어가는지 코로 들어가는지 알 수 없었다.

몇 번의 거짓말에 연기까지 늘어가면서 나는 아버지의 외박이 무엇을 의미하는지 알게 되었다. 덕분에 열 살도 되기 전에 조숙하게도 부부가 서로만을 바라보는 게 아니란 것, 곁눈질하는 사람도 있는데 그것을 '바람'이라고 한다는 것도 알았다. 나는 엄마를 이해하고 지켜줄 사람은 나밖에 없다고 생각했다. 그때부터 엄마의 비밀을 공유하는 갈대밭이 된 것이다.

그렇지만 엄마는 아버지와 해로하지 못했다. 부부싸움도 젊어 한때일 뿐, 등 기대고 살 줄 알았던 시간은 오래 주어지지 않았다. 마흔다섯에 아버지를 보낸 엄마는 5년 동안 눈물 마를 새 없이 애통해했다. 엄마가 그리워하는 아버지는 어렸을 때부터 듣고 보았던 아버지가 아니었다. 무슨 일이든 아내와 상의하고 하자는 대로 하는 남편, 몸이 약한 아내를 염려하는 남편, 월급뿐 아니라 비상금까지 털어주는 자상한 남편… 세상 없는 애처가로 변한 것이었다. 나로선 뜻밖이었다. 사실 엄마의 회상을 들어보면 아주 많이 틀린 말은 아니었다. 사는 동안 좋았던 기억만 편집하고 나머지는 다 폐기한 것이니 말이다. 엄마가 편집한 아버지는 엄마의 남편일 뿐, 어디에도 내 아버지인 부분이 없었다.

나는 그런 엄마가 섭섭했다. 엄마 편만 들다가 정작 아버지하곤 말 한마디 다정하게 나눈 적이 없었기 때문이다. 도리어 아버지를 미워한 날이 더 많았다. 기어코 나는 엄마가 폐기한 기억을 되살려주었다.

"엄마, 다 잊었어? 아버지가 얼마나 속썩였는지?"

말해놓고 나니 공연히 엄마의 환상을 깨는 게 아닌가 싶었다. 좋았던 기억만 안고 살게 두어야 그나마 버틸 텐데, 내가 상처를 헤집고 말았다는 후회가 밀려왔다.

그러나 내 걱정은 기우였다. 엄마는 환상을 끌어안고 있는 게 아니었다.

"다 지난 일이야. 네 아버지 오십도 못 채우고 갔다. 그동안 마누라, 자식 건사하느라 얼마나 고생했니? 아침에 양복 입고 나가니까 편히 일한 줄 알았어? 너희에게 작업복 입은 모습 안 보이려고 그랬던 거야. 평생을 일만 하다 간 사람인데, 바람 좀 피운 게 무슨 대수라고. 아니, 그나마 잠깐 그럴 때라도 있었다고 생각하면 내가 좀 덜 미안해."

허공을 향한 엄마의 눈빛은 진심이었다. 기억은 쉽게 편집하고 폐기할 수 있는 게 아니었다. 엄마와 아버지는 다투기도 많이 했는데 그것도 곁에 있을 때 일이었다. 엄마는 속썩이는 남편이라도 곁에 있기만 하면 좋겠다고 했다. 어려서부터 엄마 편이라고 자처했던 나는 엄마를 몰라도 너무 몰랐다.

엄마의 외로움과 좌절을 이해하기에는 자식들은 어렸고, 저마다 바빴다. 그런 엄마에게 손을 내민 사람은 동네 친구였다. 엄마는 친구의 손에 이끌려 밖으로 나올 수 있었다. 오랜만에 엄마의 얼굴에서 화색이 돌고 웃음이 피어나자 동생들은 이유 같은 건 상관없이 안도했다. 엄마는 일을 다니는 틈틈이 '거기'도 다녀와야 해서 바빠졌다. 자식 넷을 뒷바라지하는 일 또한 만만치 않았지만, 어느 것 하나 소홀히 하지 않았다. 엄마 덕분에 나로선 궁금할 것도, 알아서 도움이 될 것도 없는 그쪽 세계에 대해 알게 되었다. 사람 사는 데가 다 그렇듯 거기도 경쟁과 시기가 끊임없었다. 남자와 여자가 어울리는 곳은, 아이나 어른이나 매한가지라는 것을 알게 되었다. 그러니 엄마의 옷이 자꾸 화려한 쪽으로 업그레이드될 수밖에 없다는 것도.

그러나 엄마가 춤의 세계에 들어섰다는 것이 좀체 믿어지지 않았다. 엄마는 잔치에서도 노래 한 곡 부를 줄 모르는 사람인데 춤이라니? 한번도 엄마가 신명에 빠진 것을 본 적이 없었는데 말이다. 그 미스터리를 추적해보니 어느 날 갑자기 변한 게 아니라는 결론에 도달했다. 노래는 못 불러도 노래방에 따라가는 것을 좋아했고, 자식들이 모여 맥주 파티라도 할 때면 밤늦도록 새 안주를 만들어주곤 했다. 정작 엄마는 술도 못 드시면서 우리가 노는 모습이 보기 좋다고 하셨다.

곁에서 시중드는 것으로도 즐거워하는 엄마야말로 신명이 우리보다 한 수 위가 아닐까. 그런 엄마가 눌러두었던 흥을 꺼낸 것은 쉰 살이 넘어서였고, 나는 그때 결혼을 앞둔 스물여덟 살이었다. 내가 떠나면 의지할 데 없는 엄마를 걱정하던 차에, 기댈 수 있는 것이라면 무엇이라도 다행이다 싶었다. 처음 발들인 사교댄스에 빠진 엄마는 음악만 나오면 저절로 움직이는, 통제가 안 되는 지경에 이르렀다. 나는 카세트를 틀어놓고 신나게 스텝을 밟다가 식구 중 누가 들어오면 시치미를 떼고 싱크대 앞에 서는 엄마를 보면서 웃음을 참곤 했다.

결혼 날짜를 잡고 혼수 준비를 하면서 엄마는 주위에 제 힘으로 결혼자금을 마련한 딸이라고 내 자랑을 했다. 그동안 내 월급을 한 푼도 쓰지 않고 저축을 했다는 걸 그때 알았다. 집안에 별 도움이 되지 못한 딸을 효녀로 포장해준 것이 고마웠지만, 그 마음은 오래 가지 않았다. 혼수를 사러 남대문시장에 갔을 때였다. 나는 기어코 엄마에게 소리를 지르고 말았다.

엄마가 무얼 봐도 건성이었다. 이불가게에서 이불을 고를 때였다.

"엄마, 이거 어때?"

당연히 옆에 있을 줄 알았던 엄마가 보이질 않았다. 한참을 두리번거리다가 보니 시장 구석의 스피커 앞에 서 있는 엄마. 그냥 서 있는 게 아니었다. 트로트 가락에 맞춰 스텝을 밟고 있었다.

“엄마아!”

그제야 화들짝 놀라 달려와서는 보지도 않고 지갑부터 여는 것이었다. 다른 가게에서도 마찬가지였다. 나는 고르고 엄마는 달려와서 계산만 하는 동작의 반복이었다.

“늦게 배운 도둑질이 밤새는 줄 모른다더니 내가 꼭 그 짝이다, 그치?”

엄마는 겸연쩍은 얼굴로 그날 산 물건들을 혼자 다 들겠다고 했다. 나도 화가 나서 양손 가득 든 짐을 나눠 들지 않았다.

머릿속 이해와 현실은 달랐다. 아무리 배운 지 얼마 안 돼서 그런다지만, 출산이 임박한 딸이 병원에 입원했을 때도 엄마는 그쪽 세계에만 골몰해 있었다. 누워 있는 딸 곁에서 표정이 뜬구름 잡듯 멍했다. 머릿속에서 계속 트로트 가락이 재생되는 모양이었다.

‘스텝 밟고, 한 바퀴….’

춤 동작을 까먹을까봐 시도 때도 없이 복기하고 있는 엄마, 내게 무신경한 것이 또 화를 돋웠다.

“아, 그렇게 춤추고 싶으면 가버리라고. 나 혼자 낳을 거야.”

말은 그렇게 했어도 진짜 갈까봐 옷자락을 꽉 움켜잡았다.

바로 진통이 시작되었기 때문이다. 엄마도 마치 멀리 갔다가 돌아온 사람처럼 내 손을 잡고 어쩔 줄 몰라 했다.

그날 일이 미안했던지 엄마의 산후구완은 극진했다. 처음 맞이한 외손녀에 대한 사랑 또한 더할 나위가 없었다. 친정에서 산후조리를 하는 동안 집 안엔 트로트 대신 모차르트가 흘렀다. 아기를 위한 음악이라는 걸 아는지, 엄마의 발은 모차르트에는 반응하지 않았다.

미역국을 끓여놓고 일을 나갈 때마다 엄마는 미안해했다. 유학간 남동생부터 대학생, 고등학생까지 동생들이 다 학생이어서 일을 안 할 수 없었기 때문이다.

엄마가 가사도우미로 가면 부른 사람들은 하루치 일당을 뽑을 생각에 일감을 많이 내놓았다. 커튼을 빨고 청소에 부엌일에. 점심을 거를 때도 허다했다. 심지어 절도범으로 몰아세우는 여자도 있었다. 하루는 녹초가 되어 돌아온 엄마에게 전화가 걸려 왔다. 수화기 너머의 여자는 다짜고짜 다리미가 없어졌다며 의심하는 것이었다. 엄마가 그날은 다림질을 하지 않았다고 해도 막무가내였다. 내가 수화기를 빼앗았다.

"당신, 사람 어떻게 보고 함부로 말해? 우리 엄마, 박사 엄마 될 사람이라고! 그까짓 다리미 하나 훔쳐올 사람으로 보여? 명예훼손으로 고소할 거야. 언다 대고 함부로 입을 놀려, 이 미친 여편네야."

욕설까지 하며 악을 썼지만 결국 울고 말았다. 그 여자 때문만이 아니라 내게 더 화가 났다.

엄마는 그 정도 수모는 별일도 아니라면서 그 후로도 계속 일을 나갔다. 그러다 더한 사달이 생기고서야 가사도우미 일을 그만두었다. 어느 날 맞벌이하는 집에서 혼자 일을 하고 있다가 절도범을 만난 것이다. 도둑으로 몰렸을 때와는 비교할 수 없는 긴박한 상황이었다. 엄마는 도둑에게 통사정했다.

"이 집에서 필요한 건 다 가져가도 좋아요. 나만 살려주세요. 남편도 없이 애들을 키우는데, 내가 없으면 안 돼요."

얼마나 간절하게 말을 했으면 도둑이 그러더란다.

"나도 어려운 사람은 해칠 마음 없으니 아줌마는 화장실에서 꼼짝 말고 있어!"

그때 엄마는 당신 목숨이 당신 것이 아니라는 생각뿐이었다고 했다.

그 이야기는 일을 그만두고 한참 지난 후에야 했다. 역시나 무용담처럼 신나게 말하는 엄마.

"내가 얼마나 잘 넘겼니? 살아야겠다는 생각에 손이 발이 되도록 빌었다니까. 생각해보니 녀석도 초범이었던 거 같아. 어려운 사람 사정은 지가 더 잘 안다면서."

그러나 나는 같이 웃을 수가 없었다. 아찔했다. 화장실에서 떨고 있었을 엄마를 생각하니 머릿속이 하얘졌다.

"엄마, 도둑놈한테 이런저런 사정을 줄줄이 대면서 말 많이 했지? 그런 놈들 포악해서 강도로 돌변할지도 모르는데, 정말 천만다행이야."

"애, 그래도 애가 착한 것 같더라. 오죽하면 도둑질하러 왔겠어. 처음엔 무서웠지만 화장실 안에서 생각해보니 불쌍하더라. 젊은 애던데…."

"엄마, 뭐가 착하고 뭐가 불쌍해. 암튼 어디 가서 말 길게 하다간 큰 봉변당할 수 있다니까."

"애는. 내가 바본 줄 알아? 다 누울 데 보고 다리 뻗는다고, 사람이 사람을 알아보는 게지."

위로해도 부족할 판에 나는 엄마에게 언성을 높였다. 그러면서도 엄마의 임기응변이 놀랍기도 하고 고맙기도 했다. 작은 일엔 풀잎같이 흔들리는 사람이 큰일 앞에선 가지 하나 미동하지 않는 큰 나무 같은 사람이 엄마다.

"결론은 도둑놈도 엄마를 알아봤다는 얘기네. 예뻐서일까, 똑똑해서일까?"

내 말에 기다렸다는 듯 돌려준 한마디.

"내 말이."

무겁고 힘든 대화를 우리 모녀는 그렇게 끝냈다. 우리만의 위로하는 방식이다.

그 후로 엄마는 동네 필통공장으로 일자리를 옮겼다. 엄마의 반짝이는 옷들은 여전히 옷장에 박힌 채 나오지 못했다. 나는 미안한 마음을 대신하고 싶어서 공범자라는 것을 넌지시 상기시켰다.

"엄마, 시간 내서 놀다오지 그래?"

"그럴 새도 없지만 마음도 없다, 얘. 그 시간에 우리 손녀 한 번 더 안아줘야지."

할머니로 완벽 변신한 엄마가 왠지 반갑지만은 않았다. 생각해보면 난 공범자 노릇을 한 적이 없었다. 말로는 이해하는 척 했지만, 눈빛으로는 못마땅해한 것을 모를 엄마가 아니었다.

산후조리가 끝나고 시댁으로 돌아가자 엄마는 내가 결혼해서 집을 떠날 때보다 더 섭섭해했다. 손녀가 눈에 밟혀서 집에 들어올 맛이 안 난다고 했다. 몇 달 후, 내가 엄마의 도움 없이는 장사할 수가 없다고 했을 때 흔쾌히 그러마한 것도 손녀를 매일 볼 수 있기 때문이었다.

엄마는 손녀를 돌보는 출퇴근이 가장 쉽고 행복한 일이라고 했다. 동네 친구도 많이 생겼다. 채소가게는 엄마 또래 아주머니들의 사랑방이었다. 엄마도 비 오는 날이면 부침개를 해서 동네 아주머니들을 불러들였다. 손님이 드나들어야 할 가게가 엉뚱하게 아주머니들 놀이터가 되는 바람에 더러 짜증을 내긴 했지만, 엄마의 밝은 모습을 보는 게 나도 좋았다.

얼마 지나서 내가 장사에 어느 정도 이력이 붙고 딸아이도 또래와 어울릴 때쯤 되자 엄마는 다시 직장에 다니게 되었다. 퇴근 후에 틈틈이 손녀와 동네 친구들을 보러오곤 했다. 그 무렵 엄마에게 새 친구가 생겼다. 다희 할머니였다. 얘길 나누다 보니 같은 성에 항렬이 같은 친척이라고 했다.

"서울 살면서 나하고 이름 한 글자만 다른 사람을 만나다니 이런 인연이 있다니?"

마치 이산가족이라도 만난 것처럼 말했다. 얼마 지나자 두 사람은 만나기만 하면 어디론가 사라졌다. 채소가게 텃하고도 뜸해졌고, 손녀들을 봐주는 일도 전 같지 않았다.

그 비밀 열쇠를 다희 엄마가 알아냈다.

"우리 시어머니는 상아 할머니랑 나갔다 하면 성질이 잔뜩 나서 들어오셔."

"두 분이 마음 맞아서 잘 다니는 거 아니었어?"

"마음이 맞는다고? 내가 보기엔 서로 필요해서 맺은 동맹 같은데."

"아니, 할머니들끼리 무슨 동맹까지? 또 동맹을 맺었으면 상호 협조해야 하는 거 아냐? 그런데 다희 할머니는 왜 화를 내신다는 거야?"

"상아 엄마는 몰랐어? 두 분이 콜라텍 다니는 거?"

"아, 다희 할머니도 춤 배우셨어?"

"우리 시어머니는 배운 지 오래됐으니 그 세계에선 선배인 셈이지. 근데 같이 콜라텍이나 무도장에 가면 상아 할머니만 춤 신청이 들어온다는 거야. 시어머니는 공치는 날이 허다하대."

"언제 그런 일이 있었대? 웬일로 엄마가 나한테 말도 안 하고."

"우리 시어머니가 드럼통이잖아. 게다가 심술궂은 인상이고. 상아 할머닌 작고 여성스러워서 인기가 많다더라. 시어머니가 욕심이 좀 많니? 지는 것을 싫어하니 질투가…"

"뭐야, 꽃들의 전쟁인 거야?"

우리는 한참을 웃었다.

다희 엄마는 덕분에 시어머니 흉을 맘껏 보았고 나는 엄마가 인기가 많다는 데 으쓱했다. 할머니일지언정 우리 엄마가 더 예쁘다는 소리니까. 그 말을 듣고 도매시장에 가면 엄마 옷부터 사야겠다고 생각했다.

한동안 발길을 끊었다고 해도 마음과는 달리 엄마의 어깨와 발이 음악에 반응한다는 것을 알고 있던 터였다. 그런데 마침 취미가 같은 친구를 만난 것이었다. 남이 알면 춤바람난 과부들이라고 수군댈 테니 비밀 유지를 위해선 동맹을 맺고도 남을 일이었다.

듣기로는 그 당시 콜라텍 입장료가 남자는 2천 원, 여자는 천 원하는 곳도 있다고 했다. 어떤 곳은 입장료를 받지 않는 곳도 있단다. 말 그대로 콜라 한 병이면 몇 시간 동안 놀 수 있는 곳이란 뜻이다. 제대로 된 카바레는 비싸서 갈 엄두도 못 냈지만, 엄마는 프로들이 노는 곳은 겁난다며 당신 같은 아마추어들이 드나드는 콜라텍이나 작은 무도장에 간다고 했다. 그런데 거기서는 선배의 질투를 유발할 정도로 인기 있는 신인이었다니. 딸을 시집보낼 때도, 첫 손녀를 맞이할 때도 구박을 받아가며 익힌 실력이 드디어 빛을 발휘했던 것일까.

"알고 보니 울 엄마가 댄싱퀸이었네."

한번도 생각해본 적 없는 엄마의 새로운 신분이었다. 누구의 엄마도 할머니도, 일하는 아줌마도 아닌, 춤추는 여인일 뿐인 엄마.

젊은 나이에 남편을 잃고, 허허벌판에 내몰리듯 자식 넷을 떠안아버린 엄마. 살림밖에 모르던 사람이 수모를 참아가면서 남의 집 일을 해야 했던 날들. 힘들게 가르쳐놓고 나면 한숨 돌릴 새 없이 결혼시키고 손주까지 봐야 하는, 벗어날 수 없는 엄마라는 굴레. 춤을 추는 두세 시간은 엄마라는 신분을 내려놓을 수 있는 유일한 시간이 아니었을까. 인생에서 가장 힘들었던 고비를 엄마는 그렇게 넘기고 있었다.

엄마의 50대는 속절없이 흘러갔다. 하루는 엄마가 내게 긴히 할 말이 있다고 했다. 한동안 꺼내지 않았던 비밀이 또 있나 싶었다.

"너만 알고 있다가 꼭 내 말대로 해줘야 한다."

"왜 이렇게 심각해?"

"허투루 듣지 말고. 나 죽으면 네 아버지와 합장하지 말고 화장해서 뿌려줘."

"응? 엄마 힘들 때마다 빨리 죽어서 아버지 곁으로 가는 게 소원이라고 했잖아. 할 일 다 끝내고 아버지에게 가서 기대고 싶다고."

"그건 옛날 얘기지. 합장하면 너희들에게 안 좋아."

"무슨 말이야? 어디 가서 점 봤어? 엄마는 점 보러 다닌 적 없잖아."

"아니야. 내 생각이 그래. 엄마가 춤추러 다닌 거 네 아버지가 하늘에서 내려봤을 텐데, 내가 곁으로 가봐라, 분명 떠밀기부터 할걸. 옛날부터 부부 사이가 나쁜 사람을 합장하면 무덤 속에서도 싸워서 자식들한테 안 좋다더라."

"아이고, 어디서 그런 미신을…."

"미신이든 아니든, 아버지에게 미안하니까 그냥 내 말대로 화장해줘."

"진심도 아니면서 왜 그런 말을 해. 그리고 엄마가 미안할 게 뭐 있어? 아버지도 그래. 양심이 있으면 엄마에게 뭐라 못하지. 아버진 살아서 엄마한테 못할 노릇한 사람이야. 젊어선 바람피워서 마음 아프게 하고 일찍 돌아가셔서 고생시키고. 아, 정말 무덤 속에서 싸우게 되면 엄마도 큰소리쳐. 너무 힘들었을 때 춤이라도 추었기 때문에 죽지 않고 살았던 거라고."

"얘는 내가 하는 소리를 장난으로 듣고…."

나도 장난으로 들을 소리가 아니란 것을 모르지 않았다. 그러나 엄마의 발상은 너무도 애처로웠다.

"내가 따라가서 대신 따져줄 순 없는 일이고. 암튼 나는 엄마 말대로 못해. 설령 두 분이 치고받고 싸운대도 합장시켜줄 거야. 죽어서도 부부싸움 할 정도면 정도 보통 정 아닌 거예요. 어쨌든 싸움의 끝은 있을 테니까 우리 자식들이 잘 풀리면 이제 두 분 화해했나 보다, 하면 되지."

"너하곤 말이 안 통한다. 누구에게 이 부탁을 하면 좋니."

더는 고집부리지 않았지만 고개를 돌리는 엄마의 얼굴에서 슬며시 피어나는 웃음을 나는 보았다.

그 말을 할 때는 다시는 '거기'에 가지 않을 때였다. 그러곤 몇 해 동안 가지 않았던 성당에 다시 나가기 시작했다. 그동안 죄의식 때문에 미사에 참석하지 못했던 엄마였다. 내가 중학교 때 성인만화나 『선데이서울』을 읽고 난 후에 교회도 못 가고 감히 십자가도 똑바로 못 봤던 것과 마찬가지로. 그러니 엄마는 내 엄마 맞고 나는 엄마의 딸인 게 맞다.

지금 내 나이보다도 적었을 때 혼자 사막을 건너온 엄마에게 '댄싱퀸'이었던 시간이 있었다는 게 얼마나 다행인가. 그 몇 년이 잠깐 들었다 스러진 햇빛 한 줌이었더라도 엄마의 죄의식은 그보다 더 오래 가서 속죄하고 또 속죄하며 기도하는 시간이었다.

그것도 벌써 30여 년이 다 되어가는 얘기다. 지금도 엄마의 기도발은 엄청 세다. 자식 넷은 물론 손주들의 앞길을 터주었으며 늦은 나이에 시집간 이종동생이 예쁜 딸을 낳은 것도 엄마의 기도 덕분이라는 것을 나는 믿는다.

하나님도 사한 죄를 아버지가 받아주지 못하다면 죄송한 말씀이나 아버지는 꽁생원이다. 엄마가 미리 했던 유언은 꼭 합장해달라는 다른 표현이 아닐까. 엄마가 아버지에게로 가면 아버지는 선뜻 손을 내미실 것이다. 수고한 당신, 애쓴 당신과 춤한번 추자고.

하긴 부부 사이의 일, 누가 알겠는가. 돌아보면 아버지도 좀 놀 줄 아는 멋쟁이셨는데 무슨 걱정?

# 쌀 사기 위해 글을 쓰다

어째서 불행은 손을 잡고 오는 걸까. 그때의 내 심정은 그랬다. 마치 얼마나 잘 견디는지 시험이라도 하듯, 어려운 문제 하나를 풀면 더 어려운 문제가 기다리는 것 같았다.

졸업한 지 한참이 지났어도 가끔 시험지를 앞에 둔 꿈을 꾸었다. 항상 풀기 어려운 문제 앞에서 쩔쩔매곤 했다. 깨고 나면 진작 열심히 공부하지 않았던 것이 후회스러웠다. 그랬다면 시험이 꿈까지 따라와서 괴롭히진 않았을 텐데…. 하긴 학교 다닐 땐 시험을 망쳤다고 해서 크게 달라진 것도 없었다. 전교 1, 2등을 다투는 것도 아니고 반 등수가 조금 오르락내리락할 뿐인데. 중간쯤 되는 아이는 '다음에 잘하지, 뭐' 하며 쉽게 떨쳐버릴 수도 있었다.

그러나 삶이 내놓는 시험지는 반드시 맞추어야만 한다는 조건이 붙어 있다. 더구나 결혼한 후엔 혼자서 풀 수 있는 문제가 아니다.

기대에 부풀어 선물의 집을 열었지만, 장사가 안 돼 점까지 보러 다니던 때였다. 하루는 남편이 먼저 술 한잔하자고 했다. 점 본 게 들통나 눈치를 보던 차라 화해의 무드를 조성하려나 싶어 얼른 술상을 차렸다. 그런데 남편은 한동안 말없이 잔만 비우는 것이었다. 분위기가 영 낯설었다.

"당신도 알지? 계약관리팀 김 과장이라고, 작년에 부부동반으로 함께 여행갔던 형님…."

"약간 뚱뚱하고 농담 잘하던 그분? 당신이 형님이라고 하니까 나도 부인에게 언니, 언니 하면서 잘 놀다왔잖아, 왜?"

"그 형님이 갑자기 회사를 그만두었어."

"무슨 일로?"

"직원 몇 사람을 연대보증 세워놓고 잠적했어."

"돈을 떼먹었단 말이야? 그런 사람으로 보이지 않았는데…."

그러고 보니 남편이 남의 말을 하는 게 아닌 것 같았다.

"그럼 당신도?"

"…당신에게 미안해. 나도 뒤늦게 나만 보증선 게 아니란 걸 알았어."

그 말을 들으면서도 지난 여름에 세 가족이 무주 구천동에서 민박하며 밤새 고스톱을 치고 놀았던 기억이 떠올랐다. 홍보실 최 과장은 고스톱 해서 딴 돈으로 대학을 다녔다고 큰소리를 쳤다. 설마했는데 과연 타짜답게 선先을 놓치지 않고 싹쓸이를 하는 것이었다. 두 남자는 번번이 털렸다. 안 되겠다 싶어서 내가 선수 교체를 요청했다. 사실 내 실력은 화투 그림만 맞출 정도였다. 그러나 3점만 나면 스톱을 외쳐서 최 과장에게 기회를 주지 않았다. 밤을 새우는 한이 있어도 '티끌 모아 태산' 전략으로 남편이 잃은 돈을 찾아올 작정이었다. 최 과장은 동전만 오가는 화투판을 만들었다며 남편에게 다시 들어오라고 하고, 김 과장은 아옹다옹하는 것을 보며 크게 웃으며 내 편을 들어주었다. 거기다 여행왔으면 여자들을 잘 모셔야 한다며 밥 짓기는 물론 과일까지 깎아주던 김 과장이었다. 그랬던 김 과장이 인생에서 절대 만나지 말았어야 할 사람이었다니….

"얼마를 보증 섰는데?"

"천 하나, 오백 하나."

"한 사람한테 두 번이나?"

"형님이 재산도 있고 이자도 잘 내고 해서 별 일 없을 줄 알았지."

"당신 바보야? 두 번 섰다는 말을 왜 해? 그냥 한 번에 천오백만 원이라고 하지."

나는 보증선 것을 다그치는 게 아니라 엉뚱하게 두 번이라고 말한 것에 화를 내고 있었다. 사실을 확인하는 게 두려웠다. 나도 남편에게 인생수업료라고 말할 수 있으면 얼마나 좋을까.

결코 그런 농담이 나올 자리가 아니었다.

직장 상사를 형님처럼 따르며 속없이 믿어버린 저 남자가 내 남편이라니. 그러나 그 말을 들을 때만 해도 몇 사람에게 연대보증을 세워 챙기고는 잠적한 사기꾼보다는 당한 바보가 차라리 낫다는 생각이었다. '연대보증'이라는 사태의 심각성을 몰랐던 그날의 여유였다.

다음 달부터 월급이 50% 깎여 나오기 시작했다. 온전히 가져다줘도 시댁의 대출금, 생활비까지 보내야 하는 형편이라 부족한데, 우리는 조각배로 태평양을 건너야 할 지경이 되고 만 것이다. 나라도 정신 바짝 차려야 했지만, 이미 손님 발길이 뜸해진 장사가 내 결심처럼 잘되는 것도 아니었다.

혼자 속에 담아두지 못하고 가까이 사는 막내이모에게 하소연했다. 어렸을 때부터 힘든 일이 있을 때마다 의논해온 '솔로몬' 이모는 항상 막연한 답보다는 내 능력으로 할 수 있는 구체적인 방법을 찾아주곤 했다.

"일단 시댁에 말씀드려서 생활비를 보낼 수 없다고 해."

"그건 안 돼. 우리만 바라보고 계시는데…."

"너희 시아버지 육십 초반이잖아. 찾아보면 일자리 있어. 형편 아시면 뭐라도 하시겠지. 그리고 너희도 허리띠 졸라매야 해. 식비 외엔 지출할 생각하지 마."

"상아 유치원도?"

"당분간은 네가 일일학습지로 가르쳐."

그 사실을 알고 걱정을 태산같이 하는 친정엄마를 진정시킨 것도, 엄마와 반씩 보태서 월세를 대신 내준 것도 이모였다. 그게 너무도 싫었지만 이모는 이런 날도 곧 지나갈 거라며 다독거렸다. 엄마도 이모도 남편에게는 내색하지 않았다.

전보다 이모의 발길이 잦아졌다. 과일을 샀는데 무거워서 덜어놓고 가야겠다, 시골에서 쌀이 왔는데 오래 두면 맛이 없으니 나눠 먹자면서. 쌀을 보낼 시골이 없다는 걸 뻔히 알면서도 나는 모른 체했다.

추리소설을 읽는 것으로 시간을 죽이는 것도 도움이 되지 않았다. 그렇다고 이불을 뒤집어쓰고 한숨만 쉴 수는 없는 노릇. 낮 동안은 가게에 들락거리는 손님이 있고, 하루하루 재롱이 늘어가는 딸을 보면서 웃기도 하고, 삼인방과 어울리기도 하면서 처음 받았던 충격이 차츰 가라앉기 시작했다. 더 힘들어졌지만, 크게 달라진 것은 없었다. 다음엔 잘하자고 넘겼던 학생 시절의 처세술이 그 상황에서 유효할 줄 몰랐다.

어느 날 퇴근한 남편의 손에 잡지 같은 것이 들려 있었다. 회사 사보였다. 무심코 뒤적이다 뒷면의 광고가 눈에 들어왔다.

'○○문예 공모전'.

문학과 미술 작품 공모에 관한 것이었는데, 응모 대상이 직원 가족도 포함이었다.

‘시, 수필, 콩트 최우수작 60만 원, 우수작 30만 원, 가작 20만 원, 입선 10만 원.’

다른 것보다 60만 원이란 금액만 크게 보였다. 남편 월급보다 많은 숫자였다. 쌀을 가마니로 들여놓아도 될 상금이었다. 쌀 20kg에 2만 원에서 2만2천 원 할 때니 일곱 가마니도 더 되었다. 나는 그 공모전이 나를 위해 생긴 것 같았다. 무조건 써야 했다.

그러나 원고지를 앞에 놓자 점점 ‘60’이라는 숫자가 내 것이 될 수 없다는 생각이 들기 시작했다.

‘입선이라도 해서 10만 원이 생기면 어디야? 내 손으로 한 달치 월세라도 낼 수 있는데.’

처음엔 무엇을 어떻게 써야 할지 막연했다. 고등학교 다닐 땐 백일장에 많이 나갔고 상도 제법 받았지만, 졸업하고 10여 년 넘도록 글을 써본 적이 없었다. 일기라고 쓴 것은 장마다 눈물로 얼룩진 한탄조 내용이 전부였다. 마감일이 다가오자 속이 타기 시작했다. 문득 지난해 가을에 딸하고 둘이 떠났던 여행이 생각났다. 골목도 가게도 견딜 수 없이 갑갑하게 느껴져 무작정 나선 길. 우울한 여행에서 어린 딸이 잡아준 손이 위로가 되었던 기억….

첫 문장을 시작하자 술술 써지기 시작했다. 나는 어느새 쌀을 사려고 글을 쓴다는 생각도 잊고, 내가 아이 엄마라는 것도 잊고, 결혼한 여자라는 것마저 잊고 고등학생으로 돌아가 써내려가기 시작했다. 단칸방의 알루미늄 밥상은 어느새 경복궁의 벤치로 바뀌었다. 원고지와 펜이 그대로니, 펜을 쥔 손의 감각이 살아나는 것 같았다. 입선조차 들지 못해도 상관없었다. 내가 다시 글을 쓰고 있다는 사실만으로도 행복했다. 단숨에 써 놓고 읽어보았다. 백일장에서 글을 낼 때의 기분이 되살아났다. 잘 풀리는 글은 첫 문장을 썼을 때 펜이 따라가지 못할 정도로 다음 문장이 줄을 잇던 기억. 그런 글은 장원으로 뽑히곤 했다. 그때처럼 예감이 좋았다.

'잘갔다와라. 올 땐 빈손으로 오지 마.'

그런데 정말 기대를 저버리지 않고 그 글이 강남 갔던 제비처럼 쌀을 물어왔다. 왕년의 문학소녀가 죽지 않았다는 것을 증명하듯, 당당히 최우수상으로.

그 기쁜 소식을 여기저기 알렸다. 반응이 가지각색이었다.

엄마는 대뜸 당첨을 축하한다고 했다. 당선과 당첨의 차이를 알 리 없는 엄마에게 볼멘소리를 했다.

"엄마, 나 복권 산 거 아니거든. 내 실력으로 된 거라고."

영희는 한턱내라고 하고, 지수는 정말 상금이 60만 원이나 되느냐고 했다.

다음날 남편이 출근하자마자 다희 엄마가 기다렸다는 듯 문을 두드렸다.

"어떤 글인지 궁금해서 잠도 설쳤다, 얘. 한번 읽어보자."

뜻밖이었다. 누구도 내용을 궁금해한 사람은 없었다. 그저 최우수상이라는 것과 상금에 관한 말만 했을 뿐이었다.

다희 엄마가 글을 읽는 동안 조마조마한 심정으로 눈치를 살폈다.

"잘 썼네. 상 받을 만하다."

그 소리에 저절로 안도의 한숨이 나왔다.

이모가 축하 자리를 마련하겠다고 집으로 불렀다. 이모부가 잔이 철철 넘도록 맥주를 따라주더니 봉투를 내놓았다.

"이건 절대 딴 데 쓰지 말고 책 사서 봐야 한다. 애기 양말 한 짝도 살 생각 말고."

십만 원짜리 수표였다.

"이모부, 저 상금 많이 타요. 안 주셔도 돼요."

"쌀 사려고 글 썼다면서? 내가 주는 건 너만 써야 해. 꼭 책 사라."

내가 손사래를 치자 거듭 강조하면서 나도 잊고 있던 이야기를 꺼냈다.

"실은 오래 전부터 너에게 마음의 빚이 있었어. 늦었지만 네가 받아야 내 마음이 좀 편해질 것 같구나."

이모와 결혼하고 처음 처가에 갔을 때의 이야기였다.

첩첩산중 처가에는 라디오도 신문도 없어서 그저 무료하기만 하더란다. 그런데 웬일로 책이 눈에 뜨여 무심코 펼쳤는데, 그것이 내 일기장이었단다.

"일기라고 하기도 모호한 게, 소설은 아닌 것 같고 지금 생각하니 수필이었던 것 같아. 내용이 고등학생 글 같지 않아서 덮을 수가 없었지."

그때가 겨울방학이어서 나도 외가에 있었던 기억이 났다.

"그런데 언제 방에 들어왔는지 네가 노트를 확 낚아채더니 한달음에 달려가 아궁이에 던져버렸지 뭐냐."

이모도 처음 들은 모양이었다.

"여고생 노트를 훔쳐보는 이모부라니, 참 너무했네. 창피당해도 할 말 없겠다."

"그때 얘 눈에서 파랗게 불길이 솟는데, 어찌나 당황했는지 변명도 못하고 태우는 걸 말릴 생각도 못했어."

"내가 그랬나?"

그땐 백지 노트에 일기 겸 수필 비슷한 것을 쓰곤 했다. 나만의 비밀 공간을 들킨 셈이니 놀란 나머지 이모부가 무안할 것은 생각할 새가 없었다.

"정말 미안했지. 난 정말 책인 줄 알았다니까. 몰래 읽은 것보다 더 미안한 건 나 때문에 아까운 글을 태워버린 거였어."

불쾌해진 이모부가 한마디 더 했다.

"혜숙인 결혼하지 말고 글을 써야 했는데…. 신 서방, 얘가 앞으로 글 쓰도록 자네가 잘해야 해. 안 그러면 내가 도로 데려 올 거야."

그때 남편의 심정은 어땠을까. 자신이 빚보증을 서는 바람에 궁여지책으로 글을 써서 상금이라도 받겠다고 나선 아내와 처가 식구들 앞에서 술 한잔 받기도 거북한 자리였을 것이다. 그러나 나는 그런 말을 해준 이모부가 아버지만큼이나 고맙고 든든했다.

그 후로 4, 5년 동안 사보에 공모전이 뜨기만을 기다렸고, 해마다 알뜰히 상금을 챙겨 먹었다. 우수상 이상을 두 번 받으면 응모 자격이 없었는데, 그러면 시로, 그 다음엔 콩트에 도전했다. 남편이 그만 좀 내라고 하지 않았으면 콩트로는 입선밖에 못했으니 기회는 더 있다고 생각했을 것이다. 남편은 홍보실 최 과장의 말을 빌린 양 우회적으로 말했다.

"석현이 형님이 그러는데, 고스톱에선 스톱밖에 모르던 당신이 쓰리고를 넘어 파이브고까지 갈 줄 몰랐대. 당신은 이미 유명해졌으니 홍보실에서 청탁할 때 원고 좀 써달래."

속으론 그렇게 당해놓고도 아직도 그놈의 형님 소리를 못 버렸나 싶었지만, 청탁이란 말에 혹해서 한결 나긋하게 대답했다.

"내가 뭐 유명해지고 싶어서 응모했나? 당신 월급이 생으로 깎이니까 얼마라도 건지려고 그랬지."

그 말에 자존심이 상했는지 한마디 더 보태는 것이었다.

"그래, 눈물겨운 내조다. 하긴 시상식 날 부장님이 알아봤다고 하시더라."

"무슨? 당신 보증 건으로 힘들지 않냐고 물으시던데…."

"아이가 아직 어릴 때라 괜찮다고 했다면서? 기왕 일어날 일이면 일찍 지나가는 게 낫다면서."

"그러면 거기서 힘들어요, 억울해요 한들 누가 알아준다고…. 당신만 못난 사람 만드는 거지. 그리고 그게 내 진심이었어."

"부장님이 지금도 그 말씀하셔. 당신이 글 쓰는 사람이라 생각이 다른 것 같다고."

자칫 삐걱했을 대화가 자리를 잡았고, 우리는 크게 웃었다.

사실 상금을 겨냥한 응모였던 것은 맞다. 남편에게 말했듯 월급에서 나가는 돈의 일부라도 찾아오고 싶었던 것도 맞는 말이었다.

그러나 진짜 속내는 그게 아니었다. 내가 쓴 글을 평가받고 싶었다. 중학교 때부터 꿈꾸었던 작가의 재능이 있는지 알고 싶었다. 포기했던 그 길을 갈 수 있는지 묻고 싶었기 때문에 해마다 문을 두드렸던 것이다.

그날 남편의 부장이 무심히 말했을지도 모를 '글 쓰는 사람'이라는 말이 잠자리에 들었어도 내내 머릿속에 맴돌았다. 다희 엄마가 아침 일찍 문 두드리고 와서 내 글을 읽어주었던 일도 새삼 구들처럼 가슴을 달구었다. 이모가 말했던 곧 지나갈 거란 날도 거의 다 와 있었다. 또 응모한다는 것이 남편을 부끄럽게 한다는 생각이 들었다. 등단은 하지 않았어도 다희 엄마의 '잘 썼다'는 말, 남편의 동료들에게 '글 쓰는 사람'으로 알려졌다는 것으로 나는 내 길을 찾은 것을 알았다.

"당신이 사고치는 바람에 내가 글을 쓰게 되었네. 고마워."

먼저 잠든 남편은 모처럼 상냥하게 건네는 아내의 인사를 듣지 못했다. 그런데도 잠결에 바보처럼 벙싯거렸다.

## 보고 싶지만 찾지 않기로 했다

멀쩡한 세탁기를 두고 손빨래를 한 지 보름도 더 되었다. 물에 담그면 더 뻣뻣해지는 청바지며 무거운 이불같이 큰 빨래를 방망이질까지 해가며 치댄 이유는 살림꾼 주부여서가 아니었다. 며칠째 애타게 기다리는 소식 때문이었다. 둘째 아이가 출산 예정일이 한참 지나도 나올 생각을 하지 않고 있었다. 산부인과에 갈 때마다 아직 소식이 없다고 돌려보냈다.

"산모가 몸을 너무 아꼈나보네요. 자궁 문이 열릴 기미가 없어요. 쭈그리고 앉아서 빨래라도 해봐요."

의사의 엄명에 수동 세탁기가 된 것이다. 20일째가 되니 빨래거리도 없었다. 걱정과 불안을 안고 다시 병원을 찾았다. 의사가 우려했던 말을 꺼냈다. 더는 자연분만을 기다릴 수 없다는 것이다. 예정일에서 3주가 지나면 태아가 위험할 수 있으니 당장 입원하라고 했다. 제왕절개수술을 할 수밖에 없다는 최후

통첩.

그날은 딸을 친정에 맡기고 혼자 간 길이었다. 바로 수술하자는 말에 하얗게 질리고 말았다. 겁부터 났다.

"집에 가서 준비하고 내일 입원할게요."

행여 누가 붙잡기라도 할까봐 도망치듯 병원에서 나왔다.

그러나 집으로 바로 가고 싶은 마음이 없었다. 두려움을 안고 다음 날을 기다려야 하는 게 숨이 막혔다. 누구라도 만나고 싶었다. 가벼운 이야기를 주고받으며 장난칠 수 있는 허물없는 사람. 오래 생각할 것도 없이 영희였다. 내가 신림동으로 이사한 후 한동안 못 만났던 터였다.

"나, 수술로 애 낳아야 한대. 어쩜 좋아?"

"그게 무슨 큰일이라고. 나도 제왕절개해서 낳았어. 자연분만보다 며칠 더 입원해야 하지만, 금방 아물어. 걱정하지 말고 건너와서 밥 먹어."

영희는 독산동에서 신림동까지 두세 정거장 거리를 길 건너나 되는 것처럼 '건너오라'고 표현했다. '밥'이란 말에는 거역할 수 없는 힘이 있었다.

음식 솜씨가 좋은 영희가 정성까지 더한 점심은 근심을 까맣게 잊게 했다. 한동안 먹지 못했던 그리운 맛이기도 했다. 접시에 달걀부침이 다섯 개가 수북이 쌓여 있는 것을 보고 물었다.

"반찬도 많은데 달걀을 왜 이렇게 많이 부쳤대?"

"전에 상아 엄마가 한 말이 생각나서. 친구가 태어나던 날, 엄마가 달걀 프라이 열 개 잡숫고 진통 한번 없이 순풍 낳은 게 저라고 했다며. 갓난애 머리에 달걀노른자가 붙어 있었는데 그때까지 김이 모락모락 났다고 해서 얼마나 웃었냐?"

"내 친구가 그랬지. 하지만 무슨 달걀이 식도에서 자궁으로 곧바로 가서 머리에 붙었겠어? 임산부는 단백질을 많이 먹어야 한다는 소리겠지."

"그러니까 이유 따지지 말고 다 먹어. 오랜만에 왔으니 놀다가 저녁 땐 삼겹살 사줄 테니 먹고 가."

"단백질을 과잉섭취해도 될까?"

"누가 알아? 아기가 제 엄마 겁내는 걸 알면 오늘이라도 미끄덩 내려올지?"

"산도가 미끄럼틀이야? 비계 기름 타고 내려오게? 그런 말하니까 정훈 엄마가 꼭 할머니 같다."

그렇게 농담을 하며 시간을 보냈다. 어느새 나는 이사 간 지 한참 되었다는 것을 잊어버리고, 옆집에서 건너온 것처럼 한껏 느긋해 있었다. 장사를 접었기 때문에 영희가 손님이 올 때마다 들락거리는 것을 새삼스러운 듯 바라보곤 했다. 자주 자리를 비우는 것이 미안한지 영희가 말했다.

"이럴 때 지수가 있었으면 상아 엄마가 심심하지 않을 텐데."

"나보고 또 잔소리했을걸. 집에 가서 가방이나 싸지 왜 퍼질러 있느냐고."

"걘 속으론 반가워도 말은 그런 식으로 했지."

우리는 얼마 전 독산동을 떠난 지수 애기를 하지 않을 수 없었다. 늘 셋이 모였는데 뿔뿔이 흩어지고 나니 더 생각났다. 영희도 저만 남은 골목이 예전같지 않다고 했다.

"지수가 상아 엄마에게 전화는 더러 해?"

"아니. 참 매정한 기지배야. 결국 이혼하고 가게까지 정리했다지만, 우리가 제 사정 모르는 것도 아니고. 어떻게 소식을 끊어버릴 수 있어?"

"몰랐구나. 지수 속사정."

"시어머니가 별나서 견디다 못해 헤어진 거 아니었어?"

"걔가 그 정도로 약한 애는 아니잖아. 그나마 믿었던 남편마저 배신했으니 그리된 거지."

"무슨 얘긴데, 얼른 말해봐."

지수가 이혼했다는 말을 들었을 땐, 당연히 시어머니 때문이려니 했다. 시어머니의 욕설은 점점 강도를 넘어서 언어폭력이라는 말도 무색할 지경이었기 때문이다. 며느리가 피임하는 것을 몰랐기 때문에 아기가 안 생기는 것이 며느리 탓인 줄 알고 있었다. 집안 망칠 년이라는 건 가장 순화된 아니, 고상한 언어축에 속했다. 지수의 친정을 딸 팔아서 덕 보려는 집으로 치부했고, 아들이 잘못 걸려들었다는 말도 서슴지 않는 시어머니였다. 그런데 시어머니의 폭언도 모자라 남편까지 등을 돌렸다는 것이 아닌가. 영희에게 재촉은 했지만 호기심 때문이 아니었다. 걱정이 앞섰다.

"상아 엄마도 아는 여자일걸. 대기업 다닌다는 미쓰 김."

"그래, 우리보다 두세 살 많은 여자. 우리 가게나 지수 가게에서도 통 큰 여자로 통했잖아. 비싼 것 사면서도 깎아달랜 적이 없어서."

"게다가 비혼주의자라고 해서 부러워하기도 했지. 연애는 예스, 결혼은 노라고 해서 얼마나 멋지게 봤니? 근데 그 말이 뒤통수치는 말일 줄 누가 알았겠어?"

"지수 남편이랑 바람났단 말이야? 언제 둘이 볼 새가 있다고."

"그 여자, 물건 사러오면 한참 놀다가곤 했잖아. 지수 남편이 가끔 화장품가게 들렀을 때 봤겠지. 그러다 몰래 사인을 주고받은 게지. 지수가 화장품가게에서 자는 동안 남편이 하는 모텔을 들락거린 모양이야."

"아무리 그래도 그렇지, 지수가 인물로 보나 생활력으로 보나 어디 뒤질 데가 있다고."

"남자가 바람날 때는 얼굴 보고 바람나는 줄 아니? 마음 둘 데 없을 때 옆에서 눈웃음치면 넘어가게 돼 있어."

"그런다고 바람피우면 세상에 바람 안 피울 놈이 어딨어? 그

놈이 정신나간 놈이지. 지가 마음 둘 데가 없긴. 그놈처럼 하고 싶은 거 다 하고 사는 놈이 어디 있다고."

'그놈' 소리가 절로 나왔다. 그것으로도 성이 차지 않았다. 욕을 더 할 수 있다면 좋을 것 같았다. 지수 시어머니는 하고 싶은 욕을 다 하고 살아서 얼굴에 기름기가 흐를 정도로 혈색이 좋은지도 모를 일이었다.

"암튼, 하필이면 그 모텔에서 같이 있다가 지수에게 딱 걸렸대. 빼도 박도 못하게."

"그 여잔 결혼 생각은 없다고 했고, 지수 남편은 무슨 말을 했대?"

"말 그대로 잠깐 스쳐가는 바람이라고 하더래. 하지만 지수 성격에 그 말이 들렸겠어? 신뢰가 깨졌는데 결혼이 무슨 의미가 있냐면서 칼같이 잘랐지."

"걘 모 아니면 도니까."

그날 지수가 곁에 없는 게 다행이었다. 우리가 아무리 분통을 터트린다 해도 지수의 속은 말이 아닐 테니 말이다. 지수의 얼굴이 자꾸 아른거렸다. 표현은 잘하지 않았어도 지수가 제 남편을 무척 사랑한다는 것을 알고 있었기 때문이다.

"어렵고 힘들게 산 사람들에게 왜 사랑마저 등을 돌리는 걸까?"

나는 울적한 기분으로 말했다.

"사랑? 그것도 돈만큼이나 쉽게 손에 들어오는 게 아니지. 살기 힘들면 마음이 먼저 사막인데 게서 꽃인들 제대로 필까?"

내 말에 고개를 끄덕이던 영희가 한풀 더 꺾인 소리로 이어 말했다.

"다들 잘되어서 떠나도 허전할 판에 상아 엄마도 다시 시작한 장사 접었지, 지수는 그런 사정으로 떠났지. 내가 일이 손에 안 잡혀. 이 동네도 싫어지려고 해."

"그래도 정훈 엄마는 잘됐지. 문방구도 탄탄하고 좋은 남자도 만났으니. 자기마저 떠나면 내가 독산동에 올 일이 있겠어?"

"나도 이혼해봤지만, 이혼녀 딱지가 얼마나 힘든 건데…."

무거운 마음에 점점 말수가 줄어들기 시작할 때, 갑자기 배가 아프기 시작했다. 아기가 보내는 신호였다. 영희를 재촉했다.

"오늘 나오려나봐. 얼른 삼겹살집 가자."

"얘가 효자인 모양이다. 수술 무서워하는 엄마 마음도 알아주고. 그래, 가서 든든하게 먹고 자연분만 하는 거다."

언제 지수 문제로 열을 냈나 싶게 당장 떨어진 발등의 불이 급했다.

영희와 삼겹살을 먹는 동안 진통이 주기적으로 시작되었다. 1분 진통이 오면 2분 동안 가라앉길 반복했다. 나는 정말 돼지비계의 영험을 믿는 심정으로 쌈을 싸서 꼭꼭 씹어 삼켰다. 남편이 소식을 듣고 달려오고 있으니 내가 할 일이란 잘 먹는 일

밖에 없었다. 쌈 한 입 먹고 난 다음 악, 소리를 내며 배를 움켜잡고 뒹굴다가 다시 허리를 펴고 상추에 고기를 얹었다. 그 모습을 보고 영희는 제대로 젓가락질을 못했다.

"괜찮아? 괜찮아?"

내 입에 쌈이 들어가는 횟수만큼 같은 말만 되풀이했다. 삼겹살집에서 나온 영희가 먼저 달려간 곳은 약국이었다. 체하고 만 것이다. 제왕절개가 대수냐며 호기를 부리던 영희의 얼굴은 핏기가 가셔 더 하얬다. 그런 영희에게 고맙단 소리도 변변히 못하고 남편 차로 병원에 실려갔다.

그날 밤, 영희의 정성이 빛을 발했다. 병원에 도착하자마자 무통주사부터 놓아달라고 사정했지만, 그럴 새도 없었다. 삼겹살 먹은 힘으로 단단히 무장을 장착한 후 몇 번 힘을 주다가 의사에게 물었다.

"한번 더 힘줄까요?"

"뭐하게요? 힘이 남아돌아요?"

아기가 벌써 지상에 도착했다는 것이다. 영희 말대로 비계 미끄럼틀을 타고 미끄덩 떨어진 것이다. 지각생 아기가 첫울음도 한 박자 쉬었다 토하는 바람에 의사와 나는 농담까지 주고받았다.

그날은 온종일 롤러코스터를 탄 날이었다. 아침엔 소식 없는 아기 때문에 심란하고 불안했으며, 오후엔 지수 소식에 침울했다가 저녁엔 새 생명을 안았다. 살면서 맞닥뜨린 극적인 날 중에서도 최고치를 친 날이었다. 세상일은 한 치 앞을 모른다는 걸 알게 된 날이기도 했다. 남의 아픔에 속이 쓰리다가도 저에게 좋은 일이 생기면 금방 잊어버리니 말이다.

그렇게 나는 지수를 잊어가고 있었다. 두 아이를 키우면서 동동거리느라 예전에 우리가 말했던 '지겹기만 한 청춘'이 벌써 저만치 멀어지는 것도 몰랐다. 그때는 올 것 같지 않은 평온한 시간이 멀지 않은 곳에서 기다리는 것도 몰랐다.

아들이 서너 살에 본 세상은 딸이 본 것과 달랐다. 딸은 번잡한 도매시장이나 골목상가 풍경이 전부였지만 아들은 강릉의 정동 바닷가를 제 마당처럼 뛰어놀았다. 남편의 직장 관계로 강릉에서 살 때였다.

어느 날 소식이 끊어졌던 지수에게서 전화가 왔다. 몇 년 만이었다.

그동안 어떻게 지냈는지 지금은 무엇을 하며 사는지 묻고 싶은 게 많았다. 그런데 전화기 너머 한숨이 깊었다.

"나, 지금 경포대야. 바다 보면서 실컷 울다나 가려고 왔어."

앞뒤 없이 툭 던지는 건 여전했다.

"내가 강릉 산다는 소식은 누구한테 들었어? 혼자 온 거니? 내가 나갈게. 우리 만나서…."

내 말은 듣지 못한 것처럼 혼잣말하듯 말했다.

"그 남자가 왜 자꾸 보고 싶은지 모르겠어."

지수가 말하는 그 남자가 누군지 차마 묻지 못했다.

잠시 수화기가 조용하더니 지수 목소리가 들렸다.

"나, 그 남자에게 전화했다. 강릉에 있다고. 바보짓일까?"

나는 겨우 한마디 물었다.

"온대?"

"응, 누구보다 자동차는 빨리 모는 사람 아니니?"

그 후론 전화가 없었다. 다음날이라도 전화가 올 줄 알고 수화기 옆을 지켰지만 그만이었다. 셋 중에 가장 늦게 독산동을 떠난 영희하고도 소식이 끊어져 지수의 전화번호를 알 길이 없었다.

지수는 어쩌자고 불쑥 나타났다가 다시 잠수해버린 것일까. 나를 만날 것도 아니면서 왜 찾았던 것일까. 몇 날을 그 생각이 머릿속에서 떠나지 않았다.

그러다 생각했다. 지수가 나를 찾아온 건 맞다. 지수는 내게 그동안 못했던 이야기를 풀고 싶었으리라. 그러다 보면 지수의 남편 이야기가 빠질 수 없었을 게다. 아니, 내게 하고 싶은 이야기가 그 남자 얘기였으리라. 그렇다면 나를 통하지 않고 직접 그를 보는 쪽을 택한 것 같았다. 지수다운 선택이었다. 사실 지수와 마주한다고 해도 내가 무슨 말을 해줄 수 있을지….

궁금하면서도 더 알고 싶지 않은 게 있다면, 오히려 아는 게 겁나는 게 있다면 지수의 이야기도 그 중 하나일 것이다.

다만 잊지 않고 내 이름을 불러준 것만도 고마운 일이었다.

에필로그

# 거기, 사람이 있었네

삼십여 년 만에 찾아간 독산3동. 골목 초입에서 '남부약국'을 보자 먼저 든 생각이 약국들은 참 오랫동안 제자리를 지키는구나, 였다.

내가 초등학생 때 살았던 왕십리에는 '직매약국'이, 결혼 전에 살았던 봉천동에는 '태평양약국'이 그 자리에서 40~50년도 더 버티고 있다. 남부약국도 내가 이사하기 전부터 있었으니 그 정도 연륜이 쌓였을 것이다. 만일 약사가 나이든 분이라면, 내 딸이 아플 때 기응환이나 해열제를 처방해준 약사일 수도 있겠다 싶었다.

그땐 '병은 의사에게, 약은 약사에게'라는 말이 없었다. 어지간히 아프지 않으면 병원에 가지 않았다. 약사에게 증상을 말하고 처방해준 약으로 해결했다. 약사는 동네 사람들의 건강상태를 거의 꿰뚫고 있었다. 누가 혈압이 높은지, 누가 위가 약한지, 하다못해 누가 술을 좋아하는지도. 약사는 의사이기도 하고 상담사이기도 했다. 손으로 접은 약 종이는 흡사 나비 같았다. 그 종이에 싼 약을 받기만 해도 반은 나은 기분이었다. 바닥으로 축 처졌던 몸살도, 바위처럼 짓누르던 두통도 사뭇 가벼워진 듯했다. 동네 사람들에겐 약사가 저마다의 주치의였다.

오랜만에 갔어도 남부약국이 여전히 있는 것이 그리 반가울 수가 없었다. 고마운 마음마저 들었다. 남부약국이 그렇듯 골목에 들어서면 다른 가게들도 예전 그대로 있을 것만 같았다. 현대슈퍼, 지수네 화장품가게, 채소가게, 목욕탕, 진영슈퍼… 그리고 내 가게와 어깨를 나란히 하고 살았던 영희네 문방구도.

골목은 거의 변한 게 없었다. 좁았던 차도도 그랬고, 초입에 있는 몇 집이 신축했을 뿐 대부분 건물도 30년 전 그대로였다.

먼저 눈에 띈 것은 현대슈퍼 자리였다. 상호가 '우리 동네 마트 대장'으로 바뀌었을 뿐 여전히 슈퍼마켓을 하고 있었다. 그러나 상호가 바뀐 것으로 봐서 주인도 바뀌었을 것 같았다.

현대슈퍼 아주머니가 딸아이 돌 때 분유 한 통을 선물했던 기억이 떠올랐다.

"아줌마, 우리 딸 이제 밥 먹여도 되는데…."

"아, 미안. 미안. 내가 애 키운 지 오래되어서 잘 몰랐지 뭐야. 우리 애는 두 살 넘도록 젖을 먹었던 것 같아서 말이야."

그때 곁에서 한마디 한 사람은 지수였다.

"선물을 주면서 미안하다는 사람은 첨 봤네."

잠자코 받을 일이지 눈치 없이 아주머니를 무안하게 만들었냐는 말을 에둘러한 것이었다.

"아니에요, 아줌마. 그러잖아도 지선이가 우유병 꼭지를 두 개나 사왔어요. 덕분에 잘 먹일게요."

뒷수습하며 얼굴이 붉어졌던 기억 너머에서 아주머니가 웃고 있었다.

"그 꼭지도 우리 슈퍼에서 사간 거야. 지선이가 동전까지 탈탈 털었다니까. 그러니 분유가 따라가는 게 맞지."

셋이서 한바탕 웃었던 현대슈퍼 앞.

외양만 그대로일 뿐인 '우리 동네 마트 대장'이 마치 골목대장처럼 팔짱을 낀 채 가로막고 묻는 것 같았다.

"댁은 누구요? 여긴 왜 왔소?"

뭐라고 대답하면 좋을지 지수에게 묻고 싶어서 나도 모르게 고개를 돌렸다. 그런데 현대슈퍼 맞은편 화장품가게 자리에는 낯설게도 건강원이 들어서 있었다. 호박, 배즙, 홍삼, 가물치, 잉어, 자라, 흑염소… 20가지도 넘을 것 같은 종류의 즙을 내는, 이름도 걸맞은 '장생건강원'이었다.

출입구 옆에 친절하게도 노란 바탕에 검은 색으로 '건강10훈'이라는 글을 처마부터 바닥까지 세로로 큼직하게 써붙여놓았다. '1. 소육다채- 고기는 적게, 채소는 많이 먹는다'부터 '10. 소차다보- 차는 적게 타고 많이 걷는다'까지. 얼핏 보면 사자성어지만 지극히 현대적인 문구였다. 오가는 사람들이 한번씩 읽으며 새길만 한 건강지침서이긴 했다.

만일 그 자리에 지수와 영희가 있어서 같이 읽었다면 어떤 반응을 보였을까.

"건강 10훈을 잘 지키면 여기서 파는 건 안 먹어도 건강하다는 말일까?"

"아니, 지킬 건 지켜도 보약을 먹어야 더 오래 산다는 뜻이겠지."

"가물치니 잉어 즙 같은 걸 팔려면 이딴 건 걸지 말아야지. 친절이 도를 넘었네."

셋이 한마디씩 하다가 웃음을 터뜨렸을 것이다.

"넌 이런 지침 지키면서 살고 싶니? 아님 더 오래 살려고 흑염소 같은 거 달여먹고 싶어?"

영희라면 이렇게 묻지 않았을까.

"그럴 돈 있으면 맥주 한 병 더 사먹지."

난 분명히 그랬을 것이고.

"소언다행? 말은 적게 하고 행동을 많이 하라고? 놀고 있네. 말을 적게 하면 손님이 떨어지고요, 행동은 싫어도 많이 할 수밖에 없네요."

그 중에서도 거슬리는 문구를 발견한 지수가 코웃음칠 것은 뻔하다. 아니, 한마디 더 얹을지도 모른다.

"젊어보이고 싶으면 비싼 화장품 바르라고 꼬드겼던 자린데, 그 여인네들이 나이들 때쯤 되니 건강원이 겉보다 속을 챙기라네. 터가 그런가봐."

그러면서 영희와 내가 했던 가게는 어떻게 되었는지 궁금하다고 등을 떠밀었을지도.

혼자서 천천히 걷는데도 셋이 우르르 몰려가는 기분이었다.

간판도 없던 채소가게는 '웰빙식당'이라는 간판을 달고 있었다. 채소가게 아저씨가 딸을 공주라고 불러서 손님들도 '공주네 가게'라고 했던 곳이다. 항상 문이 열려 있었고 가게 안에 평상이 있었다. 내가 새벽시장에 다녀와서 딸을 찾으러 가면 아이는 평상에 앉아 발을 까불대며 과자를 먹고 있었다.

그런데 지금은 가게 문이 닫혀 있고 문짝에 메뉴가 쓰여 있었다. 닭볶음탕, 오리주물럭, 갈치조림… 거기다 수제비와 잔치국수까지. 다양한 메뉴가 생뚱맞아 보이기까지 했다. 손님층도 어떨지 가늠이 가지 않았다.

달라진 것은 맞은편 우리 가게 자리도 마찬가지였다. 선물의 집은 '우리이발관'으로, 문방구는 '동해수산'으로 바뀌었다. 변하지 않은 것은 건물이 그대로이고 초록 철대문도 그대로라는 것이다. 안채로 들어가는 좁다란 길목에 빨랫줄을 매고 널어놓은 수십 장의 분홍 수건이 내 가게가 이발관이 되었음을 재차 확인시켜주었다.

영희의 가게 앞엔 수족관이 놓여 있고, 유리벽에 '생선초밥, 우럭, 광어'라는 글씨가 크게 붙어 있었다.

그것을 보고 나와 지수는 동시에 영희에게 물었을 것이다.

"정훈 엄마는 아직 여기 있었어?"

"음식 솜씨 좋더니 문방구 접고 횟집 하는 거야?"

그러면 영희는 안 그래도 큰 눈을 더 동그랗게 뜨고 두 손을 내저었을 것이다.

"무슨 소리? 나 파리도 못 잡는 거 알잖아. 무쩌워요…."

예전에 그랬듯 어린애처럼 혀 짧은소리를 섞어가며 우리를 웃겼을 것이다.

선물의 집과 문방구가 있던 자리에서 발길이 쉬 떨어지지 않았다. 골목에서 가장 연장자였던 주인집 할머니의 연세를 세어 보다가 그만두었다. 그때도 일흔이 넘었는데…. 그분이 동네 입방아에도 함구했던 아들네는 잘살고 있을까. 그 부부도 진작 동네를 떠났을 것 같았다. 동네에 소문이 파다했으니 익명이 보장된 아파트를 찾아가지 않았을까. 주인 여자의 표정이 그려졌다. 예의 싸늘한 표정으로 골목을 무시하듯 돌아보았을 눈빛이. 어디로 떠났던 싸울 만큼 싸웠으니 지금쯤은 다정한 모습으로, 역시나 별난 커플룩을 입고 사람들 눈길을 끌며 살고 있을 것이다.

그런데 골목에서 늘 보았던 여학생들이 보이지 않았다. 여자중학교는 개명하고 공학이 되었다가 이전했단다. 그 자리에 '금천문화예술정보학교'가 생기면서 후문은 아예 닫아버렸다고 한다. 후문 앞에서 장사하던 영희와 나는 학교 사정에 따라 바람에 흔들리는 광고 인형처럼 휘청거리곤 했다. 후문을 개방하지 않을 때가 종종 있었다. 학생들은 일부러 후문까지 오지 않았다. 그때마다 우린 널뛰는 매상 때문에 마음을 졸여야 했다. 우리를 기쁘게도, 때로는 슬프게도 했던 문이었지만 이젠 그저 철구조물에 불과했다. 그런데도 후문을 보자 나도 모르게 목덜미를 쓰다듬었다. 숨통이 조였던 기억이 여태 남은 것일까.

후문에 덜미를 잡힌 것은 진영슈퍼도 마찬가지였는데 지금은 다세대 빌라로 바뀌었다. 감수성이 남달랐던 마녀 선생님은 그 후 나 같은 제자를 더 양성했을지 궁금했다. 그러나 가게를 접었다면 취향도 같이 접지 않았을까. 지금 만나면 내가 글을 쓰고 있다는 말에 놀랄 텐데. 그러면서도 이런 말을 할지 모르겠다.

"내 덕인 줄 알아. 내가 성교육만 시켰겠어? 인생사 공부 시간이 더 많았지."

돌이켜보면 솔직하고 정 많은 여인이었다. 서른 살 팔팔했던 나는 진영 아주머니를 보면서 마흔이 넘으면 저렇게 유들유들해지나 싶었다. 그래서 나이 먹는 게 싫었다. 아줌마 소리는 더 듣기 싫었다. 그랬던 내가 그 나이도 지나버린 지 한참이다.

어쩌면 진영슈퍼보다 먼저 수정목욕탕이 문을 닫았을지도 모르겠다. 빌라 같은 신축 건물들이 속속 들어서고, 찜질방이라는 새로운 문화가 생기는 바람에 오래된 동네 목욕탕은 버티기 힘들었을 테니. 흰 타일 벽이었던 외관과 목욕탕 입구는 그대로지만, 문에는 이름도 낯선 '메르디앙코스텍㈜'라는 회사 간판이 걸려 있었다. '문화예술정보학교'와 더불어 골목에 어울리지 않는 21세기식 간판이었다.

목욕탕에서 주택가로 이어지는 곧은길에서 좌우로 길이 갈라져 사거리로 나뉘는 자리에, 전봇대에 걸린 도로명이 눈길을 끌었다.

남부약국에서 '독산로'로 들어왔는데, 왼쪽으로 가는 길은 '남부순환로', 오른쪽으로 난 길은 '문정로'였다. 사거리의 각기 다른 도로명처럼 여기 살던 사람들도 떠날 땐 그렇게 각기 길이 달랐으리라. 한 동네에서 어울려 살 땐 집집이 형편이 비슷했지만 떠나는 이유도 제각금이었을 것이고 그 후로 사는 모습도 다 달라졌을 것이다.

1990년대를 살고 있었던 우리는 그 골목이 세상 전부인 양 동네를 벗어나지 못했다. 계절이 언제 바뀌는지 무심한 채로 봄에 꽃구경, 가을에 단풍구경 간다는 사람도 없었다. 1989년에 해외여행 전면 자유화가 발표되었을 때, 그 소식에 한숨을 쉬었던 사람은 채소가게 아주머니였다.

"해외여행? 그거 남의 잔치지. 여태 제주도도 못 가봤는데. 죽기 전에 비행기 한번 타보겠어?"

그렇지만 지금은 한 번 아니라 몇 번이고 비행기를 탈 수 있는 세상이 되었다. 그분도 진작 해외여행의 꿈을 이루셨으리라. 야무진 딸 현주 씨가 엄마의 한숨을 그냥 넘겼을 리 없을 테니 말이다. 알록달록한 아웃도어를 입고 출국장을 나서는 채소가게 부부의 모습이 그려졌다. 그런 상상으로도 왠지 마음이 훈훈해지고 저절로 웃음이 나왔다.

길을 걸으며 보니 그때나 지금이나 작은 가게들이다. 그 중에는 오래된 가게도 있을 테고, 버티지 못하고 나가는 가게도 있을 것인데 희한하게 편의점은 하나도 보이지 않았다. 거기서는 21세기의 트렌드를 찾아볼 수 없었다. 유명한 프랜차이즈는 하나도 없었다. 치킨집조차도. 요즘 아이들은 프라이드, 양념치킨보다는 갈릭소스니 올리브치킨, 오븐치킨 같은 걸 선호하는데, 그러고도 장사가 될까. 치킨가게 주인을 걱정하는 것인지, 브랜드치킨을 시켜 먹지 못하는 아이들이 딱한 건지, 불쑥 웃음이 나왔다. 잠깐 들렀다는 것을 까먹고 무슨 오지랖인가 싶었다. 하지만 근거 없는 오지랖만은 아니었다. 이젠 골목에 브랜드를 찾을 젊은 소비자가 없다는 걸 의미하기 때문이다.

골목의 시간은 뒷걸음질하고 있었다.

하교 시간이면 골목을 가득 메우던 여학생들의 높은 웃음소리는 사라지고, 분식점 대신 '마실호프'가 있는 풍경. 휠체어를 탄 할머니가 장생건강원 앞을 지나고, 삼색 등이 돌아가는 이발소엔 머리카락이 희끗희끗한 이발사가 그 연배로 보이는 노인의 머리를 깎고 있는 풍경. 현대부동산, 홍어 전문, 순댓국이라는 간판으로 이어지는 골목 풍경….

골목이 늙어버렸다는 생각이 든 것은 낡은 건물 때문만이 아니었다. 그 길을 걷는 동안 한번도 어린애를 보지 못했다. 그때는 걸음마를 하는 아기, 세발자전거를 배우는 아이들과 젊고 앳된 엄마들이 골목에 나와 있었는데. 어린애들이 보이지 않는다는 것으로도 쇠락한 느낌을 떨쳐버릴 수가 없었다. 변함없을 거라는 기대는 처음부터 하지도 않았다. 그렇지만 변한 모습이 늙어버린 골목이라니. 사람보다도 더 늙어버린 골목…. 간판마다 프랜차이즈라면 낯설 것 같았는데, 차라리 그게 나을 뻔했다.

영희, 지수가 있었더라면 오랜만에 한잔하자며 골목을 돌다가도 마실호프 같은 데는 들어가지 않을 것 같았다. 어두침침한 건 고사하고 생맥주가 오래돼서 김샌 맛일 것 같아서다. 밥을 먹기 위해서 홍어집이나 닭볶음탕집에 들어갈 것 같지도 않았다. 영희가 차린 밥상과 지수네 가게에서 오징어, 땅콩에 마시는 맥주와 비교할 수 없다면서 골목을 빠져나왔을 게 분명하다. 영희의 문방구도, 지수의 화장품가게도 사라져 셋이 무릎 대고 앉을 곳이 없어졌으니….

문득 100m도 안 되는 거리를 걷는 동안 내내 영희와 지수를 생각하고 있는 나를 발견했다. 뿔뿔이 흩어진 후 저마다 살기 바빠 놓친 친구들을…. 그것도 현재진행형으로 떠올리고 있었다. '만약에'로 시작하는 상상 속에서 곁에 있는 영희와 지수는 30년 전 모습 그대로다. 나이든 얼굴은 도무지 그려지지 않는다. 여전히 보름달인 영희, 깎은 밤톨 같은 지수. 그 골목에서 그들을 빼놓고는 어떤 추억도 완성할 수 없다는 것을 알았다. 추억은 나 혼자가 아닌 셋이서, 거기에 다른 이웃이 더해져 만들어진 것이기 때문이다.

독산동 골목 동네에는 사람이 있었다. 이야기가 있었다. 숨길 것도 보탤 것도 꾸밀 것도 없는 사람 사는 이야기. 웃프고도 짠내나는, 우리가 함께했던 이야기들이….

그런데 지금은 혼자서 골목을 서성이고 있다. 연극은 오래전에 끝났고 관객도 배우도 떠난 지 한참 되었는데, 어쩌다 낯선 무대 위에 올라온 배우처럼 나는 내가 낯설었다.

돌아 나오는 길, 골목대장은 여전히 호기심 어린 눈빛으로 내게 했던 질문을 거두지 않았다.

"누구요? 왜 왔소?"

혹시라도 우리가 떨어뜨린 청춘 한 조각이 어느 담벼락에 낙

서로 남았거나 길바닥에 뒹굴고 있는 건 아닌지 찾고 싶어 왔다고 하면 대답이 되려나. 아니면 고맙고 정겨웠던 얼굴들, 사람 그리운 줄 몰랐던 시절이 있어서 내 청춘은 초라하지 않았다는 말을 하고 싶었다면 대답이 되려나….

골목을 나서면서 안부 한 줄 슬쩍 흘려놓았다. 영희에게, 지수에게, 함께했던 모든 이들에게.

"나는 잘 지내고 있어요. 당신들도 그러리라 믿어요, 진심으로."

**작가의 말**

# 진짜 아름다운 사람 사는 이야기

독산동 이야기로 책까지 낼 줄은 몰랐다.

누추하고 초라하고 궁상맞은 이야기. 글로 쓸 가치를 조금도 못 느꼈다. 그런데도 잊지 않고 더러 말하곤 했다. 그러다 "정작 쓸 이야기는 쓰지 않고 다른 이야기만 쓰고 있다"는 말을 들었다.

다른 사람에겐 궁금할 것 없는 내 이야기로 수필집 세 권을 낸 후 회의에 빠져 있을 때였다. 더 나갈 곳 없는 막다른 골목에서 그 말은 방향을 알려준 손길이었다.

첫 원고는 한글 문서를 4개 열어놓고 썼다. 며칠 지나지 않아 문서는 8개로 늘어났다. 기억이 가지를 치기 시작하자 여기 쓰다 저기 쓰다 하기에 바빴다. 시작은 쉬웠는데 마칠 때까진 2년이 걸렸다. 어떤 이야기는 마음 아팠고, 미안했고(그래서 가명을 썼다), 내 얘기는 부끄러웠다. 그러나 한번 시작한 고백은

멈춰지지 않았다. 나는 진짜 사람 사는 이야기에 빠졌다. 평범했던 이웃들이 그렇게 아름다울 수가 없었다. 무대는 하나인데 거기 오른 주인공은 서른, 마흔 명이었다. 누군들 자기 인생에서 조연일 수 있을까. 무대에 오른 우리들이 빛나자 내 청춘의 한때도 비로소 반짝이기 시작했다.

쓰는 동안 알았다. 내가 그 이야길 진작부터 하고 싶어했다는 걸. 그 시절이 내가 처음 발 딛고 일어선 땅이었고, 뿌리내린 곳이었다는 걸.

나의 주인공들을 오르고 싶지 않은 무대에 세운 건 아닐까 주저할 때가 여러 번 있었다. 그때마다 진실하면 된다고 등을 밀어준 고마운 손이 있어서 무사히 마칠 수 있었다. 처음에 말했듯, 나는 받을 복을 타고난 사람이다. 그 손이 받을 복의 정점이다.

내내 1990년대 독산동 골목 동네에서 삼십대 젊은 엄마로 살다가 정신차리고 보니 2020년에 뚝 떨어진 것이 오히려 낯설다. 그때도 지금도 함께한 이웃들에게 내가 얼마나 사랑하는지 진심이 통하길, 그리고 우리들의 이야기에 귀 기울여준 당신에게도 진실이 가 닿기를.

2020년 가을

이혜숙

이혜숙 산문집
# 1990 독산동 세 여자들

지은이_ 이혜숙
펴낸이_ 조현석
펴낸곳_ 북인
디자인_ 푸른영토

1판 1쇄_ 2020년 09월 17일

출판등록번호_ 313-2004-000111
주소_ 121-838 서울 마포구 서교동 467-4. 301호
전화_ 02-323-7767
팩스_ 02-323-7845

ISBN 979-11-6512-012-2 03810


이 도서의 국립중앙도서관 출판예정도서목록(CIP)은 서지정보유통지원시스템 홈페이지(http://seoji.nl.go.kr)와 국가자료종합목록시스템(http://www.nl.go.kr/kolisnet)에서 이용하실 수 있습니다. (CIP제어번호 : CIP2020036126)

이 책은 2018년 한국문화예술위원회에서 공모한 〈아르코문학창작기금〉에 선정되어 출간하였습니다.

책값은 뒤표지에 있습니다.